L'APICULTEUR D'ALEP

Christy Lefteri

L'APICULTEUR D'ALEP

Traduit de l'anglais
par Karine Lalechère

Éditions du Seuil

TITRE ORIGINAL
The Beekeeper of Aleppo

ÉDITEUR ORIGINAL
Zaffre, an imprint of Bonnier Books, UK

ISBN 978-2-7578-8786-8

À mon père
Et à S.

1

J'ai peur des yeux de ma femme. Rien n'en sort, rien n'y entre. Ce sont des pierres, des pierres grises, des pierres marines. Regardez-la. Regardez-la, assise au bord du lit, qui fait rouler la bille de Mohammed entre ses doigts, sa chemise de nuit par terre. Elle attend que je m'occupe d'elle. Mais je prends mon temps pour enfiler mon maillot de corps et mon pantalon, car je suis las de l'habiller. Voyez les plis de son ventre couleur de miel du désert, la peau plus sombre dans les creux, les fines, fines lignes argentées sur ses seins, et les petites coupures au bout de ses doigts, dont les crêtes et les sillons étaient autrefois tachés de peinture bleue, jaune ou rouge. En ce temps-là, son rire était d'or. On le voyait autant qu'on l'entendait. Regardez-la, car je crois qu'elle est en train de disparaître.

– J'ai fait des rêves éparpillés, cette nuit, dit-elle. Il y en avait plein la chambre.

Ses yeux fixent un point juste à ma gauche. J'ai la nausée.

– Comment ça, éparpillés ?

– Ils étaient brisés. Il y en avait de partout. Et je ne savais pas si je dormais ou non. Il y en avait tant, c'était comme un essaim de rêves, comme si la pièce était envahie d'abeilles. Je suffoquais. Je me suis réveillée et j'ai pensé : par pitié, faites que je ne souffre pas de la faim.

Je la dévisage, déconcerté. Toujours aucune expression. Je ne lui avoue pas que moi, je ne rêve plus que de meurtre. Les mêmes images, encore et encore : je suis seul avec l'homme, je tiens la batte et ma main saigne. Les autres ne sont pas là. Il gît par terre sous les arbres et il me dit quelque chose que je n'entends pas.

– J'ai mal, ajoute-t-elle.

– Où ?

– Derrière les yeux. Une douleur aiguë.

Je m'agenouille devant elle et plonge mon regard dans le sien. Le vide à l'intérieur me terrifie. Je sors mon portable et braque la torche sur ses pupilles. Elles se contractent.

– Tu vois quelque chose ?

– Rien.

– Pas même une ombre, un changement de lumière ou de couleur ?

– Que du noir.

Je range le téléphone dans ma poche et m'écarte. C'est pire depuis que nous sommes ici. Son âme s'évapore.

– Est-ce que tu vas m'emmener chez le docteur ? Je n'en peux plus.

– Bien sûr. Bientôt.

– Quand ?

– Dès que nous aurons les papiers.

Je suis heureux qu'Afra ne puisse pas voir cet endroit. Elle aimerait les mouettes, cela dit, leur vol erratique. Je suis sûr qu'elle aimerait les oiseaux et peut-être même la côte, parce qu'elle a grandi au bord de la mer, alors que je suis né à Alep Est, là où la ville rejoint le désert.

Au début de notre mariage, quand elle est venue vivre chez moi, la mer lui manquait tant qu'elle dessinait tout ce qui ressemblait à un cours d'eau. L'aride plateau syrien est parcouru d'oasis, de ruisseaux et de rivières qui se déversent dans des marais et des petits lacs. Avant la naissance de Sami, nous suivions l'eau et elle peignait. Il y avait notamment un tableau du Qoueiq que j'aimerais revoir. Elle en avait fait un pauvre caniveau traversant le parc de la ville. Afra avait ce don. Elle révélait la vérité des paysages. Cette toile et sa rigole dérisoire représentent à mes yeux notre combat pour rester en vie. À une trentaine de kilomètres au sud d'Alep, le Qoueiq renonce à lutter contre l'impitoyable steppe syrienne et s'évapore dans les marais.

J'ai peur des yeux de ma femme. Lorsque je regarde ces murs humides, les fils électriques au plafond et certaines affiches dans la rue, je me demande comment elle réagirait. Le panneau en face de la pension clame que les gens comme nous sont trop nombreux, que cette île va s'effondrer sous leur poids. Quand je lis ça, je suis content qu'elle soit aveugle. C'est horrible, j'en suis conscient ! Si je possédais la clé d'une porte donnant sur un autre monde, alors je souhaiterais qu'elle recouvre la vue. Mais il faudrait qu'il soit très différent de celui-ci. Le soleil levant caresserait les murs de la vieille ville et au-delà les quartiers bien délimités, effleurerait les maisons, les immeubles, les hôtels, les ruelles et un marché découvert où mille colliers suspendus chatoieraient sous les premiers rayons. Et au-delà, le désert, or sur or et rouge sur rouge.

Sami serait là, rieur, courant dans les venelles avec aux pieds ses baskets usées, quelques pièces dans son poing serré pour aller acheter du lait au magasin. Je m'efforce de ne pas penser à Sami. Et Mohammed ?

J'espère toujours qu'il a trouvé la lettre et l'argent que j'ai laissés sous le pot de Nutella. Un matin, on frappera à la porte et, quand j'ouvrirai, je le verrai sur le seuil et je lui dirai : « Comment est-ce que tu es arrivé jusqu'ici, Mohammed ? Comment est-ce que tu as réussi à nous retrouver ? »

Hier, j'ai aperçu un garçon dans le miroir embué de la salle de bains sur le palier. Il portait un tee-shirt noir, mais, quand je me suis retourné, il n'y avait que le Marocain en train de pisser, assis sur les toilettes. « Tu devrais fermer la porte », a-t-il dit dans son arabe dialectal.

Je ne me souviens pas de son nom, je sais juste qu'il vient d'un village près de Taza, au pied du Rif. La nuit dernière, il m'a confié qu'on allait peut-être l'envoyer à Yarl's Wood, le centre de rétention administrative. C'est ce que l'assistante sociale lui a dit. Il la trouve très belle, il prétend qu'elle ressemble à une danseuse de Paris avec qui il a fait l'amour dans un hôtel à Rabat, il y a longtemps de ça, avant qu'il n'épouse sa femme. Il m'a interrogé sur ma vie en Syrie. Je lui ai parlé de mes ruches à Alep.

En fin d'après-midi, notre logeuse nous apporte du thé au lait. Le Marocain est âgé ; il doit bien avoir quatre-vingts ou quatre-vingt-dix ans. Il a l'aspect et l'odeur du vieux cuir. Il lit un livre sur les us et coutumes britanniques intitulé *How to Be a Brit* et parfois il glousse tout seul. Il a son téléphone sur ses genoux et s'arrête à la fin de chaque page pour y jeter un coup d'œil, mais personne ne l'appelle jamais. Je ne sais pas qui il attend, je ne sais pas comment il est arrivé ici et je ne sais pas pourquoi il a entrepris un tel périple si tard dans sa vie, car j'ai l'impression qu'il n'espère plus que la mort. Il ne supporte pas l'habitude qu'ont les hommes non musulmans de pisser debout.

Nous sommes une dizaine, dans cette pension décrépie au bord de la mer, tous originaires d'endroits différents, tous dans l'attente. Peut-être va-t-on nous garder, peut-être va-t-on nous renvoyer. Nous avons déjà pris nos décisions, le reste ne dépend plus de nous. Quelle route emprunter, à qui se fier, asséner ou non le dernier coup de batte pour tuer un homme ? Ces choses appartiennent au passé. Elles ne tarderont pas à s'évaporer, comme la rivière.

Je sors de l'armoire l'abaya d'Afra. Elle m'entend et se lève, les bras en l'air. Elle a vieilli ; pourtant, dans ces moments-là, on dirait qu'elle est retombée en enfance. Ses cheveux ont la couleur et la texture du sable : ils ont été teints pour les photos, éclaircis, *désarabisés*. Je les attache en chignon et les enveloppe d'un hijab que j'attache avec des épingles à cheveux, la laissant guider mes doigts.

L'assistante sociale doit venir à treize heures. Tous les entretiens se déroulent dans la cuisine. Elle voudra savoir comment nous sommes arrivés ici et cherchera des raisons de nous renvoyer. Mais, si je dis ce qu'il faut, si je la convaincs que je ne suis pas un assassin, alors nous pourrons rester, car nous sommes privilégiés : nous venons du pire endroit sur terre. Le Marocain n'a pas cette chance ; il a plus de choses à prouver. Assis dans le salon près de la porte-fenêtre, il tient une montre de gousset, nichée au creux de ses paumes, tel un œuf prêt à éclore. Il la contemple et attend. Quoi ? Lorsqu'il me voit devant lui, il dit : « Elle ne marche plus. Elle s'est arrêtée quelque part. » Il la lève et la laisse se balancer lentement au bout de sa chaîne, la lumière jouant sur

le bronze

était la couleur dominante, quand on regardait la ville en contrebas. Nous vivions dans une maison de trois pièces en haut d'une colline. De là, on embrassait l'architecture anarchique, les dômes et les minarets élégants, avec à l'arrière-plan la citadelle qui se découpait sur le ciel.

La terrasse était agréable au printemps ; le vent apportait l'odeur du désert et on voyait le disque rouge du soleil descendre sur l'horizon. En été, en revanche, c'était un véritable four. Nous restions à l'intérieur avec un ventilateur, une serviette mouillée sur la tête et les pieds dans une cuvette d'eau froide.

En juillet, la terre se craquelait, mais devant la maison nous avions des abricotiers et des amandiers, des tulipes, des iris et des fritillaires. Quand la rivière se tarissait, j'allais au bassin d'irrigation pour maintenir nos plantes en vie. En août, c'était une autre histoire : autant ressusciter un cadavre. Alors, je les laissais mourir et se fondre dans le reste du paysage. Dès que la température retombait, nous allions nous promener et nous regardions les faucons voler à travers le ciel, filant vers le désert.

J'avais quatre ruches empilées dans le jardin. Je n'aimais pas vivre loin des abeilles. Notre principal rucher se trouvait dans un pré, à quarante-cinq kilomètres à l'est d'Alep. Le matin, je me réveillais très tôt, avant l'aube, avant l'appel à la prière du muezzin, pour arriver au lever du soleil. Lorsque je descendais de voiture, la note unique et pure de leur bourdonnement s'élevait au-dessus de la nature inondée de lumière.

À mes yeux, elles forment une société idéale, un petit paradis au milieu du chaos. Les butineuses voyagent loin, parcourant de grandes distances pour recueillir le pollen des fleurs du citronnier et du trèfle, de la nigelle et de l'anis, des eucalyptus, des cotonniers, des ronces et de la bruyère. Je prenais soin d'elles et protégeais les ruches contre les infestations et la maladie. Parfois, j'en construisais de nouvelles, divisais les colonies et élevais des reines. Pour cela, je prélevais une larve dans un autre nid et regardais les infirmières la nourrir de gelée royale.

Au moment de la récolte, je m'assurais qu'il y avait suffisamment de miel, puis je plaçais les rayons dans l'extracteur après avoir gratté l'opercule de cire, et je voyais le seau se remplir de liquide doré. C'était mon travail de protéger les insectes et de veiller à leur santé, pour qu'ils puissent se consacrer à la fabrication du miel et à la pollinisation, contribuant ainsi à la reproduction des plantes, et par extension à notre survie.

J'avais découvert l'apiculture grâce à mon cousin Mustafa. Son père et son grand-père élevaient tous deux des abeilles dans les vertes vallées à l'ouest de la chaîne de l'Anti-Liban. Mustafa était un génie qui avait l'âme d'un enfant. Après ses études, il était devenu professeur à l'université de Damas, où il faisait des recherches sur la composition du miel. Contraint de faire des allers et retours entre Damas et Alep, il me chargeait de veiller sur les ruches en son absence. C'est lui qui m'a tout enseigné sur le comportement des abeilles et la manière de les approcher. La variété syrienne est particulièrement agressive en raison de la chaleur mais, grâce à lui, j'ai appris à les comprendre.

Lorsque l'université fermait, en été, Mustafa me rejoignait à temps complet à Alep. Nous ne ménagions pas notre peine. Nous passions tellement d'heures en compagnie des abeilles qu'à la fin nous pensions comme elles. Nous mangions du pollen mêlé de miel pour tenir le coup sous le soleil torride.

Au début, quand j'avais une vingtaine d'années, nos ruches étaient faites de matières végétales badigeonnées de boue. Peu à peu, l'écorce de chêne-liège et l'argile ont cédé la place à des caisses en bois. À la fin, nous gérions plus de cinq cents colonies et nous produisions au moins dix tonnes de miel par an. Je me sentais vivant parmi les abeilles. Quand j'étais loin d'elles, j'avais le sentiment qu'une grande fête s'était achevée. Au bout de quelques années, Mustafa ouvrit un magasin dans les nouveaux quartiers d'Alep. Outre le miel, il vendait des cosmétiques, des crèmes, des savons et des soins pour les cheveux onctueux et sucrés, faits avec le fruit de nos ruches. Ce magasin, il le destinait à sa fille. Elle était encore très jeune, mais il était persuadé qu'elle étudierait l'agriculture, comme lui. Il l'avait appelé *Le Paradis d'Aya* et lui avait promis que, si elle travaillait dur, un jour, la boutique lui reviendrait. Elle adorait y traîner, humer les savons, s'enduire les mains de crème. Elle était intelligente pour son âge. À propos de l'odeur qui flottait dans le magasin, elle disait : « C'est ce que sentirait le monde s'il n'y avait pas d'humains. »

Mustafa n'aspirait pas à une vie tranquille. Il fourmillait d'idées, voulait toujours en faire plus, en apprendre plus. Jamais je n'avais vu une telle énergie chez qui que ce soit. En dépit de notre expansion – nous avions d'importants clients en Europe, en Asie et dans le golfe Persique –, je continuais à m'occuper des abeilles. Il me faisait confiance. Il prétendait que j'avais une sensibilité particulière, que je comprenais leurs rythmes et leurs mœurs. Il avait raison. J'avais appris à les écouter et je leur parlais comme si elles formaient un seul organisme doté d'un cœur battant. Chez les abeilles, c'est le collectif qui prime. Si les mâles sont tués par les ouvrières à la fin de l'été, c'est pour préserver les réserves de nourriture de la colonie tout entière. Elles communiquent entre elles grâce à une danse. Il m'avait fallu des années d'efforts pour les comprendre et elles avaient bouleversé ma perception du monde.

Les années de sécheresse arrivèrent. Le désert progressait, le climat devenait plus rude, les rivières se tarissaient, les paysans souffraient ; seules les abeilles semblaient résister. « Regarde ces petites guerrières, disait Afra quand elle venait nous rendre visite avec Sami, bout de chou emmailloté dans ses bras. Regarde-les qui continuent à travailler alors que tout meurt autour d'elles ! » Afra priait pour qu'il pleuve, car elle redoutait par-dessus tout les tempêtes de sable. Elle avait appris à reconnaître les signes annonciateurs. Le ciel au-dessus de la ville virait au violet. Puis on entendait monter un sifflement qui semblait venir du cœur même de l'atmosphère. Alors, elle se précipitait pour fermer les portes et barricader les fenêtres.

Tous les samedis, nous dînions chez Mustafa. Dahab et lui cuisinaient ensemble. À le voir peser méticuleusement chaque ingrédient et chaque épice, on aurait cru que l'erreur la plus infime menaçait de gâcher tout le repas. Dahab, qui était presque aussi grande que son mari, le regardait faire en secouant la tête, comme s'il était l'un de ses enfants. « Plus vite, disait-elle. Plus vite ! À ce rythme, on mangera ce repas samedi prochain. » Il fredonnait en cuisinant et s'arrêtait toutes les vingt minutes pour sortir fumer dans la cour, où il suçotait sa cigarette sous l'arbre en fleur.

Je l'accompagnais parfois, mais il ne parlait guère, absorbé par ses pensées, les yeux brillants à cause de la chaleur des fourneaux. Mustafa commença à envisager le pire avant moi et les plis de son visage trahissaient son inquiétude.

Ils habitaient au rez-de-chaussée d'un petit immeuble ; la cour était encadrée sur trois côtés par les bâtiments voisins, si bien qu'elle était toujours fraîche et ombragée. Les bruits des appartements au-dessus se déversaient des balcons : éclats de voix, musique ou bourdonnement discret de la télévision. Les treilles étaient lourdes de raisin. Un des murs était couvert de jasmin et un autre tapissé d'étagères où s'alignaient des bocaux vides et des morceaux de rayons de miel.

Une table de jardin métallique placée sous le citronnier occupait presque tout l'espace, mais il y avait des mangeoires à oiseaux sur le côté et un petit carré de terre où il essayait de faire pousser des herbes aromatiques. La plupart périssaient à cause du manque de lumière. Je regardais mon cousin écraser une fleur de citronnier entre son pouce et son index pour en respirer le parfum.

C'est pendant la vague de sécheresse, alors que la paix du samedi soir nous enveloppait, que ses ruminations prirent un tour plus sombre. Son esprit bouillonnant ne se reposait jamais.

– Est-ce que tu ne t'es jamais dit que ta vie aurait pu être tout autre ? me demanda-t-il un jour.

– Comment ça ?

– J'ai peur, parfois, quand je pense au caractère aléatoire de l'existence. À quoi ressemblerait mon quotidien si je travaillais dans un bureau ? Et le tien, si tu avais obéi à ton père et repris son magasin de tissu ? Nous avons beaucoup de chance.

Je ne répondis pas. J'aurais effectivement pu emprunter une voie très différente, en revanche, jamais Mustafa n'aurait pu se retrouver dans un bureau. Ses mots dissimulaient des pensées plus noires, comme s'il avait déjà peur de tout perdre, comme si un écho de l'avenir lui murmurait à l'oreille.

Firas passait ses soirées devant l'ordinateur au lieu d'aider ses parents à préparer le dîner, pour la plus grande exaspération de Mustafa. « Firas ! appelait-il en regagnant la cuisine. Lève-toi ou tu finiras collé à ce siège ! » Mais l'adolescent restait sur le fauteuil en osier du salon, en short et en tee-shirt. C'était un garçon dégingandé, au visage fin et aux cheveux un peu trop longs. Quand il adressait un sourire de défi à son père, pendant un instant il ressemblait à un chien de chasse, à un lévrier persan du désert, plus précisément.

Aya, qui avait seulement un an de plus que son frère, prenait Sami par la main et mettait la table. À trois ans, il trottinait avec des airs de petit bonhomme chargé d'une mission importante. Elle lui donnait une assiette ou une tasse vides à porter pour qu'il ait le sentiment d'être utile. Elle avait les longs cheveux dorés de sa mère, et Sami tirait sur ses boucles dès qu'elle se baissait et gloussait de les voir remonter quand il les lâchait. Aussitôt le repas prêt, tout le monde s'activait, même Firas – que Mustafa arrachait à son fauteuil, l'attrapant par son bras maigre –, pour poser sur la table les plats fumants, les salades colorées, les hors-d'œuvre et le pain. Il y avait de la soupe de lentilles corail et de patates douces au cumin, du *kawaj* – un ragoût de courgettes avec des boulettes de bœuf –, ou encore des artichauts farcis, des haricots verts à la tomate, du taboulé, et des épinards parsemés de pignons de pin et de grenade. En dessert, on servait des baklavas poisseux de miel, des petits beignets ronds ruisselants de sirop appelés *lugaimats* ou les abricots en conserve d'Afra. Firas avait le nez sur son téléphone et Mustafa finissait par le lui prendre pour le mettre dans un pot de miel vide, mais il ne se fâchait jamais vraiment contre son fils : leur relation était toujours empreinte d'humour, même quand ils bataillaient.

– Quand est-ce que je le récupérerai ? protestait Firas.

– Quand il neigera dans le désert.

Le temps que le café soit sur la table, le portable était à nouveau entre les mains de Firas.

– La prochaine fois, je ne le jetterai pas dans un pot vide !

Tant que Mustafa cuisinait ou mangeait, il était heureux. C'était après le coucher du soleil, quand le jasmin de nuit exhalait son parfum dans l'air immobile et lourd, que son visage se fermait. Je devinais alors qu'il réfléchissait, que le silence et l'obscurité avaient fait resurgir les murmures de l'avenir.

– Que se passe-t-il, Mustafa ? lui demandai-je un soir après le dîner. J'ai l'impression que tu files un mauvais coton.

Dans la cuisine, les femmes remplissaient le lave-vaisselle et les éclats de rire sonores de Dahab paraissaient propulser les oiseaux dans le ciel nocturne, au-delà des immeubles.

– La situation politique s'aggrave.

Je savais qu'il avait raison, mais personne n'avait réellement envie d'en parler. Il écrasa sa cigarette et s'essuya les yeux du revers de la main.

– Ça va mal finir, nous en sommes tous conscients. Et nous continuons à faire comme si de rien n'était.

Il engloutit un beignet pour souligner son propos. On était fin juin. La guerre civile avait éclaté quelques mois plus tôt, en mars, après la violente répression des manifestations à Damas. Depuis, les troubles s'étaient étendus au reste de la Syrie. Je baissai la tête et il dut sentir mon inquiétude, car, quand je la relevai, il avait recouvré le sourire.

– J'ai une idée ! Si on créait de nouvelles recettes pour Aya. J'ai envie de miel d'eucalyptus et de lavande !

Les yeux brillants d'excitation, il appela sa fille afin qu'elle lui apporte son ordinateur portable et qu'ils réfléchissent ensemble à la composition du produit. Bien qu'elle n'eût que quatorze ans à l'époque, il était déterminé à être son professeur. Elle était en train de jouer avec Sami. Il lui vouait un véritable culte et ne la lâchait pas d'une semelle. Il la cherchait toujours de ses grands yeux gris. Du même gris que ceux de sa mère. Couleur ardoise. Comme ceux d'un nouveau-né, avant qu'ils ne virent au marron, sauf que les siens n'avaient pas changé et qu'ils n'étaient pas devenus bleus non plus. Sami suivait Aya, tirait sur sa jupe, et elle le prenait dans ses bras, le levant très haut pour lui montrer les oiseaux dans les mangeoires, les insectes et les lézards sur les murs et le béton de la cour.

Chaque fois qu'ils créaient une recette, Mustafa et Aya réfléchissaient aux pigments, aux acides aminés et aux minéraux propres à chaque type de miel, afin de créer une combinaison qui *fonctionnait parfaitement*, ainsi qu'il le disait. Ils calculaient la teneur en sucre, la granulation, la tendance à absorber l'humidité, la conservation. Mustafa avait l'esprit aussi actif qu'une colonie d'abeilles. J'émettais des suggestions qu'ils acceptaient avec un sourire généreux, mais les idées, l'intelligence, c'était lui. Mon domaine, c'était plutôt l'aspect pratique.

Pendant quelque temps, le bonheur continua d'être possible, entre les abricots sucrés, l'air qui embaumait le jasmin de nuit, Firas sur son ordinateur, Aya assise à côté de nous avec Sami dans ses bras qui mordillait ses cheveux, et les rires des femmes nous parvenant de la cuisine. La vie semblait suffisamment normale pour que nous puissions oublier nos doutes, ou du moins pour que nous puissions les reléguer dans un recoin de notre esprit et continuer à faire des projets d'avenir.

Dahab et Aya fuirent la Syrie dès que les troubles s'aggravèrent. Mustafa les convainquit de partir en éclaireuses. Constatant que ses craintes se confirmaient, il trouva rapidement une solution. Il était obligé de rester un peu à cause des abeilles. À l'époque, je pensais qu'il agissait de manière précipitée, que la mort de sa mère quand il était enfant – un souvenir qui le hantait – le poussait à être exagérément protecteur avec les femmes de sa vie. Dahab et Aya comptèrent parmi les premières à quitter le quartier et le pire leur fut ainsi épargné. Mustafa avait un ami en Angleterre, un professeur de sociologie qui avait émigré pour des raisons professionnelles depuis plusieurs années déjà. Cet homme avait téléphoné à Mustafa et insisté pour qu'il le rejoigne avec sa famille, car il était persuadé que la situation allait encore se dégrader. Mustafa donna à sa femme l'argent du voyage, mais il resta en Syrie avec Firas.

– Je ne peux pas abandonner les abeilles, me dit-il un soir, sa large main glissant sur son visage barbu, comme s'il essayait d'essuyer l'expression sombre qui ne le quittait plus. C'est notre famille.

Avant que le chaos ne s'installe, Mustafa et Firas venaient souvent dîner chez nous. Nous nous asseyions sur la terrasse qui dominait la ville. De temps en temps, nous entendions le grondement d'une bombe au loin et nous regardions la fumée s'élever dans le ciel. La situation ne cessant d'empirer, nous envisagions désormais de partir tous ensemble. Nous nous réunissions au crépuscule autour de mon globe lumineux, et Mustafa traçait du doigt le périple accompli par sa femme et sa fille. Mais quitter le pays était devenu plus compliqué. Dans un épais portefeuille de cuir, il avait les noms et les numéros de différents passeurs. Nous sortions les registres, vérifions nos finances, effectuions des calculs pour déterminer le coût de notre exil. Bien sûr, c'était difficile à prévoir, les passeurs pouvaient modifier leurs tarifs sur un coup de tête, mais nous avions un plan, et Mustafa adorait les plans, les listes et les itinéraires. Ils lui procuraient un sentiment de sécurité. Néanmoins, j'étais conscient que ce n'étaient que des paroles : il n'était pas prêt à quitter ses abeilles.

Une nuit, à la fin de l'été, des vandales détruisirent les ruches. Ils les incendièrent. À notre arrivée, le lendemain matin, il n'y avait plus que des cendres. Les abeilles étaient mortes, le pré carbonisé. Je n'oublierai jamais ce silence, un silence total et infini. Sans les essaims au-dessus de nous, il ne restait que la lumière et le ciel. À cet instant, alors que je me tenais au bord du champ où les premiers rayons de l'aube éclairaient les ruches dévastées, un profond sentiment de vide m'envahit, se répandant en moi à chaque respiration. Mustafa s'assit en tailleur au milieu des vestiges calcinés, les yeux clos. Quand il se décida à bouger, le soleil déjà était haut dans le ciel et la chaleur insupportable. Je fis le tour du pré, cherchant les abeilles survivantes pour les écraser, car sans maison ni famille elles étaient condamnées. La plupart des ruches s'étaient effondrées mais quelques squelettes noircis tenaient encore debout, leur numéro visible : douze, vingt-et-un, cent-vingt-et-un – les colonies de la grand-mère, la mère et la fille. Je le savais, parce que c'était moi qui les avais séparées. Trois générations d'insectes. Réduites à néant. Ce soir-là, après avoir bordé Sami, je restai un moment à le regarder dormir, puis je sortis sur la terrasse et contemplai le ciel qui s'assombrissait et la ville lugubre en contrebas.

Au pied de la colline coulait le Queiq. La dernière fois que j'avais vu la rivière, elle charriait des ordures. Au cours de l'hiver, on en tira plusieurs cadavres d'hommes et de jeunes gens. Les mains liées. Une balle dans le crâne. J'étais présent, le jour où les corps furent repêchés, dans le quartier de Boustane al-Qasr. Je les suivis jusque dans une ancienne école où ils furent allongés dans la cour. À l'intérieur, il faisait sombre et des bougies allumées étaient plantées dans un seau de sable. Une femme était agenouillée par terre, à côté d'un autre seau, celui-là rempli d'eau. Elle allait nettoyer les visages des morts, disait-elle, pour que leurs femmes, leurs mères et leurs sœurs puissent les reconnaître quand elles se présenteraient. Si j'avais été l'un d'eux, Afra aurait escaladé une montagne pour me retrouver. Elle aurait plongé au fond de la rivière. Mais c'était avant que la guerre ne lui ôte la vue.

Elle était très différente, en ce temps-là. Elle avait le chic pour semer le désordre. Si elle faisait de la pâtisserie, elle mettait de la farine partout. Sami lui-même en était couvert des pieds à la tête. Quand elle peignait, c'était pareil. Et pour peu que Sami s'en mêle, c'était la pagaïe, à croire qu'ils avaient secoué leurs pinceaux dans toute la pièce. Lorsqu'elle parlait, elle s'embrouillait, jetait des mots ici et là, les reprenait pour en lancer d'autres. Il lui arrivait même de se couper la parole. Quand elle riait, elle faisait trembler la maison.

Mais, dès que son humeur tournait, mon univers s'assombrissait. Je n'y pouvais rien. Elle était plus forte que moi. Elle pleurait comme une enfant, son rire tintait haut et clair, et son sourire reste le plus beau qu'il m'ait été donné de voir. Elle pouvait débattre pendant des heures sans interruption. Afra adorait ou détestait, et elle inhalait le monde comme si c'était une rose. Voilà pourquoi je l'aimais plus que la vie.

Elle était réellement douée. Ses tableaux avaient remporté des prix. Elle peignait des scènes urbaines et rurales. Le dimanche matin, nous allions au marché et nous nous installions en face de l'étal d'Hamid, qui vendait des épices et du thé. C'était dans la partie couverte du souk. Il faisait sombre et ça sentait un peu le renfermé, mais l'odeur disparaissait sous les arômes de la cardamome, de la cannelle, de l'anis et de mille autres épices. Même dans la pénombre, les paysages d'Afra n'étaient pas statiques. Ils semblaient en mouvement, le ciel qu'elle peignait bougeait, l'eau bougeait.

Les acheteurs ne s'y trompaient pas, beaucoup d'hommes et de femmes d'affaires venant d'Europe et d'Asie. Silencieuse, Sami sur ses genoux, elle observait ceux qui s'approchaient d'un tableau, soulevaient leurs lunettes quand ils en avaient, puis reculaient pour mieux voir, au risque de bousculer les clients d'Hamid. Au bout d'un moment, ils disaient : « C'est *vous* Afra ? »

Elle répondait : « Oui, c'est moi. » Et c'était tout. La toile était vendue.

Elle portait un monde en elle, et ils s'en rendaient compte. Quand ils regardaient le tableau, puis la regardaient elle, ils comprenaient. Son âme était aussi vaste que les champs, le désert, le ciel, la mer et les rivières qu'elle peignait. Et aussi mystérieuse. On n'en finissait pas de la découvrir. En dépit de tout ce que je savais déjà, ce n'était jamais assez. J'en voulais encore. En Syrie, on a un dicton : « En chaque personne que tu connais, il y a quelqu'un que tu ne connais pas. » Je l'aimais depuis le jour de notre rencontre, au mariage du fils aîné de mon cousin Ibrahim, à l'hôtel *Dama Rose*, à Damas. Elle portait une robe jaune et un hijab de soie. Ses yeux n'étaient pas du bleu de la mer, ni du bleu du ciel, mais du gris ardoise du Qoueiq, avec des tourbillons bruns et verts. Je me souviens de notre nuit de noces, deux ans plus tard. Elle voulait que je lui ôte son foulard. J'avais enlevé les épingles délicatement, une par une, puis j'avais déroulé l'étoffe, découvrant pour la première fois sa longue chevelure aussi noire que le désert par une nuit sans étoiles.

Mais c'était son rire que je préférais. Elle riait comme si la mort n'existait pas.

À présent que ses abeilles étaient décimées, plus rien ne retenait Mustafa à Alep. Nous étions tous prêts. Puis, alors que nous étions sur le départ, Firas disparut. On attendit. Il n'y avait pas moyen de tirer un mot de son père. Rongé par l'inquiétude, il imaginait tous les scénarios. De temps en temps, il émettait une hypothèse. « Il est peut-être parti à la recherche d'un ami » ou « Il ne peut pas se résoudre à tirer un trait sur sa ville…

il se cache », et, une fois : « Peut-être qu'il est mort, Nuri. Peut-être que mon fils est mort. »

Nos bagages étaient faits mais les jours succédaient aux nuits, et Firas ne donnait pas signe de vie. Mustafa proposa son aide dans une morgue de fortune installée dans un bâtiment abandonné. Il notait les circonstances et les causes du décès de chaque victime : balle, éclat d'obus, explosion. C'était bizarre de le voir à l'intérieur, privé de soleil. Il avait un registre noir et il travaillait vingt-quatre heures sur vingt-quatre, écrivant avec un minuscule crayon toutes ces informations macabres. Quand le mort avait des papiers d'identité, c'était plus facile ; sinon, il dressait la liste des signes particuliers, la couleur des yeux, des cheveux, la forme du nez, une verrue sur la joue gauche. Puis, un jour d'hiver, je lui ramenai le corps de son fils tiré de la rivière. Lorsque j'avais reconnu l'adolescent sur les dalles de la cour d'école, j'avais demandé à deux hommes qui avaient un véhicule de nous conduire à la morgue. À la vue de Firas, Mustafa nous indiqua une table où l'étendre. Il lui ferma les paupières et resta un long moment immobile, lui tenant la main. J'attendais dans l'encadrement de la porte. Les hommes nous laissèrent. Le moteur ronfla et diminua tandis que la voiture s'éloignait. Un calme absolu régnait dans la pièce. La lumière pénétrait par la fenêtre au-dessus de la table où gisait le garçon. Mustafa lui tenait toujours la main. Pendant quelques instants, il n'y eut pas un bruit, pas une bombe, pas un oiseau ni un soupir.

Enfin, il s'écarta, mit ses lunettes, tailla soigneusement le petit crayon avec un couteau, puis il s'assit à son bureau, ouvrit le livre noir et écrivit :

Nom : *mon fils adoré.*
Cause du décès : *ce monde déglingué.*

Ce fut la dernière fois qu'il remplit le registre des morts.
Exactement une semaine plus tard, Sami était tué.

2

L'assistante sociale prétend qu'elle est là pour nous aider. Elle s'appelle Lucy Fisher et semble impressionnée par mon anglais. Je lui parle de mon travail en Syrie, des abeilles et des ruches, mais je me rends compte qu'elle n'écoute pas vraiment. Ce sont les papiers devant elle qui l'intéressent.

Afra ne tourne même pas la tête vers elle. Si je ne savais pas qu'elle est aveugle, je pourrais croire qu'elle regarde par la fenêtre. Il y a un peu de soleil aujourd'hui et il se reflète dans ses iris. Ils semblent liquides. Elle a les mains croisées sur la table et les lèvres serrées. Elle possède des rudiments d'anglais, assez pour se débrouiller, mais elle ne veut parler qu'à moi. La seule autre personne avec qui je l'ai entendue discuter, c'est Angeliki. Angeliki aux seins gonflés de lait. Je me demande si elle a réussi à s'échapper de ce bois où nous étions tous prisonniers.

– Comment êtes-vous logés, monsieur et madame Ibrahim ?

Lucy Fisher, dont les grands yeux bleus s'abritent derrière des lunettes à monture argentée, consulte ses papiers comme si elle espérait y trouver la réponse à ses questions. J'ai du mal à voir ce qui chez elle plaît au Marocain.

Son regard se pose sur moi et son visage irradie soudain la chaleur.

– C'est très propre, dis-je. On se sent en sécurité, par rapport à d'autres endroits.

Je ne m'étends pas sur ces autres endroits et je ne mentionne ni les souris ni les cafards dans notre chambre. Je ne voudrais pas paraître ingrat.

Elle ne nous pose pas beaucoup de questions, mais nous explique que nous aurons bientôt un entretien avec la personne chargée d'étudier notre dossier. Elle remonte ses lunettes sur l'arête de son nez et m'assure d'une voix douce et précise que, dès que nous aurons les documents prouvant que nous avons déposé une demande d'asile, Afra pourra voir un médecin au sujet de ses yeux. Elle jette un regard à ma femme et je constate que leurs mains sont croisées exactement de la même manière. Je trouve cela un peu bizarre. Puis elle me tend une liasse de papiers. Un dossier du Home Office : des informations concernant la demande d'asile, l'éligibilité, les critères d'attribution et les entretiens. Je le feuillette sous son regard patient.

Pour demeurer au Royaume-Uni et obtenir le statut de réfugié, vous devez ne pouvoir vivre en sécurité nulle part dans votre pays d'origine, en raison des persécutions.

– « Nulle part » ? Sinon, vous allez nous renvoyer ailleurs ?

Elle fronce les sourcils et tire sur une de ses mèches. Ses lèvres se pincent comme si elle avait mangé quelque chose de dégoûtant.

– Ce qui doit vous préoccuper pour l'instant, c'est votre histoire. Réfléchissez à ce que vous allez dire à l'entretien. Votre récit devra être clair, cohérent et aussi simple que possible.

– Mais est-ce que vous allez nous renvoyer en Turquie ou en Grèce ? Qu'est-ce que ça signifie « persécutions », pour vous ?

Je n'avais pas l'intention de parler si fort et je sens mon bras m'élancer. Je masse le bourrelet de chair dense et rouge, me souvenant du tranchant du couteau. Le visage de Lucy Fisher m'apparaît flou, mes mains tremblent. J'ouvre le col de ma chemise. Je m'efforce de maîtriser l'agitation de mes mains.

– Est-ce qu'il fait chaud ici ?

Elle répond quelque chose que je n'entends pas. Elle s'est levée et je sens Afra s'impatienter sur la chaise à côté de moi. Il y a un bruit d'eau qui coule. Une rivière au courant rapide. Un éclat soudain, comme la lame d'un couteau très aiguisé. Lucy Fisher referme le robinet. Elle s'approche de moi, me donne le verre et m'aide à le porter à ma bouche comme si j'étais un enfant. Je le vide et elle se rassied. Elle est redevenue nette et semble un peu effrayée. Afra pose la main sur ma cuisse.

Le ciel s'ouvre. Il pleut. Une averse torrentielle. Pire qu'à Leros, quand la terre était saturée de pluie et d'eau de mer. Je réalise qu'elle a parlé ; j'entends sa voix à travers le déluge, j'entends le mot « ennemi » et je me rends compte qu'elle me dévisage, les sourcils froncés, ses joues pâles empourprées.

– Pardon ?

– Je disais que nous étions là pour vous aider, dans la mesure du possible.

– J'ai entendu le mot « ennemi ».

Elle redresse les épaules et pince les lèvres, regarde encore Afra. La colère enflamme son visage et je comprends soudain ce que voulait dire le Marocain. Mais ce n'est pas contre moi qu'elle est fâchée ; elle ne me voit pas vraiment.

– Je disais au contraire que je n'étais pas votre ennemie.

Elle semble confuse à présent. Elle a trop parlé ; c'est sorti tout seul. Elle doit être soumise à une énorme pression, je le devine à la manière dont elle tire sur sa mèche. Ses paroles résonnent encore dans la pièce, alors qu'elle range ses affaires. Elle glisse quelques mots à Afra, qui hoche discrètement la tête pour lui faire comprendre qu'elle a entendu.

– J'espère que vous allez bien, monsieur Ibrahim, ajoute-t-elle avant de partir.

Mon ennemi. Si seulement je savais qui c'est.

Plus tard, je sors dans la cour et je m'assieds sur une chaise, à l'ombre de l'arbre. Je me souviens du vrombissement des abeilles : le bruit de la paix. Je sens presque le miel, les fleurs de citronnier et l'anis, mais aussitôt l'odeur de cendre chasse tout le reste.

Il y a un bourdonnement. Pas la vibration collective des milliers d'insectes dans une ruche, mais un son unique. Par terre, à mes pieds, une abeille. En l'examinant de plus près, je constate qu'elle n'a pas d'ailes. Je tends le doigt et elle grimpe dessus pour se diriger vers ma paume. C'est un bourdon gras et duveteux, les poils doux avec de larges bandes jaunes et noires et une longue trompe enroulée sur le ventre. Il avance sur le dos de mon poignet à présent. Je rentre avec lui et m'assieds dans le fauteuil pour le regarder se blottir confortablement dans ma main, se préparant à dormir.

Dans le salon, la logeuse nous apporte du thé au lait. Il y a du monde ce soir. La plupart des femmes sont couchées, sauf une, qui parle à voix basse en farsi à l'homme à côté d'elle. À sa façon de porter son hijab flottant sur ses cheveux, je devine qu'elle est afghane.

Le Marocain sirote son thé en faisant claquer ses lèvres après chaque gorgée. On dirait qu'il n'a jamais rien bu d'aussi exquis. De temps en temps, il consulte son téléphone, referme son livre et le tapote comme s'il s'agissait de la tête d'un enfant.

– Qu'est-ce que tu as dans la main ?

Je lui présente ma paume ouverte.

– C'est un bourdon. Il n'a pas d'ailes. Je crois qu'il souffre du virus des ailes déformées.

– Tu sais, dit-il, au Maroc, il y a une route du miel. Des gens viennent du monde entier pour goûter notre production. À Agadir, il y a des cascades et des montagnes, et un tas de fleurs qui attirent les touristes et les abeilles. Je me demande comment sont les abeilles anglaises.

Il se penche pour mieux voir, lève l'index comme s'il allait caresser du doigt un chien miniature, puis se ravise.

– Est-ce qu'il pique ?

– Il peut.

Il retire prudemment sa main et la pose sur ses genoux.

– Qu'est-ce que tu vas en faire ?

– Je n'ai pas beaucoup le choix. Je vais le ramener dehors. Il ne survivra pas longtemps comme ça : il a été banni de sa colonie parce qu'il n'a pas d'ailes.

Il regarde la cour de l'autre côté de la porte vitrée. C'est un petit carré de béton, avec un cerisier au milieu.

Je me lève. J'appuie le front contre le panneau de verre. Il est vingt-et-une heures et le soleil se couche.

L'arbre dresse sa haute silhouette noire sur le ciel rougeoyant.

– Maintenant, il fait beau, dis-je, mais dans trois minutes il va pleuvoir. Les abeilles ne sortent pas sous la pluie. Elles n'aiment pas la pluie et, ici, il pleut les trois quarts du temps.

– Je pense que les abeilles anglaises sont différentes.

Lorsque je me tourne vers lui, il sourit. Je l'amuse et ça m'énerve.

Il y a des toilettes en bas et l'un des résidents s'y trouve. On entend une cascade tinter dans la cuvette.

– Quel sauvage ! marmonne le Marocain, se levant pour monter dans sa chambre. Ça ne se fait pas de pisser debout. Il faut s'asseoir !

Je sors dans la cour et dépose le bourdon sur une bruyère à côté de la palissade.

Dans un coin du salon, il y a un ordinateur avec une connexion à Internet. Je veux voir si Mustafa m'a écrit. Il a quitté la Syrie avant moi et nous avons échangé des e-mails tout au long de nos voyages respectifs. Il m'attend dans le nord de l'Angleterre, dans le Yorkshire. Ce sont ses paroles qui m'ont donné le courage de continuer. *Là où il y a des abeilles, il y a des fleurs et là où il y a des fleurs, il y a l'espoir d'une vie nouvelle.* C'est grâce à Mustafa que je suis ici. C'est grâce à Mustafa qu'Afra et moi, nous ne nous sommes pas arrêtés avant d'avoir atteint l'Angleterre. À la vue de mon reflet sur l'écran, je songe que je ne veux pas qu'il sache ce que je suis devenu. Nous sommes enfin dans le même pays, mais, si nous nous voyons, il découvrira un homme brisé. Je ne pense pas qu'il me reconnaîtra. Je me détourne de l'ordinateur.

J'attends que la pièce se vide, que tous les résidents avec leurs langues étrangères et leurs coutumes étrangères soient allés se coucher et qu'on n'entende plus que le ronronnement de la circulation au loin. J'imagine une ruche bourdonnante d'abeilles dorées, qui, à peine sorties, s'envolent dans le ciel pour trouver des fleurs. Je m'efforce de me représenter le pays au-delà de la pension : les routes, les réverbères et la mer.

À l'extérieur, le capteur détecte un mouvement et la lampe s'allume. Du fauteuil où je suis assis, face à la porte, je distingue une ombre de petite taille qui traverse rapidement la terrasse. Un renard, peut-être. Je me lève pour vérifier, mais la lumière s'éteint. Je colle mon visage contre la vitre. En fait, c'est plus gros qu'un renard et ça se tient sur deux pattes. La silhouette se déplace encore et la lampe se rallume. Il s'agit d'un petit garçon qui me tourne le dos. Il regarde dans le jardin voisin par un trou dans la palissade. Je tape à la porte-fenêtre sans parvenir à attirer son attention. Je cherche la clé et la trouve accrochée à un clou derrière le rideau. À mon approche, il fait volte-face, comme s'il m'attendait, et pose sur moi ses yeux noirs qui semblent demander des réponses à toutes les questions du monde.

– Mohammed, dis-je à voix basse, de peur de l'effrayer.

– Oncle Nuri, regarde ce jardin : il est si vert !

Il s'écarte afin que je puisse voir. Il fait trop sombre pour distinguer la moindre couleur. Je ne discerne que les ombres floues des buissons et des arbres.

– Comment est-ce que tu as réussi à me retrouver ?

Il ne répond pas. Je sens qu'il ne faut pas le brusquer.

– Tu veux rentrer ?

Il s'assoit en tailleur sur le béton et colle encore son œil contre le trou. Je m'accroupis à côté de lui.

– Il y a la mer, ici.

– Je sais.

– Je n'aime pas la mer.

– Je m'en souviens.

Il tient quelque chose au creux de sa main. C'est blanc et ça sent le citron, bien qu'il n'y ait pas de citronnier, ici.

– Qu'est-ce que c'est ?

– Une fleur.

– Où est-ce que tu l'as trouvée ?

J'ouvre ma paume et il la dépose là. Il me dit qu'il l'a cueillie sur le citronnier à

Alep

n'était plus que poussière. Afra refusait de partir. Tout le monde avait fui. Mustafa lui-même n'avait plus que cette idée en tête. Mais pas Afra. L'appartement de Mustafa se trouvait sur la route menant à la rivière et je descendais la colline à pied pour lui rendre visite. Ce n'était pas long, mais il y avait des tireurs embusqués et il fallait faire attention. Souvent, les oiseaux chantaient. Le chant des oiseaux ne change pas. C'était Mustafa qui me l'avait dit, il y avait des années de cela. Dès que les bombes se taisaient, les oiseaux sortaient chanter. Perchés sur les squelettes d'arbres, sur les cratères, les fils électriques et les décombres, ils s'époumonaient. Ils volaient haut dans le ciel inaltéré et ils chantaient.

À quelques mètres de chez mon cousin, je distinguais déjà un filet de musique. Il était toujours assis sur le lit, dans sa chambre à moitié détruite par les explosions, un vinyle sur un vieil électrophone, en train de suçoter une cigarette, des nuages de fumée flottant au plafond et un chat ronronnant à côté de lui. Puis un matin, j'arrivai et ne le trouvai pas. Le chat dormait à la place habituelle de Mustafa, sa queue enroulée autour de son corps. Sur la table de chevet était posée une photographie de nous deux, prise l'année où nous avions ouvert le magasin ensemble. Nous plissions les yeux face au soleil, Mustafa me dépassant d'une bonne tête, les ruches derrière nous. Je savais que nous étions entourés d'abeilles, même si on ne les voyait pas. En dessous était glissée une lettre.

Cher Nuri,

Parfois, je pense qu'à force de marcher, je finirai par trouver la lumière, mais, dans le fond, je sais que je peux aller jusqu'au bout du monde, les ténèbres seront toujours là. Car il ne s'agit pas des ténèbres de la nuit, atténuées par la lueur blanche des étoiles et de la lune. Cette noirceur est en moi et n'a aucun rapport avec le dehors.

J'ai un portrait de mon fils sur cette table et rien ne le fera jamais pâlir. Je le vois dès que je ferme les yeux.

Merci de venir tous les jours avec moi au jardin. Si seulement nous avions des fleurs à déposer sur sa tombe. Parfois, dans mon esprit, il est assis à table et il mange du pain lakhma. *Il se gratte le nez de l'autre main et s'essuie sur son short, je lui dis d'arrêter de se conduire comme son père et il me répond « Mais c'est toi mon père ! », et il rit. Ce rire. Je l'entends encore. Il survole la terre et s'évanouit à l'horizon avec les oiseaux. Je pense que c'est son âme, elle est libre à présent. Ô Allah, laisse-moi vivre tant que cela vaut mieux pour moi et fais-moi mourir quand tu jugeras que c'est préférable.*

Hier, je suis allé me promener au bord de la rivière et je suis tombé sur quatre soldats. Ils ont aligné un groupe d'adolescents. Ils leur ont bandé les yeux et ils les ont fusillés un par un. Puis ils les ont jetés à l'eau. Je les regardais et j'imaginais Firas parmi eux, la peur au ventre, conscient qu'il allait mourir, ne voyant rien et comptant les coups de feu. J'espère qu'il a été le premier à tomber. Jamais je n'aurais cru devoir faire un tel vœu. J'ai fermé les yeux et j'ai écouté. Entre les tirs et le bruit sourd des corps qui s'effondraient, j'ai entendu pleurer. Un des garçons appelait son père. Les autres étaient silencieux, trop effrayés pour émettre le moindre son. Dans un groupe, il y en a toujours un qui se montre plus courageux. Car il faut l'être pour crier, pour laisser parler son cœur. Les soldats l'ont fait taire. J'avais un fusil à la main. Je l'ai trouvé dans la rue l'autre jour, chargé de trois balles. Trois balles et quatre hommes. J'ai attendu qu'ils baissent leur garde, qu'ils fument, assis au bord de la rivière, les pieds dans le courant où ils avaient balancé les corps.

J'ai bien visé. J'en ai touché un à la tête, le deuxième au ventre, le troisième au cœur. Le quatrième s'est levé, les mains en l'air, puis, quand il a réalisé que je n'avais plus de balle, il s'est emparé de son arme et je me suis enfui. Il a vu mon visage. Ils me retrouveront. Je dois partir ce soir. Je dois rejoindre Dahab et Aya. J'ai déjà trop tardé, mais je ne voulais pas vous abandonner dans cet enfer.

Je ne peux pas prendre le risque de t'attendre pour te dire au revoir. Tu dois convaincre Afra de fuir. Tu es trop doux, trop sensible. C'est une qualité admirable quand on travaille auprès des abeilles, mais pas ici, pas maintenant. Je vais essayer de rejoindre ma femme et ma fille en Angleterre. Pars, Nuri, nous ne sommes plus chez nous, ici. Alep n'est plus que le cadavre d'un être qu'on a aimé, la ville n'a plus de vie, plus d'âme, c'est un corps en décomposition.

Je me rappelle la première fois où tu es venu aux ruchers de mon père, dans les montagnes. Tu étais là, parmi les abeilles, sans tenue de protection, les mains en visière, et tu m'as dit : « Mustafa, c'est ici que je veux être », même si tu savais que ton père serait déçu. Souviens-toi de ça, Nuri, souviens-toi de la force que tu avais alors. Prends Afra et rejoignez-nous, je vous attendrai.

Mustafa

Je m'assis sur le lit et je pleurai. Je sanglotai comme un enfant. Je glissai la lettre et la photo dans ma poche. Elles ne me quitteraient plus. Mais Afra refusait toujours de partir. Chaque matin, je sortais et je fouillais les ruines pour trouver à manger, et je lui rapportais un cadeau. Je déterrais un tas d'objets dépareillés, des morceaux de la vie des gens, cassés ou intacts : une basket d'enfant, un collier de chien, un téléphone portable, un gant, une clé. C'est bizarre de trouver une clé lorsqu'il n'y a plus de portes à ouvrir. À vrai dire, ça l'est encore plus de trouver une chaussure ou un gant quand il n'y a plus ni pied ni main pour les enfiler.

C'étaient de tristes présents. Malgré tout, je m'entêtais à déposer mes offrandes sur ses genoux, espérant une réaction qui ne venait pas. Je ne renonçai pas pour autant. C'était une distraction comme une autre. Chaque jour, je sortais et je cherchais quelque chose de nouveau. Une fois, je lui trouvai le plus beau des cadeaux : une grenade fraîche gorgée de graines rouges.

– Qu'est-ce que tu as vu ? me demanda-t-elle alors que je me tenais sur le seuil.

Elle était assise sur le lit de camp où Sami dormait naguère, face à la fenêtre, le dos au mur. Elle me rappelait un chat, avec son hijab noir, son visage de marbre et ses grands yeux gris. Sans la moindre expression. Seule sa voix me fournissait des indices sur ses sentiments, et aussi quand elle se grattait si fort qu'elle saignait.

La pièce sentait le pain chaud, la vie normale. Je commençai à parler, puis je me tus. Elle tourna son oreille vers moi, un léger mouvement de tête.

– Tu as fait du *khobz* ?

– Le pain est pour Sami. Pas pour toi. Alors, qu'est-ce que tu as vu ?

– Afra…

– Je ne suis pas idiote. Je n'ai pas perdu la raison. J'avais juste envie de lui faire du pain. J'ai le droit ? Je suis plus intelligente que toi, ne l'oublie pas. Qu'est-ce que tu as vu ?

– Est-ce qu'il faut vraiment que tu en fasses tous les jours ?

Je la regardai. Elle croisa les doigts.

– Donc… les maisons. Elles ressemblent à des carcasses vides. Si tu voyais ça, tu en pleurerais.

– Tu me l'as déjà dit hier.

– Et l'épicerie. Elle est abandonnée. Mais il reste des fruits dans les cagettes où Adnan les a laissés : des grenades, des figues, des bananes et des pommes. Ils sont pourris, maintenant, et ça grouille de mouches avec la chaleur. Malgré tout, à force de chercher, j'ai fini par trouver une grenade. Et je te l'ai rapportée.

Je m'avançai et la déposai sur ses genoux. Elle la prit, la tâta, la fit tourner, la serra entre ses paumes.

– Merci.

Son visage ne trahissait rien. J'avais cru que ça la toucherait. Avant, elle pouvait passer des heures à les éplucher et à trier les graines. Elle coupait la grenade en deux, appuyait un peu sur le fond pour pousser le centre en avant, puis la frappait avec une cuillère en bois. Une fois le saladier en verre plein, elle souriait, clamant qu'elle avait mille joyaux. J'espérais la voir sourire, même si je savais que c'était idiot et égoïste. Elle n'avait aucune raison de se réjouir. Il valait mieux souhaiter que la guerre finisse. Mais j'avais besoin de me raccrocher à quelque chose et, si elle souriait, si par quelque miracle elle souriait, ce serait comme de trouver de l'eau dans le désert.

– S'il te plaît, qu'est-ce que tu as vu ? insista-t-elle.

– Je t'ai déjà dit.

– Non, tu m'as parlé de ce que tu avais vu hier. Pas aujourd'hui. Et aujourd'hui tu as vu quelqu'un mourir.

– Ton imagination te joue des tours. À force d'être dans le noir.

Je n'aurais pas dû dire une chose pareille. Je m'excusai une fois, deux, trois fois, mais son visage demeura impassible.

– Dès que tu es entré, j'ai su qu'il s'était passé quelque chose. C'est ta respiration qui t'a trahi.

– Qu'est-ce qu'elle avait, ma respiration ?

– Tu haletais comme un chien.

– J'étais parfaitement calme.

– Oui, aussi calme que la tempête.

– D'accord, après l'épicerie, j'ai fait un détour. Je me demandais si Akram était toujours là et j'étais sur la grande rue qui va à Damas, juste après la banque, près du virage où le camion de livraison rouge s'arrêtait le lundi, tu sais ?

Elle opina. Elle se la représentait dans sa tête. Elle avait besoin de tous les détails, avais-je fini par comprendre. Elle avait besoin des détails les plus infimes pour voir, pour se persuader que c'étaient ses yeux qui voyaient. Elle hocha encore la tête, m'invitant à poursuivre.

– Il y avait deux hommes armés devant moi et je les ai surpris en train de parier. Ils voulaient s'entraîner au tir. Lorsqu'ils sont tombés d'accord, j'ai réalisé qu'ils parlaient d'un petit garçon qui jouait dans la rue. Il ne devait pas avoir plus de huit ans. Je ne sais pas ce qu'il faisait là, honnêtement. Pourquoi sa mère l'avait laissé…

– Qu'est-ce qu'il portait ?

– Un pull rouge et un short bleu. Un short en jean.

– Et ses yeux ?

– Je ne les ai pas vus. Marron, je suppose.

– Est-ce que tu crois que je le connaissais ?

– Possible. Mais en tout cas, je ne l'ai pas reconnu.

– Il jouait à quoi ?

– Il avait un petit camion.

– De quelle couleur ?

– Jaune.

Elle retardait l'inévitable, s'accrochant à l'enfant vivant, le maintenant en vie. J'attendais, silencieux, tandis qu'elle tournait et retournait les informations dans son esprit. Peut-être mémorisait-elle les teintes, les gestes du garçon. Elle ne les oublierait pas.

– Continue.

– Le temps de me rendre compte de ce qui se passait, il était trop tard. L'un des hommes avait relevé le défi et lui avait tiré dans le crâne. Tout le monde s'est enfui et la rue s'est vidée.

– Qu'est-ce que tu as fait ?

– Je ne pouvais pas bouger. L'enfant gisait au milieu de la chaussée. J'étais paralysé.

– Ils auraient pu t'abattre, toi aussi.

– Le tir n'était pas précis et il n'est pas mort tout de suite. On entendait sa mère hurler dans une maison. Mais les hommes canardaient dans tous les sens en braillant :

« Ne t'approche pas de ton fils ! Ne t'approche pas de ton fils ! »

Je sanglotais dans mes mains, les paumes pressées contre mes yeux. J'aurais voulu pouvoir effacer ce que j'avais vu. J'aurais voulu pouvoir tout effacer.

Alors, je sentis des bras autour de moi, et l'odeur du pain.

Une bombe tomba dans l'obscurité et le ciel s'illumina. J'aidai Afra à se préparer pour aller se coucher. Désormais, elle parvenait à s'orienter dans la maison à tâtons, traînant les pieds. Elle était même capable de faire du pain. Pourtant, le soir, elle tenait à ce que je la déshabille. Elle voulait que je plie ses vêtements, que je les pose sur la chaise à côté du lit où elle avait l'habitude de les mettre. Je lui ôtai donc son abaya, tandis qu'elle levait les bras au-dessus de sa tête comme une enfant. Je lui retirai son hijab et ses cheveux tombèrent sur ses épaules. Puis elle s'assit, attendant que je me prépare à mon tour. Le silence régnait, plus de bombes, et la chambre était paisible au clair de lune.

Il y avait un énorme cratère dans la pièce, le mur du fond et une partie du plafond avaient été emportés, laissant une gueule béante sur le jardin et sur le ciel. Le jasmin qui s'enroulait autour de la tonnelle luisait faiblement et la silhouette noire du figuier s'inclinait vers la balançoire de bois que j'avais construite pour Sami. Mais le silence sonnait faux. Il manquait l'écho de la vie. La guerre était toujours là. Les maisons étaient vides ou habitées par des morts. Les yeux d'Afra brillaient dans la pénombre. Je voulais la serrer dans mes bras, embrasser la peau douce de ses seins, me perdre en elle. Pendant une minute, une minute seulement, j'oubliai tout. Puis elle se tourna vers moi, comme si elle me voyait et lisait dans mes pensées.

– Tu sais que si on aime quelque chose, il nous sera pris, dit-elle.

Nous étions allongés côte à côte. Il y avait une odeur de feu et de cendres dans l'air. Bien que face à moi, elle refusait de me toucher. Nous n'avions pas fait l'amour depuis la disparition de Sami. Parfois, cependant, elle me laissait tenir sa main et mon doigt dessinait des cercles dans sa paume.

– Il faut partir, Afra.

– Je te l'ai déjà dit. Non.

– Si nous restons…

– Si nous restons, nous mourrons.

– Exactement.

– Exactement.

Ses yeux grands ouverts étaient vides.

– Tu attends qu'une bombe nous tombe dessus. Si tu veux que ça arrive, ça n'arrivera jamais.

– Alors j'arrêterai d'attendre. Je ne partirai pas sans lui.

Je faillis dire : « Mais il est déjà parti. Sami est loin. Il n'est pas ici. Il n'est pas ici, en enfer, avec nous, il est ailleurs. Et nous ne sommes pas plus près de lui en restant. » Je me tus, car je savais qu'elle répondrait : « Je le sais. Je ne suis pas idiote. »

Alors je ravalai mes protestations et je traçai des ronds dans sa paume, tandis qu'elle attendait qu'une bombe s'écrase sur nous. Je me réveillai en pleine nuit et je tendis la main vers elle pour la toucher, pour m'assurer qu'elle était toujours là, que nous étions toujours vivants. Dans l'obscurité, je songeai aux chiens qui dévoraient des cadavres dans les champs où poussaient des roses avant la guerre. Quelque part au loin, j'entendis un grincement horrible, le froissement du métal contre le métal, comme une créature qu'on traîne vers la mort. Alors, je posai ma paume sur sa poitrine pour sentir son cœur battre en dessous et je me rendormis.

Le matin, l'appel du muezzin invitait les maisons vides à la prière. Je sortis pour essayer de trouver de la farine et des œufs, car il n'y avait presque plus de pain. Je marchais dans la poussière. Elle était si dense qu'on avait la sensation de patauger dans la neige. Il y avait des voitures carbonisées, des cordes à linge avec des vêtements crasseux sur des terrasses abandonnées, des fils électriques qui pendouillaient dans les rues, des magasins éventrés, des immeubles au toit arraché, des tas d'ordures sur les trottoirs. Ça puait la mort et le caoutchouc brûlé. Au loin, des serpentins de fumée s'élevaient dans le ciel. J'avais la bouche sèche, les mains crispées et tremblantes. Je me sentais prisonnier de ces rues distordues. Dans la campagne, les villages étaient incendiés et un flot humain se déversait sur les routes, les femmes terrorisées parce que personne ne contrôlait les milices et qu'elles craignaient d'être violées. Pourtant, ici, à côté de moi, il y avait un rosier de Damas en fleur. Je fermai les yeux, humant son parfum, et pendant un instant je pus faire comme si je n'avais pas vu ce que j'avais vu.

Lorsque je les rouvris, je réalisai que je me trouvais devant un barrage. Deux soldats se tenaient en travers de mon chemin, armés de mitraillettes. L'un d'eux portait un keffieh à carreaux. Le second saisit un pistolet à l'arrière d'un camion et le plaqua contre ma poitrine.

– Prends ça, dit-il.

Je m'efforçai de copier l'expression de ma femme. Je ne voulais trahir aucune émotion. Ils s'en repaîtraient.

L'homme poussa l'arme plus fort contre mon torse et je trébuchai, m'étalant dans les cailloux.

Il la jeta par terre. Je me mis à quatre pattes et, quand je relevai la tête, je vis les deux soldats au-dessus de moi. À présent, le type au keffieh me visait. Je ne pouvais plus feindre le calme et je m'entendis les supplier de m'épargner, me traînant à genoux dans la poussière.

– Pitié. Ce n'est pas que je ne veux pas. Je serais fier, le plus fier des hommes de porter cette arme en votre nom, mais ma femme est malade, très malade, et elle a besoin de moi.

Je continuai sans réel espoir de les attendrir. Qu'est-ce que ça pouvait leur faire ? Des enfants mouraient à chaque instant. Pourquoi s'émouvraient-ils d'une épouse malade ?

– Je suis fort, et intelligent. Je travaillerai dur pour vous. Mais il me faut quelques jours. C'est tout ce que je demande.

L'autre homme toucha l'épaule de son compagnon au keffieh et celui-ci baissa son arme.

– La prochaine fois qu'on te voit, soit tu prends un fusil et tu rejoins nos rangs, soit tu trouves quelqu'un pour emporter ton cadavre.

Je décidai de rentrer directement. Je sentais une ombre derrière moi, mais j'ignorais si j'étais suivi ou si je me faisais des idées : j'imaginais une silhouette enveloppée d'un grand manteau qui semblait sortie d'un cauchemar d'enfant, flottant au-dessus de la poussière. Lorsque je me retournai, il n'y avait personne.

Chez nous, je trouvai Afra assise sur le lit de camp, adossée au mur, face à la fenêtre, faisant tourner la grenade rouge entre ses mains, la tâtant. Elle tendit l'oreille lorsque je pénétrai dans la pièce. Sans lui laisser le temps de dire quoi que ce soit, je m'emparai d'un sac et je fis le tour de la maison.

– Qu'est-ce qui se passe ? demanda-t-elle ses yeux s'efforçant de percer les ténèbres.

– On s'en va.

– Non.

– Si nous restons, ils vont me tuer.

J'étais dans la cuisine, en train de remplir des bouteilles en plastique au robinet. Je pris des affaires de rechange pour nous deux. Puis je sortis nos passeports et les billets de banque dissimulés sous le lit. Afra n'était pas au courant : c'était l'argent que Mustafa et moi avions réussi à mettre de côté avant l'incendie des ruches. Il y avait aussi une somme que j'avais placée sur un compte personnel, auquel j'espérais pouvoir toujours accéder une fois loin d'ici. Je l'entendis parler dans la pièce voisine. Elle protestait. Je pris également le passeport de Sami ; je ne pouvais pas le laisser là. Puis je retournai dans le salon avec nos sacs.

– J'ai été arrêté par l'armée. Ils m'ont collé un pistolet sur la poitrine.

– Tu mens. Pourquoi est-ce que ça n'est pas arrivé avant ?

– Peut-être qu'avant, il restait des hommes plus jeunes. Ils ne faisaient pas attention à moi. Je ne les intéressais pas. Sauf que maintenant, nous sommes les seuls idiots à être encore ici.

– Je ne partirai pas.

– Ils me tueront.

– C'est le destin.

– Je leur ai raconté que j'avais besoin de quelques jours pour m'occuper de toi. Ils ont accepté. Mais s'ils me recroisent et que je refuse de m'engager, ils me tueront. Ils ont dit que je devrais trouver quelqu'un pour emporter mon corps.

À ces mots, ses yeux s'écarquillèrent et la peur, une peur réelle, crispa ses traits. À l'idée de me perdre, peut-être à la pensée de mon cadavre, elle se secoua. Elle avança à tâtons dans le couloir et je la suivis, essoufflé. Mais, dans la chambre, elle s'étendit et ferma les yeux. J'avais beau essayer de la raisonner, elle demeurait allongée comme un chat mort, tout en noir, avec ce visage impassible que j'en étais venu à haïr.

Je m'assis sur le lit de Sami et regardai par la fenêtre le ciel de métal. Il n'y avait pas d'oiseaux. Je restai là toute la journée et toute la soirée jusqu'à ce que l'obscurité m'engloutisse. Je songeais aux ouvrières qui partaient loin, en quête de nectar, puis revenaient chercher leurs sœurs. Quand l'abeille frétille devant les alvéoles, l'angle de son corps indique dans quelle direction se trouvent les fleurs par rapport au soleil. J'aurais voulu avoir moi aussi quelqu'un pour me guider, pour me dire quoi faire et où aller, mais je me sentais irrémédiablement seul.

Un peu avant minuit, je m'allongeai à côté d'Afra. Elle n'avait pas bougé d'un centimètre. J'avais la photo et la lettre de Mustafa sous mon oreiller. Cette fois, lorsque je me réveillai en pleine nuit, je la vis devant moi qui murmurait mon nom.

– Quoi ?

– Écoute.

Devant chez nous, on entendait des pas et des voix d'hommes, puis un rire, quelqu'un qui riait à pleine gorge.

– Qu'est-ce qu'ils font ? demanda-t-elle.

Je sautai du lit et j'en fis le tour, prenant sa main pour l'aider à se lever. Je la guidai jusqu'à l'arrière de la maison et nous sortîmes dans le jardin. Elle me suivit sans poser de question, sans hésiter. Je tapai le sol du pied, cherchant le toit de tôle, puis je le fis coulisser et j'assis Afra au bord du trou, les jambes dans le vide. Je descendis le premier pour l'aider. Je refermai la plaque métallique au-dessus de nous.

Nous pataugions dans quelques centimètres d'eau, en compagnie des lézards et des insectes qui avaient élu domicile dans l'abri. Je l'avais creusé l'année précédente. Afra m'enlaça et enfouit son visage dans mon cou. Dans cette tombe, nous étions tous les deux aveugles à présent. Il régnait un tel silence que sa respiration semblait le dernier bruit sur terre. Peut-être avait-elle raison. Peut-être valait-il mieux mourir ici. Personne n'aurait à s'occuper de nos cadavres. Une bestiole remua, près de mon oreille gauche. Au-dessus de nous, dehors, des choses bougeaient, se cassaient et craquaient. Les hommes devaient être dans la maison, à présent. Je sentais Afra trembler contre moi.

– Tu sais quoi ? dis-je.

– Quoi ?

– J'ai envie de péter.

Il y eut une pause, puis elle pouffa. Elle ne pouvait plus s'arrêter, elle gloussait dans mon cou. C'était un rire silencieux, mais il secouait son corps tout entier et je la serrai plus fort, songeant que c'était la plus belle chose qui restait. Au bout d'un moment, je ne savais plus si elle riait ou si elle pleurait. Je m'aperçus alors que mon cou était humide de larmes. Puis sa respiration se calma. Elle s'était endormie. Comme si cette fosse était le seul endroit où elle se sentait en sécurité. Là où l'obscurité du dedans et l'obscurité du dehors se confondaient.

Pendant un moment, je sus ce que c'est d'être aveugle, puis les souvenirs affluèrent, pareils à des rêves aux couleurs éblouissantes. La vie avant la guerre. Afra en robe verte, tenant Sami par la main : il commençait tout juste à marcher et il trottinait à côté d'elle, le doigt tendu vers un avion dans le ciel bleu. Nous allions quelque part. C'était l'été. Elle et ses sœurs nous précédaient. Ola en jaune. Zeinah en rose. À son habitude, Zeinah babillait en agitant les bras. Les deux autres s'écriaient « non ! » à l'unisson en guise de réponse. Il y avait un homme avec moi, mon oncle. Je voyais sa canne, je l'entendais claquer sur le béton. Il me parlait du travail : il possédait un café dans le vieux Damas et souhaitait prendre sa retraite, mais son fils, cet ingrat paresseux, refusait de le remplacer. Si on épouse un singe pour son argent, l'argent dépensé, il ne reste que le singe… À cet instant, Afra souleva Sami pour le poser sur sa hanche et elle se retourna, souriante. Ses yeux étincelèrent au soleil et se liquéfièrent. Puis la vision se dissipa. Où étaient-ils tous, aujourd'hui ?

Je clignai des paupières. L'obscurité était totale. Afra soupira dans son sommeil. Je me demandai si je ne ferais pas mieux de lui tordre le cou, de mettre fin à ses souffrances, de lui donner la paix qu'elle réclamait. La tombe de Sami se trouvait dans ce jardin. Elle serait près de lui. Elle n'aurait pas à le quitter. Toutes les tortures qu'elle s'infligeait seraient terminées.

– Nuri.

– Mmm ?

– Je t'aime.

Je ne répondis pas et ses paroles furent englouties par les ténèbres. Je les laissai s'enfoncer dans le sol, dans la terre spongieuse.

– Tu crois qu'ils vont nous tuer ? demanda-t-elle avec un léger tremblement.

– Tu as peur.

– Non. On y est presque, à présent.

Nous entendîmes alors des pas tout proches et des voix.

– J'en étais sûr, dit un homme. Je te l'avais dit qu'il ne fallait pas le laisser filer.

Je retins mon souffle, la tenant si fort qu'elle ne pouvait plus faire un mouvement. J'hésitai à couvrir sa bouche de ma main. J'avais peur qu'elle ne parle, qu'elle ne crie. C'était à elle de choisir : vivre ou mourir. Au-dessus de nous, il y avait toujours des piétinements et des mots étouffés, puis les pas s'éloignèrent enfin. Ce ne fut que lorsque Afra expira que je réalisai qu'elle avait encore en elle un instinct de survie.

Au matin, je décidai que les hommes avaient dû partir. On n'entendait plus un bruit depuis quelques heures et le jour filtrait par les bords du toit, éclairant les parois de boue. Je repoussai la plaque de métal et découvris le ciel vaste et pur : le bleu des rêves. Afra était réveillée mais silencieuse, perdue dans son monde sans lumière.

Lorsque j'entrai dans la maison, je regrettai de ne pas être aveugle, moi aussi. Le salon avait été mis à sac et les murs étaient gribouillés d'inscriptions. *Vaincre ou mourir.*

– Nuri ?

Je ne répondis pas.

– Nuri… qu'est-ce qu'ils ont fait ?

Je la regardai, debout parmi les débris, noire silhouette fantomatique, très droite et immobile.

Je ne dis rien. Elle fit un pas et s'agenouilla, tâtonnant autour d'elle. Elle ramassa un bibelot cassé : un oiseau de cristal portant l'inscription *Les 99 noms d'Allah* en lettres d'or sur une aile déployée. Un cadeau de mariage de sa grand-mère.

Elle le fit tourner entre ses mains, comme elle avait fait avec la grenade, caressant ses lignes et ses courbes. Puis d'une voix douce qui semblait remonter de l'enfance, elle commença à réciter la liste gravée dans sa mémoire :

– Le Créateur, le Souverain, le Bien-Informé, le Clairvoyant, l'Audient, Celui qui donne la vie, Celui qui donne la mort…

– Afra !

Elle reposa l'oiseau et se pencha en avant, explorant l'espace devant elle de ses doigts. Elle trouva une petite voiture. Je les avais toutes rangées dans le placard quelques semaines après la mort de Sami. Les voir ainsi cassées et éparpillées aux quatre coins de la pièce me brisait le cœur. Il y avait même un pot de pâte à tartiner au chocolat, la gourmandise préférée de Sami. Le bocal roula sur le sol, s'éloignant d'Afra, et s'immobilisa au pied de la chaise. Le contenu devait être moisi depuis le temps. Je l'avais entreposé dans le placard avec tout ce qui me rappelait mon fils. Réalisant ce qu'elle avait entre les mains, Afra reposa la voiture immédiatement. Elle se tourna vers moi et, quand son regard plongea dans le mien, pendant un instant j'eus l'impression qu'elle me voyait.

– Je pars, déclarai-je. Que tu viennes ou non.

Je la laissai pour aller chercher nos sacs. Je les trouvai dans la chambre, à leur place. Je les jetai sur mon épaule et rejoignit ma femme qui se tenait au milieu du salon, des pièces de Lego colorées dans ses paumes ouvertes : les restes d'une maison construite par Sami, celle où nous habiterions en Angleterre, avait-il déclaré. Il n'avait pas envie de partir, mais il avait fini par admettre que c'était la meilleure solution : « Il n'y aura pas de bombes là-bas, et les maisons ne se casseront pas comme ici. » Je ne savais pas s'il parlait des Lego ou des véritables bâtiments. Je m'étais senti triste lorsque j'avais pris conscience que Sami était né dans un monde où tout menaçait constamment de s'écrouler. Les vraies maisons s'effondraient. Rien n'était solide dans son univers. Pourtant, il ne renonçait pas à imaginer un endroit où tout ne se désagrégeait pas autour de lui. J'avais rangé la maison de Lego dans le placard avec soin, pour qu'elle reste exactement telle qu'il l'avait laissée. J'avais même envisagé de la démonter et de la réassembler avec de la colle pour la garder toujours.

– Nuri, dit Afra, brisant le silence. J'en ai fini avec cet endroit. S'il te plaît, emmène-moi loin d'ici.

Ses yeux parcouraient la pièce, comme s'ils enregistraient tout ce qui s'y trouvait.

3

Je me réveille étendu sur le dos dans la cour. Il a plu et mes vêtements sont humides. C'est un espace bétonné, avec un seul arbre dont les racines soulèvent les dalles, s'enfonçant dans mes reins. Je m'aperçois que je tiens des fleurs dans mon poing serré. Une ombre me masque le soleil.

– Qu'est-ce que tu fais là, *mec* ?

Le Marocain me regarde, un grand sourire sur le visage. Il parle en arabe.

– Tu as dormi dehors, *mec* ?

Il me tend la main pour m'aider à me lever. Sa force et son équilibre sont déconcertants chez un homme de cet âge.

– Pourquoi La Mecque ? fais-je, hébété.

– Non, juste *mec*, me corrige-t-il en gloussant. C'est ce que dit le vendeur. Ça signifie homme.

Il rentre et je le suis. Il fait bon à l'intérieur. Afra me cherchait. Il prétend l'avoir trouvée en pleurs, ce que j'ai du mal à croire. Vêtue de son abaya, elle est assise très raide à la table de la cuisine, dans la position où elle se tenait pendant l'entretien avec Lucy Fisher. Je n'ai pas l'impression qu'elle a pleuré. Je ne l'ai pas vue verser une larme depuis Alep. Elle fait tourner la bille de Mohammed entre ses doigts. J'ai déjà essayé de la lui enlever, mais elle refuse de s'en séparer.

– En fait, tu es tout à fait capable de t'habiller seule.

Son visage s'assombrit et je regrette aussitôt mes paroles.

– Où étais-tu ? Je n'ai pas fermé l'œil, je me faisais du souci.

– Je me suis assoupi en bas.

– D'après Hazim, tu as dormi dans la cour !

Je me crispe.

– Il est gentil. Il m'a dit de ne pas m'inquiéter, qu'il allait te chercher.

Je décide d'aller faire un tour. C'est la première fois que je m'aventure hors de la pension. Cette ville est étrange, avec ses magasins miteux qui s'alignent fièrement le long des rues : *Go Go Pizza, Chilli Tuk-Tuk, Polskie Smaki, Pavel India, Moshimo*… Un peu plus loin, il y a une épicerie qui passe de la musique arabe très fort. Je marche jusqu'à la mer. Il n'y a pas de sable sur la plage, seulement des galets. En revanche, sur la promenade, il y a un immense bac à sable pour les enfants. Un petit garçon construit un château. Il ne fait pas chaud, mais les gens d'ici ne doivent pas être de cet avis, car sa mère lui a mis un short. L'air concentré, il remplit un seau bleu avec sa pelle. Lorsqu'il est plein, à l'aide du manche, il l'égalise consciencieusement.

Des enfants courent partout avec des glaces et des sucettes aussi grosses que leur tête. En fait, c'est une véritable ville fortifiée que le garçon a bâtie. Il a ajouté des bouts de plastique, des bouchons et des emballages de bonbons pour l'égayer. À l'aide d'une chaussette abandonnée et d'un bâtonnet de barbe à papa, il fait un drapeau. Il couronne l'édifice d'un gobelet en carton.

Il se lève et recule afin d'admirer son œuvre. C'est impressionnant. Il a aussi utilisé le gobelet pour construire des maisons autour du château et il a transformé une bouteille d'eau en gratte-ciel de verre. Il doit sentir ma présence car il se retourne et soutient mon regard. Il a cette expression innocente et préoccupée des enfants qui n'ont pas connu la guerre. Pendant un instant, je crois qu'il va me parler, mais une fillette l'appelle pour qu'il vienne jouer. Elle agite un ballon séducteur. Il hésite, jette un dernier coup d'œil à sa création féerique, me regarde encore une fois, puis court la rejoindre.

Je m'assieds sur un banc, près du bac à sable, et je contemple la progression du soleil dans le ciel. L'après-midi est plus calme. Le temps s'est couvert et les enfants sont rentrés. Je sors de mon sac à dos la documentation sur la demande d'asile.

Pour demeurer au Royaume-Uni et obtenir le statut de réfugié, vous devez ne pouvoir vivre en sécurité nulle part dans votre pays d'origine, en raison des persécutions.

Un éclair fend le ciel. Une grosse goutte tombe sur la feuille dans ma main.

Royaume-Uni.

Nulle part.

Persécutions.

L'averse redouble. Je range la documentation dans mon sac et gravis la côte qui mène à la pension.

Afra est assise près de la porte-fenêtre. Quelques résidents tournent en rond dans le salon ; la télévision est allumée, le son au maximum. Le Marocain hausse les sourcils.

– Comment ça va, mec ?

Il a dit la phrase entière en anglais, cette fois. Ses yeux noirs pétillent.

– Pas mal, mec, réponds-je avec un sourire forcé.

Il rit, apparemment satisfait. Sa poitrine se soulève et il se tape la cuisse. Je me rassieds devant l'ordinateur et je contemple le reflet que me renvoie l'écran. Je touche le clavier sans me résoudre à consulter mes e-mails. Mes yeux reviennent sans cesse à la porte vitrée. À chaque rafale, lorsque la lampe s'allume dehors, je m'attends à voir la silhouette de Mohammed de l'autre côté.

Je sors chercher le bourdon. Je finis par le trouver sous l'arbre, qui se promène sur des brindilles et des pétales. Lorsque je tends la main, il grimpe sur mon doigt et se niche au creux de ma paume, repliant ses petites pattes. Je rentre avec lui.

La logeuse nous apporte du thé sur un plateau et des douceurs kényanes jaunes, parfumées au curcuma. Elle parle couramment l'anglais, autant que je puisse en juger. Elle est si petite qu'on a l'impression qu'elle aurait dû être une poupée. Elle a des jambes maigres, perchées sur d'énormes semelles compensées en bois, et je songe à un éléphanteau quand je la regarde arpenter bruyamment la pièce.

Selon le Marocain, elle est comptable ; elle travaille à temps partiel dans un bureau du sud de Londres et elle tient cette pension. Elle est payée par la municipalité pour nous héberger. Elle astique les murs et les sols comme si elle cherchait à faire disparaître la crasse de nos voyages. Mais il y a autre chose. On sent bien que son histoire n'est pas simple. Il y a un petit meuble en acajou dans un coin du salon. Son vernis lustré a l'éclat de l'eau. Il renferme des verres à alcool étincelants qu'elle polit chaque jour.

Elle utilise en guise de chiffon un morceau de ce qui a dû être une chemise d'homme rayée : j'ai remarqué qu'il restait un bouton dessus. Pourtant, malgré tous ses efforts, elle ne peut pas venir à bout des moisissures vertes sur les murs ni de la couche de graisse dans la cuisine, aussi épaisse que ma peau. Il n'empêche, elle est fière de s'occuper de nous. Elle met un point d'honneur à mémoriser le nom de chacun, ce qui n'est pas un mince exploit étant donné le nombre de personnes qui défilent ici. Elle a discuté un moment avec la femme originaire d'Afghanistan, lui a demandé où elle avait trouvé son hijab, qui est brodé à la main de fil doré.

– Le bourdon est toujours vivant ! s'écrie le Marocain.

Je lui souris.

– Il est coriace. En plus, il a plu la nuit dernière ! Mais il ne survivra pas longtemps dehors s'il ne peut pas voler.

Je le ressors, le dépose sur une fleur et monte avec Afra. Je l'aide à se déshabiller et nous nous mettons au lit.

– Où est Mustafa ? Est-ce que tu as de ses nouvelles ?

– Ça fait un moment que je n'ai rien reçu.

– Tu as consulté ta messagerie ? Il a peut-être essayé de te contacter ? Est-ce qu'il sait que nous sommes ici ?

Je perçois un bruit étrange qui semble venir du cœur même du ciel.

– Tu entends ?

– C'est la pluie sur la vitre, répond-elle.

– Non, pas ça. Le sifflement. Ça siffle. Sans interruption. Comme avant une tempête de sable.

– Il n'y a pas de tempêtes de sable ici. Seulement de la pluie ou pas de pluie.

– Tu n'entends rien, vraiment ?

Elle semble inquiète tout à coup. Elle pose la tête sur sa main. Elle s'apprête à dire quelque chose, mais j'éclate de rire.

– Le temps était froid et ensoleillé, aujourd'hui. Et voilà qu'il pleut ! Le climat anglais est complètement détraqué ! Tu devrais prendre un peu l'air. Pourquoi tu ne viendrais pas te promener avec moi sur le bord de mer, demain ?

– Non, je ne peux pas. Je ne veux pas être dehors dans ce monde.

– Mais tu es libre, maintenant. Tu peux sortir. Tu n'as plus aucune raison d'avoir peur.

Elle ne répond pas.

– J'ai vu un petit garçon qui avait fait un château de sable incroyable, une ville entière en fait, avec des maisons et un gratte-ciel !

– C'est bien.

Il n'y a pas si longtemps, elle m'aurait harcelé de questions. Avant, elle me demandait constamment ce que je voyais. Désormais, elle ne veut plus rien savoir.

– Il faut contacter Mustafa.

L'obscurité me pèse et l'odeur de ma femme aussi. Un mélange de rose et de sueur. Elle aime se parfumer avant d'aller se coucher. Elle sort le flacon de sa poche et en verse quelques gouttes à l'intérieur de ses poignets et dans son cou. J'entends les autres résidents discuter dans le salon en bas. Un drôle de brassage de langues. Il y a un rire. Quelqu'un monte l'escalier. Le parquet craque. C'est le Marocain ; j'ai appris à reconnaître le bruit de ses pas. Il avance, s'arrête, repart. Au début, on a l'impression que ses pauses sont aléatoires, mais en réalité elles obéissent à un rythme spécifique. À l'instant où il passe devant notre chambre, j'entends rouler sur le plancher. Je connais ce bruit. Je bondis pour allumer et je découvre la bille de Mohammed qui se dirige vers le tapis. Je la ramasse et examine le verre à la lumière, la veine rouge qui court au milieu.

– Qu'est-ce que c'est ? demande Afra.

– La bille. Ce n'est rien. Rendors-toi.

– Pose-la sur ma table de chevet.

J'obéis et me recouche, lui tournant le dos. Sa main s'approche et se place contre ma colonne vertébrale, comme si elle cherchait ma respiration. Mes yeux restent ouverts dans le noir, car j'ai peur de

la nuit

tombait ; nous étions à Bab al-Faradj, dans la vieille ville. Nous attendions un véhicule sous un bigaradier, en compagnie d'un cadavre. On nous avait dit que ce serait un camion Toyota, phares éteints, avec un plateau entouré de barrières métalliques, du genre de ceux dont on se servait pour le transport des vaches et des chèvres. Le mort était allongé sur le dos, une main repliée au-dessus de la tête. Il avait dans les vingt-cinq ans et portait un pull noir sur un jean de la même couleur. Je ne dis rien à Afra.

C'était là que nous étions censés attendre le passeur.

Le visage du mort s'éclaira soudain. Une lueur blanche. Qui clignotait. Il avait encore son téléphone à la main, celle qui était repliée au-dessus de sa tête. Ses yeux étaient marron, ses sourcils épais. Une cicatrice ancienne barrait sa joue gauche. Une chaîne d'argent scintillait à son cou, avec un prénom calligraphié : « Abbas ».

– C'est beau, ici, dit Afra. Je sais exactement où nous sommes.

Avant, il y avait des plantes grimpantes en face et au pied des marches menant à la terrasse de l'école aujourd'hui close.

– Nous sommes à côté de l'horloge, et il y a un café au coin de la rue qui sert de la glace à l'eau de rose où nous avons emmené Sami une fois, tu te rappelles ?

Juste derrière les bâtiments, une lumière verte baignait le cadran de l'horloge de Bab al-Faradj. Onze heures cinquante-cinq. Encore cinq minutes. Impuissant, je regardais son expression attendrie par le souvenir. Depuis qu'elle avait ri et pleuré dans l'abri souterrain, elle était revenue à la vie, mais de manière fragmentaire. Parfois, un petit bout d'elle apparaissait par une fissure, pour s'évanouir de nouveau. Mais là, sur son visage tout proche du mien, je voyais le désir, la détermination de s'accrocher à une illusion, à une certaine vision de la vie et d'Alep. Jamais l'ancienne Afra ne se serait abaissée à cette forme de complaisance. J'avais peur d'elle, soudain. Le téléphone cessa de clignoter. L'obscurité revint.

Au loin, je distinguais la citadelle sur son tertre oblong, aplati comme le sommet d'un volcan.

La brise embaumait.

– Tu sens l'odeur des roses ? lui demandai-je.

– J'ai mis du parfum.

Elle fouilla dans sa poche et en tira un flacon qu'elle me présenta dans sa paume. C'était moi qui l'avais composé pour elle la première année de notre mariage. Un de mes amis possédait une distillerie de roses et j'avais sélectionné les fleurs moi-même.

Je l'entendais murmurer. Elle voulait revenir au printemps, quand elles seraient épanouies. Elle mettrait son parfum et sa robe jaune et nous nous promènerions ensemble. Nous partirions de la maison, traverserions la ville et rejoindrions le souk sur la colline. Puis nous déambulerions dans le vieux marché couvert, le long des étals chargés d'épices et de savons, de thé, d'objets en bronze, en or et en argent, de citrons séchés, de miel, d'herbes ; et je lui achèterais une écharpe en soie.

Ses mots me faisaient mal au cœur. Je lui avais pourtant dit que le souk était vide, une partie des allées bombardée et incendiée. Ces ruelles qui grouillaient naguère de marchands et de touristes étaient devenues le territoire de l'armée, des chats et des rats. Tous les étals étaient abandonnés, hormis un, où un vieil homme vendait du café aux soldats. La citadelle convertie en base militaire était entourée de chars.

Le souk Al-Madina était le plus ancien marché du monde, une étape essentielle sur la route de la Soie, qui attirait des commerçants venant d'Égypte, d'Europe et de Chine. Afra parlait d'Alep comme s'il s'agissait d'un pays magique dans un conte. Comme si elle avait oublié tout le reste, les années qui avaient conduit à la guerre, les émeutes, les tempêtes de sable, la sécheresse, la lutte constante qu'il fallait mener pour survivre, déjà avant les bombes.

Le téléphone du mort s'alluma de nouveau. La personne qui l'appelait voulait vraiment lui parler. Une huppe était perchée sur le bigaradier. Elle ouvrit ses ailes, révélant ses plumes noires et blanches à la lueur du portable. J'avais peur que la lumière ne nous fasse repérer. Je m'agenouillai, desserrai les doigts du jeune homme et glissai l'appareil dans mon sac à dos.

L'horloge sonna minuit. J'entendis le ronronnement d'un moteur. Afra se redressa d'un air effrayé. Un camion Toyota apparut dans le virage, tous phares éteints, les pneus brassant la cendre. Le chauffeur descendit. Un chauve barbu aux traits rudes, portant un tee-shirt noir, des godillots et un treillis militaire, avec un sac-banane et un pistolet à la ceinture. La copie conforme d'un partisan du régime : le crâne rasé, la longue barbe. Une ruse pour tromper les milices chabiha d'el-Assad.

Il m'inspecta longuement. Afra piétinait dans la poussière, mais il ne lui accorda aucune attention.

– Appelle-moi Ali, dit-il enfin, avec un sourire si large que tout son visage se plissa.

Pourtant, quelque chose chez lui me mettait mal à l'aise ; en le voyant, je songeai à la grimace hilare d'un clown mécanique que la grand-mère de Sami lui avait acheté au marché. Son sourire s'évanouit et il fronça les sourcils, scrutant l'obscurité.

– Il y a un problème ?

– On m'avait parlé de trois personnes.

Je désignai l'homme au sol.

– Dommage.

Je décelai une tristesse inattendue dans sa voix. Il se recueillit un instant, tête baissée, avant de s'agenouiller pour ôter l'alliance dorée du mort et la glisser à son propre doigt. Il soupira et jeta un coup d'œil à l'horloge, puis au ciel. Je suivis son regard.

– La nuit est claire. Il y a beaucoup d'étoiles. Nous avons quatre heures avant le lever du soleil. Il faut que nous soyons à Armanaz à trois heures au plus tard si vous voulez passer la frontière à quatre heures.

– Combien de temps dure le trajet ? demanda Afra.

Il la regarda comme s'il la découvrait à l'instant, mais ce fut à moi qu'il adressa sa réponse.

– Un peu moins de deux heures. Et vous n'allez pas vous asseoir avec moi. Vous allez vous cacher à l'arrière.

Il y avait une vache sur le plateau et le plancher était souillé de bouses. J'aidai Afra à monter et le chauffeur nous ordonna de nous baisser pour plus de discrétion. Si nous faisions une mauvaise rencontre, les tireurs abattraient l'animal. La vache nous regarda. Le moteur vrombit et le camion s'ébranla, parcourant les rues de cendres aussi silencieusement que possible, compte tenu des gravats et des décombres.

– Il y a un téléphone qui sonne, dit Afra.

– Comment ça ?

– Je sens la vibration contre ma jambe, dans ton sac. Qui est-ce qui appelle ?

– Ce n'est pas le mien. Je l'ai éteint.

– Il est à qui, alors ?

Je le sortis. Cinquante appels manqués. Il se remit à sonner.

– Réponds.

– Donne-moi ton hijab.

Elle défit son voile et me le tendit. Je m'en couvris la tête avant de décrocher.

– Abbas ? demanda une voix de femme.

– Non.

– Abbas, où es-tu ?

– Non, je suis désolé, je ne suis pas Abbas.

– Où est-il ? Passez-le-moi ! Est-ce qu'on l'a arrêté ? Est-ce qu'ils l'ont arrêté ?

– Abbas n'est pas ici.

– Mais je lui parlais il y a un instant. Nous avons été coupés.

– Quand ?

– Il n'y a pas longtemps. Une heure. S'il vous plaît, passez-le-moi.

À cet instant, le camion freina et le moteur se tut. Des pas s'approchèrent. Le chauffeur tira sur le hijab, le jeta à l'arrière, et je sentis la froideur du métal entre mes sourcils.

– Tu es complètement débile ou quoi ? demanda Ali. Tu as envie de mourir ?

Il poussa le canon de son arme contre mon front, les yeux furieux. Du téléphone s'échappait la voix de la femme : « Abbas, Abbas… » sans interruption.

– Donne ça.

Je lui remis le mobile et nous repartîmes.

Nous roulions vers Urum al-Kubra, à une vingtaine de kilomètres à l'ouest d'Alep, serpentant entre les ruines de la vieille ville. Les quartiers ouest étaient sous le contrôle du régime, alors que les opposants tenaient l'est. Rien n'échappait à la rivière qui coulait dans le no man's land entre les deux lignes de front. Tout ce qui était jeté dans le Qoueiq du côté des forces gouvernementales finissait par s'échouer chez les rebelles. À la sortie de la ville se dressait un énorme panneau publicitaire avec une photo de Bachar el-Assad. Ses yeux bleus scintillant comme des joyaux, même dans l'obscurité. L'affiche était intacte, totalement préservée.

Nous atteignîmes la route à deux voies et le monde s'ouvrit soudain. Des champs noirs s'étendaient à perte de vue, les mûriers et les oliviers bleutés sous la lune. Je savais que les rebelles et les troupes syriennes s'étaient battus parmi les « villes mortes », ces nombreux villages en ruine datant de l'Antiquité qui parsemaient le paysage autour d'Alep. Au milieu de cette immensité cobalt, je pouvais oublier ce que j'avais vu et entendu, et les imaginer indemnes. Comme les yeux bleus de Bachar. Ce qui était perdu l'était à jamais. Les châteaux des croisés, les mosquées et les églises, les mosaïques romaines, les anciens marchés, les maisons, les foyers, les maris et les femmes, les filles et les fils. Les fils. Je songeai aux yeux de Sami, à l'instant où la lumière les avait désertés, les changeant en verre.

Afra se taisait, ses cheveux défaits de la même couleur que le ciel. Elle se pinçait les bras, son visage encore plus pâle que d'habitude. Mes yeux se fermèrent. Lorsque je les rouvris, je constatai que nous étions arrivés à Urum al-Kubra. Devant nous se trouvait la carcasse d'un camion soufflé par une explosion. Notre chauffeur faisait les cent pas. Nous attendions une mère et son enfant, nous expliqua-t-il.

La ville était vide. Méconnaissable. Ali était nerveux.

– Il faut y être avant le lever du soleil. Sinon, vous ne pourrez pas passer.

La silhouette d'un homme à vélo émergea de l'obscurité.

– Laissez-moi parler, dit le passeur. Ça pourrait être n'importe qui. Un espion.

Cet individu aussi gris que le béton me paraissait totalement inoffensif, mais Ali se méfiait.

– Vous n'auriez pas de l'eau, par hasard ? demanda l'inconnu.

– Tiens, mon ami.

Le passeur prit une bouteille sur le siège passager et l'offrit à l'homme, qui but comme s'il n'avait pas avalé une goutte depuis un siècle.

– Nous avons aussi à manger.

Ali sortit une tomate d'un sac que l'autre reçut la main tendue, comme si c'était de l'or. Puis il resta là, avec sa paume ouverte, nous examinant.

– Où est-ce que vous allez ?

– Nous allons rendre visite à notre tante, répondit Ali. Elle est malade.

Il pointa le doigt vers la route pour indiquer notre direction. Alors, sans un mot, l'homme plaça la tomate dans le panier de son vélo, l'enfourcha et s'éloigna, puis, au lieu de disparaître, il décrivit un grand cercle et revint vers nous.

– Je m'excuse, j'ai oublié de vous dire une chose.

Il passa la main sur son visage, essuyant une partie de la poussière. Ses doigts laissèrent des traces plus claires sur ses joues.

– J'aurais honte d'accepter vos présents et de partir sans rien dire. J'irais me coucher ce soir en me demandant si vous êtes morts ou vifs. Tout droit, à environ cinq kilomètres, il y a un sniper perché sur une citerne d'eau. Il ne vous ratera pas. Passez plutôt par là.

Il indiqua un chemin de terre qui menait à une petite route de campagne et nous expliqua comment rejoindre l'axe principal.

Ali, qui ne voulait pas attendre plus longtemps la mère et l'enfant, décida de s'en remettre à l'homme et de faire ce détour qui nous ferait déboucher entre Zardana et Maarat Misrin.

– Où est-ce que nous sommes ? s'enquit Afra alors que nous roulions sur des pistes cahoteuses. Qu'est-ce que tu vois ?

– Des vignes et des oliviers aussi loin que porte le regard. Il fait sombre mais c'est très beau.

– C'est comme avant ?

– Comme si rien n'avait changé.

Elle hocha la tête ; pendant un instant j'oubliai la guerre et je crus que nous allions réellement rendre visite à une tante malade, qu'à notre arrivée les maisons et les habitants seraient tels que nous les avions toujours connus. C'était tout ce que je voulais : être avec Afra dans un monde préservé.

Dans le camion qui était relativement silencieux en dépit de la chaussée raboteuse, je me forçais à rester éveillé, m'imprégnant de la nuit syrienne, de ses étoiles et de ses vignes. Je reconnus le parfum du jasmin et, venant de plus loin, celui des roses. J'en imaginais un champ entier, des éclairs rouges sous la lune au milieu de la campagne endormie, puis à l'aube l'arrivée des travailleurs agricoles qui mettraient en caisse les épais pétales. Je vis alors mes ruches dans le pré, les rayons avec leurs fragiles hexagones dorés. Au-dessus du toit et par les trous sur le côté, les ouvrières affairées, dont les glandes sécrétaient une cire qu'elles malaxaient avec leurs mandibules pour créer des rangées d'alvéoles symétriques de cinq millimètres de diamètre. La reine dans sa cellule royale, entourée de ses suivantes, son odeur agissant comme un puissant aimant. Et toujours le bourdonnement, la paisible et incessante vibration musicale, le flot des abeilles autour de moi, passant devant mon visage, s'accrochant dans mes cheveux, se libérant et repartant.

Je songeai à Mustafa, qui certains jours arrivait de l'université encore en costume, avec un Thermos de café et un sac à dos bourré de livres et de papiers. Il se changeait, enfilait une tenue de protection et me rejoignait pour examiner les rayons, la consistance, l'odeur et le goût de notre production. Il trempait son doigt dedans et s'écriait : « Nuri ! Nuri, sans mentir, je pense que nos abeilles font le meilleur miel du monde ! » En fin de journée, au coucher du soleil, nous laissions les ruches pour rentrer et retrouver la circulation de la ville. Sami attendait à la fenêtre, avec une mine de petit garçon qui a fait une bêtise.

– Nuri. Nuri. Nuri.

J'ouvris les yeux.

– Quoi ?

Le visage d'Afra était tout proche du mien.

– Tu pleurais. Je t'ai entendu pleurer.

De ses deux mains, elle essuya mes larmes. Elle plongea son regard dans le mien, comme si elle me voyait. Et, à cet instant, je la vis également, la femme à l'intérieur, la femme que j'avais perdue. Elle était là, avec moi, son âme ouverte et présente, aussi transparente que la lumière. Pendant quelques secondes, je cessai d'avoir peur du voyage à venir, de la route devant nous. Puis très vite ses yeux s'opacifièrent et elle rentra en elle-même, m'échappant à nouveau. Je savais que je ne pouvais pas la forcer à rester avec moi, que rien de ce que je pourrais dire ou faire ne la ramènerait. Je devais la laisser partir et attendre qu'elle décide de revenir.

Le camion contourna Maarat Misrin pour rejoindre la route à deux voies, franchit une montagne puis la vallée entre Haranbush et Kafr Nabi. Nous approchions à présent d'Armanaz. Les puissants projecteurs de la frontière turque apparurent, un grand soleil qui illuminait l'étendue plate devant nous.

Entre Armanaz et la Turquie, il y a l'Oronte, le fleuve que nous devions traverser pour passer de l'autre côté. Le chauffeur se gara sous un arbre en retrait de la route et nous ordonna de le suivre à travers bois. Afra serrait ma main très fort. Je dus la relever plusieurs fois et la prendre par la taille, car elle ne cessait de trébucher. On ne voyait presque rien, mais on entendait bruisser et craquer autour de nous. Bientôt, je distinguai des voix devant moi et peu après nous débouchions au bord du fleuve. Trente ou quarante fantômes se tenaient là. L'un d'eux installait une fillette dans une énorme marmite, similaire à celle que nous utilisions pour le couscous, qui était attachée à un long câble. Sur l'autre rive, des hommes attendaient, prêts à tirer. L'enfant pleurait et s'accrochait au cou de son père, refusant de le lâcher.

– S’il te plaît. Vas-y, suppliait-il. Ces gens sont nos amis, ils vont t’aider à traverser. Je te retrouverai en face.

– Pourquoi tu ne viens pas avec moi ?

– Je te promets qu’on se retrouvera de l’autre côté. Je t’en supplie, arrête de pleurer, on va nous entendre.

Mais elle refusait de l’écouter. Alors, il la repoussa et lui flanqua une gifle retentissante. Elle se laissa tomber dans la marmite, choquée, la main sur la joue. Aussitôt, les hommes entreprirent de la haler. Dès qu’elle fut assez loin, le père s’assit par terre, comme vidé de toute vie, et se mit à sangloter. Je compris qu’il ne la reverrait pas. À ce moment-là, je regardai derrière moi. Je savais qu’il ne fallait pas, néanmoins, je ne pus m’empêcher de me retourner pour contempler la terre que je quittais, noyée dans l’obscurité. Je fixai la brèche entre les arbres et le sentier qui pourrait me ramener chez moi.

4

Il y a un nouveau venu à la pension. Ses épaules sont si anguleuses, son dos si rond que, lorsqu'il s'assied penché en avant, on dirait qu'il cache des ailes sous son tee-shirt. Il parle en anglais avec le Marocain et tous deux s'efforcent de communiquer dans cette langue qu'ils maîtrisent mal. Le plus vieux semble apprécier le plus jeune. Il s'appelle Diomande et vient de Côte d'Ivoire. Il jette de temps en temps des regards dans ma direction. Je fais celui qui ne voit rien.

Le bourdon est toujours vivant. Je l'ai trouvé dans la cour, sur la fleur où je l'avais déposé. Une fois de plus, je le laisse grimper sur ma main et le ramène dans le salon. Il part à l'assaut de mon bras. Je garde les yeux fixés sur la porte-fenêtre. Je me concentre sur le reflet de Diomande et les ombres mouchetées des arbres au-delà.

– Je suis allé au Gabon, dit-il. Puis on me conseille d'aller en Libye, parce qu'il y a beaucoup de travail là-bas. Mon ami raconte qu'il y a la guerre avant, mais que maintenant, il n'y a pas de problème, alors, je décide de partir pour trouver un bon travail. Je paie quinze mille francs CFA, huit heures de route à travers le désert, puis je suis arrêté et jeté en prison.

Il a les coudes sur les cuisses. Quand il parle, ses omoplates se soulèvent et je m'attends presque à le voir déployer ses ailes. Il est très grand et dégingandé, ses genoux si hauts qu'il semble plié en trois.

– Pendant trois jours, on ne nous donne rien à manger, juste du pain et de l'eau, et nous sommes très nombreux à partager. Je ne sais pas qui sont ces gens, tout le temps ils nous battent et ils veulent deux cent mille francs CFA pour ma libération. J'appelle ma famille mais l'argent n'arrive jamais.

Il change de position, étale ses longs doigts bruns sur ses genoux. Je me détourne de son reflet pour l'examiner, ses articulations noueuses, ses yeux exorbités. Il n'a que la peau sur les os. On dirait qu'il a été dévoré par les vautours. Un cadavre, la carcasse d'une maison bombardée. Il croise mon regard, le soutient quelques instants, puis lève la tête vers l'ampoule nue.

– Comment est-ce que tu t'en es sorti, mec ? demande le Marocain, impatient d'entendre la suite.

– Au bout de trois mois, une faction rivale prend la prison et libère tous les otages. Je suis libre. Après, je vais à Tripoli où je trouve mon ami et du travail.

– Je suis content pour toi !

– Non, car mon nouvel employeur, il ne paie pas. Et quand je demande l'argent, il veut me tuer. Je veux retourner au Gabon, mais ce n'est pas possible, alors je monte dans un bateau pour traverser la Méditerranée.

Le Marocain s'appuie contre son dossier et suit le regard du jeune homme qui fixe toujours l'ampoule au plafond.

– Comment est-ce que tu es arrivé ici ?

– C'est une longue histoire.

Diomande n'en dit pas plus. Il semble fatigué. L'autre s'en rend sans doute compte. Il lui tape sur le genou et change de sujet, entreprenant de décrire les mœurs étranges des habitants de ce pays.

– Ils mettent des baskets avec un costume. Ça ne se fait pas ! Et aussi, ils sortent en pyjama ! Pourquoi ?

– C'est un survêtement, rectifie Diomande, montrant ses propres habits.

Le Marocain est généralement en tenue de nuit à cette heure, mais dans la journée il porte un vieux costume gris-bleu et une cravate.

J'attends qu'ils soient couchés pour aller dans la cour. Je remets le bourdon sur sa fleur. On n'entend que le ronronnement lointain de la circulation et la brise légère qui froisse les feuilles. Le capteur ne m'a pas détecté et j'apprécie l'obscurité. C'est apaisant. La lune est pleine et haute dans le ciel. Je sens une présence derrière moi et quand je me retourne je découvre Mohammed assis par terre, faisant rouler la bille le long des fissures du sol. À côté de lui, un ver se tord dans une flaque. L'enfant lève les yeux vers moi.

– Oncle Nuri, j'ai encore gagné contre le ver. Il s'appelle Habib. Tu veux dire bonjour à Habib ?

Il le ramasse pour me le montrer.

– Qu'est-ce que tu fais là ?

– Je cherchais la clé pour sortir.

– Quelle clé ?

– Elle est dans l'arbre, mais je ne sais pas laquelle c'est.

Je réalise soudain que plus d'une centaine de clés dorées luisent dans les branches, tournoyant dans le vent.

– Est-ce que tu peux me la passer ? Je n'arrive pas à l'attraper et Habib est fatigué.

Je regarde le ver qui frétille, suspendu à son doigt.

– Bien sûr. Mais comment est-ce que je peux savoir laquelle tu veux ?

– Prends-les toutes, et nous les essaierons jusqu'à trouver la bonne.

Je vais chercher un saladier dans la cuisine. Mohammed attend patiemment que je cueille les clés sur le cerisier. Dehors, il y a un escabeau dont je me sers pour attraper celles qui sont accrochées aux plus hautes branches. Le plat se remplit vite. Je vérifie à plusieurs reprises que je n'en ai oublié aucune. Mais, lorsque je me retourne, Mohammed a disparu. Seul le ver se tortille dans la flaque.

Je monte le saladier dans la chambre et le pose sur la table de chevet d'Afra, à côté de la bille. Je fais très attention à ne pas la réveiller. Je m'allonge sur le flanc et je la regarde dormir, les deux mains sous sa joue. Je sais que son sommeil est profond, car sa respiration est lente et ample. Je me tourne de l'autre côté pour faire face aux ténèbres, incapable de fermer les yeux. Je songe aux jours passés à

Istanbul

était notre destination.

De l'autre côté de l'Oronte, il y avait un trou de deux mètres de diamètre dans la clôture de barbelés. Les gens faisaient passer les petits enfants à travers et jetaient leurs affaires par-dessus. Le jour ne s'était pas levé, mais on nous recommanda de nous mettre à plat ventre et de ramper sur la terre poussiéreuse, parmi les fougères.

Une fois en Turquie, il nous fallut marcher une éternité à travers les champs de blé et d'orge. Personne ne parlait. Le froid était pénétrant et Afra grelottait à mon bras. Alors que nous avancions depuis environ trente minutes, un enfant apparut au loin. Il courait sur la route, sa silhouette se découpant devant le soleil. Il fit signe à quelqu'un et se dirigea en direction d'un pâté de maisons.

Le groupe atteignit un village, des maisonnettes de plain-pied avec des terrasses, les volets ouverts. Il y avait des gens aux fenêtres, d'autres sur le bord de la chaussée, les yeux écarquillés, comme s'ils voyaient passer un cirque itinérant. Sur une longue table, on avait posé des gobelets en plastique et des cruches d'eau. Notre petit convoi s'arrêta pour boire et des femmes nous apportèrent des couvertures. Les villageois nous donnèrent du pain, des cerises et des sachets d'amandes, puis ils s'écartèrent et nous regardèrent partir. Je ne compris qu'après coup que ce que j'avais pris pour de l'émerveillement était en réalité de la peur, et j'essayai de m'imaginer à leur place, assistant à l'exode de centaines de personnes malmenées par la guerre, en route vers un avenir incertain.

Notre marche dura au moins une heure encore. Le vent avait forci, freinant notre progression, quand une puanteur d'égout nous saisit et un pré apparut devant nous. Des tentes étaient plantées un peu partout, et des gens dormaient sur des couvertures au milieu des ordures.

Je trouvai un espace sous un arbre. Il régnait un calme auquel je n'étais plus habitué. À Alep, le silence était menaçant, il pouvait être brisé à chaque instant par un obus, un coup de feu, les pas lourds des soldats. Au loin, en direction de la Syrie, la terre gronda.

Le vent des montagnes charriait une odeur de neige. Une image me revint : la blancheur étincelante du Jabal el-Cheikh, la toute première fois que j'en avais vu, des années auparavant, avec la Syrie à gauche et le Liban à droite, les frontières définies par la crête, et la mer très loin en dessous. Nous avions placé dans la rivière un melon qui s'était craquelé sous l'effet du froid. Ma mère avait mordu dans le fruit vert glacé. Que faisions-nous au sommet du monde ?

Un homme à côté de moi dit : « Quand on appartient à quelqu'un qui n'est plus là, qui est-on ? » Il paraissait hagard, le visage crasseux, les cheveux hirsutes. Son pantalon taché empestait l'urine. L'obscurité était peuplée de bruits étranges, des cris d'animaux semblait-il, et je crus identifier l'odeur de décomposition de la mort. Notre voisin nous offrit une bouteille d'eau et me recommanda de m'asseoir un moment dessus pour la réchauffer avant de boire. La nuit passa et le soleil se leva. Il y avait de la nourriture par terre et une nouvelle couverture. Quelqu'un avait apporté du pain dur, des bananes et du fromage. Afra mangea et se rendormit, la tête sur mon épaule.

– D'où viens-tu ? demanda l'homme.

– Alep. Et toi ?

– Du nord de la Syrie, dit-il sans plus de précision.

Il prit la dernière cigarette dans son paquet et l'alluma. Il la fuma lentement, son regard balayant la terre aride. S'il avait été fort autrefois, ses muscles avaient fondu et il était décharné.

– Comment est-ce que tu t'appelles ?

– J'ai perdu ma fille et ma femme, répondit-il d'une voix monocorde, laissant tomber son mégot par terre.

Il s'en tint là. Puis une pensée parut l'arracher à sa torpeur.

– Il y a des gens… il y a des gens qui attendent ici depuis un mois, reprit-il après un long silence. Ce serait mieux de contourner l'administration et de trouver un passeur. J'en ai vu partir et ne pas revenir. Mais je ne voulais pas essayer seul.

Je lui dis que j'étais prêt à tenter le voyage avec lui. Alors, il se présenta : il se nommait Elias.

Pendant le reste de la journée, Elias s'affaira ; il parla à quelques personnes et passa des appels de mon téléphone, dont la batterie était presque déchargée. Avant la fin de l'après-midi, il avait organisé un rendez-vous dans la ville voisine, d'où nous pourrions rejoindre Istanbul. C'était étrange de voir à quel point c'était facile. Il existe toujours des solutions pour ceux qui ont la chance d'avoir de l'argent.

Le lendemain, nous prîmes un bus à la gare routière pour aller retrouver le passeur, un petit homme asthmatique qui lançait des regards inquiets autour de lui. Il nous conduisit à Istanbul en voiture. Elias ne me lâchait pas d'une semelle. Des bâtiments hauts et lumineux, certains vieux, d'autres neufs, s'agglutinaient au bord du Bosphore, où les eaux de la mer de Marmara se mêlaient à celles de la mer Noire. J'avais oublié que, à l'extérieur d'Alep, il existait encore des immeubles debout et un monde qui n'était pas détruit.

La nuit, nous dormions par terre dans l'appartement du passeur. Il y avait deux pièces, une pour les femmes et l'autre pour les hommes. Au mur, je remarquai une photographie de la famille qui avait vécu là avant. Elle était délavée par le soleil, presque blanche, et je me demandai qui ils étaient et pourquoi ils étaient partis. Les nuits étaient froides. Le vent de la mer s'insinuait dans les interstices entre les portes et leur cadre en bois, entre les fenêtres et leur châssis. Il apportait les grondements des chiens et des voitures. Mais il faisait quand même plus chaud qu'en pleine campagne, et nous avions des toilettes et un toit sur nos têtes.

Tôt le matin, lorsque les oiseaux commençaient à chanter, les gens s'étiraient et priaient. Il n'y avait rien d'autre à faire qu'attendre. Chaque jour, le passeur revenait de l'endroit mystérieux où il logeait pour nous tenir au courant des conditions météorologiques et de l'état de la mer. Nous ne pouvions pas prendre le risque de traverser par grand vent. Après son départ, les gens discutaient un moment, évoquant ceux qui n'étaient jamais arrivés en Grèce, des familles entières englouties, hommes, femmes et enfants. Je ne participais pas à ces conversations ; j'attendais que le silence revienne. Assise sur un fauteuil en osier près de la fenêtre, la tête tournée un peu à gauche ou à droite, en fonction de qui parlait, Afra écoutait avec attention.

– Nuri, je ne veux pas y aller, me souffla-t-elle comme je m'approchai d'elle.

– On ne peut pas rester ici.

– Pourquoi ?

– Parce que ça signifie être condamné à vivre dans des camps. C'est vraiment ce dont tu as envie ?

– Je n'ai plus envie de rien.

– Notre vie sera finie. Comment est-ce que je trouverais du travail, ici ?

Elle ne répondit pas.

– Nous avons décidé de partir, on ne peut pas renoncer maintenant.

Elle grogna.

– Pense à Mustafa qui nous attend. Tu n'as pas envie de revoir Dahab ? Tu ne veux pas t'installer quelque part où tu te sentiras en sécurité ? Je n'en peux plus de cette existence.

– J'ai peur de l'eau.

– Tu as peur de tout.

– Ce n'est pas vrai.

C'est alors que je remarquai un petit garçon assis en tailleur par terre. Il avait sept ou huit ans et faisait rouler une bille sur le carrelage. Il était un peu bizarre, l'air très loin, perdu dans son monde. Il semblait être seul.

Plus tard, lorsque je sortis sur le balcon, il me suivit. Il se posta à côté de moi, se dandinant sur place. Il se cura le nez et s'essuya la main sur son jean.

– Est-ce qu'on va tomber à l'eau ? demanda-t-il en levant vers moi ses grands yeux, ainsi que Sami aurait pu le faire.

– Mais non.

– Comme les autres gens ?

– Non.

– Est-ce que le bateau sera emporté par le vent ? Est-ce qu'il se retournera ?

– Non. Et même si ça devait arriver, nous aurons des gilets de sauvetage. Tout se passera bien.

– Et Allah – prends pitié de nous – nous aidera ?

– Oui. Allah nous aidera.

– Je m'appelle Mohammed.

Je lui tendis la main et il la serra comme un petit homme.

– Enchanté, Mohammed. Moi, c'est Nuri.

L'enfant me regarda de nouveau, ses yeux écarquillés par la peur.

– Mais pourquoi est-ce qu'il n'a pas aidé les garçons quand ils leur ont coupé la tête ?

– Qui a coupé la tête à qui ?

– Ils faisaient la queue et ils attendaient. Ils n'étaient pas en noir. C'est pour ça. Mon papa m'a dit que c'était parce qu'ils ne portaient pas de noir. Moi, si. Tu comprends ?

Il tira sur son tee-shirt noir sale.

– Qu'est-ce que tu racontes ?

– Mon papa m'a donné une clé et m'a dit d'aller me cacher dans une maison. Il m'a expliqué où elle était. Il fallait que j'entre et que je ferme à clé derrière moi. Mais lorsque je suis arrivé, la maison n'avait pas de porte.

Il sortit une clé de sa poche arrière et me la montra, comme s'il ne désespérait pas de tomber sur la serrure qu'elle était censée ouvrir. Puis il la rangea.

– Tu crois qu'Allah nous aidera dans le bateau ? Parce qu'en mer, ils ne pourront pas nous trouver.

– Oui, il nous aidera à traverser.

Les épaules du gamin se détendirent et il resta encore à côté de moi un moment, dans son jean noir et son tee-shirt noir, avec ses ongles noirs et ses yeux noirs. Le lendemain, je constatai que personne ne parlait à Mohammed. Depuis notre conversation sur le balcon, il lançait constamment des regards dans ma direction, comme pour vérifier si j'étais là. Je pense que ma présence le rassurait.

Le troisième jour, je sortis me promener. Il y avait une allée de ciment qui menait à un petit bois et, si on continuait à marcher assez longtemps, on débouchait dans le quartier des grands immeubles. Il n'y avait pas beaucoup de nuages. Le climat ressemblait à celui de la Syrie, un peu plus frais, peut-être. Et il y avait du brouillard à cause de la pollution, surtout le matin, un épais voile gris qui flottait au-dessus de l'eau et des rues. Il n'avait pas la pureté du brouillard d'hiver ; il sentait la ville et ses habitants.

Le quatrième jour, Elias décida de venir se promener avec moi. Il parlait peu et uniquement au sujet de la météo, qui ne variait guère. Cependant, il relevait les fluctuations les plus infimes. « La brume est plus épaisse ce matin », disait-il, ou « Le vent est particulièrement cinglant, ce soir. » Il se contentait de souligner l'évidence, mais nous attachions de plus en plus d'importance au temps, guettant le moindre signe d'accalmie qui nous permettrait de poursuivre notre voyage.

En me promenant, je remarquai d'autres détails, notamment les chats qui me rappelaient Alep, ne se secouant de leur torpeur que pour attendre toute la journée à l'ombre qu'on leur donne à manger. Les chiens errants aussi, imprévisibles, le poil hirsute, couverts de vieilles cicatrices et de plaies plus récentes, dues aux bagarres, aux maladies ou aux accidents. Ils se ressemblaient tous, le pelage clair, plus rarement marron foncé. Et ils étaient partout, ils rôdaient dans les ruelles et les allées à l'arrière des restaurants, faisaient les poubelles ou déambulaient entre les voitures. La nuit, les chiens sauvages d'Istanbul s'interpellaient d'un bout à l'autre de la ville. Et le matin ils se reposaient sous les chaises et les tables, devant les cafés de la place Taksim. La plupart du temps, ils se contentaient de somnoler, se remettant de leurs virées nocturnes. Les gens ne semblaient pas les remarquer, mais eux surveillaient tout le monde, les yeux mi-clos, le museau sur les pattes : ils regardaient les enfants taper sur les vitres des voitures et essayer de vendre des bouteilles d'eau aux passants.

Il y avait des familles entières qui erraient dans les rues, parfois pieds nus, s'asseyant sur le trottoir quand elles étaient fatiguées de marcher. D'autres migrants proposaient des chargeurs de téléphone, des gilets de sauvetage ou des cigarettes, espérant gagner assez pour partir d'ici.

Il m'arrivait d'oublier que j'étais l'un d'eux. Comme les chiens, je retournais tous les jours au même endroit, sur le même banc, et je regardais les taxis jaunes tourner autour des coquelicots rouges du rond-point. Je humais les fumets alléchants des rôtisseries et des kebabs avec leurs tournebroches et leurs feux de bois ; je respirais l'odeur des petits pains au sésame tout juste sortis du four ou dans les chariots des vendeurs ambulants sur la place. Il y avait des brochettes de viande hachée crue exposées dans les vitrines et des femmes en costume traditionnel qui faisaient des galettes derrière les devantures. J'admirais la faculté d'adaptation des enfants, leur maîtrise de l'art de la survie : de vrais entrepreneurs en herbe pour certains. Qu'aurait pensé Sami de ces rues ? Des étals de marché, des restaurants, des réverbères de l'avenue Istiklal, pas très loin des taudis et des ghettos ? Il m'aurait traîné par la main chez les chocolatiers et Afra aurait adoré les boutiques, les librairies et les pâtisseries.

Elle n'avait pas mis le nez dehors depuis notre arrivée. Lorsque je rentrais de mes promenades, je lui décrivais les monuments ottomans, les voitures, le bruit et le chaos, la nourriture et les chiens. Si j'avais un peu de monnaie, je lui achetais un anneau au sésame qu'elle déchirait en deux pour m'en donner la moitié. Elle adorait ces petits pains, surtout quand ils étaient encore chauds. Afra ne mangeait jamais rien sans le partager : elle était ainsi. Je ne mentionnais pas les enfants dans les rues. Je ne voulais pas qu'elle les voie dans son esprit, qu'elle se perde avec eux dans les inextricables méandres de son imagination.

La nuit, lorsque les chiens errants se réveillaient, Afra s'agitait. Elle restait dans la pièce voisine, avec les autres femmes. Tous les soirs, elle mettait quelques gouttes de parfum à la rose sur la peau tendre de ses poignets et de son cou, comme si elle s'apprêtait à sortir. Je partageais une chambre avec dix hommes. Afra me manquait. C'était la première fois depuis des années que je ne m'endormais pas à côté d'elle. Sa respiration silencieuse me manquait. Son cœur qui battait sous ma main me manquait. J'avais le sommeil léger. Je pensais à ma femme. Il lui arrivait d'oublier qu'elle n'était pas à Alep. Elle sortait dans le couloir se croyant encore chez nous. Si je reconnaissais le bruit de ses pas sur le carrelage, je me levais et la trouvais dans la grande entrée haute de plafond, éclairée par une longue fenêtre.

– Nuri, c'est toi ? Je n'arrive pas à dormir. Tu es réveillé ?

– Maintenant, oui.

– Je ne suis pas fatiguée. J'ai envie d'aller me promener.

– Il est tard. C'est dangereux. Demain.

– Je veux aller voir Khamid, je veux voir son pantalon géant sur la corde à linge.

Khamid était son grand-oncle. Il habitait près de chez nous, un peu plus loin sur la route, en face d'un champ tout sec, où se trouvaient une balançoire et un toboggan en métal. Le soir, elle emmenait Sami faire de la balançoire et ils se moquaient du pantalon trop large de Khamid.

Je pris son visage entre mes paumes et j'embrassai une paupière, puis l'autre. Une partie de moi aurait aimé pouvoir la tuer de baisers, l'endormir à jamais. Son esprit me terrifiait. Ce qu'elle voyait, ce dont elle se souvenait, ce qui était enfermé derrière ses yeux.

Au bout de quelques jours, je me mis en quête de travail. Beaucoup de migrants vendaient des gilets de sauvetage et des cigarettes dans la rue, illégalement bien sûr, car personne n'avait de permis. Je trouvai facilement à m'employer comme laveur de voitures. Elias se joignit à moi. Nous frottions ensemble la crasse et la suie de la ville. Parfois, nous dérobions de petits articles dans le coffre ou la boîte à gants, des objets dont les clients ne remarqueraient pas la disparition ou dont ils ne se soucieraient pas : des paquets de chewing-gum, des bouteilles d'eau entamées, de la menue monnaie. Elias prenait des mégots dans le cendrier. Le patron était un Turc de soixante ans qui fumait soixante cigarettes par jour et nous payait au lance-pierre, mais nous étions à Istanbul depuis déjà trois semaines et la météo ne semblait pas vouloir s'arranger. Travailler nous occupait et nous permettait d'économiser un peu.

Un après-midi, après avoir terminé à la station de lavage, je fis le tour de la place Taksim, en quête d'un cybercafé. Mon téléphone ne marchait pas et je désirais savoir si Mustafa m'avait écrit. S'il était vivant, il ne me laisserait pas sans nouvelles. Et en effet lorsque je me connectai à ma messagerie, je trouvai trois e-mails de lui.

22/11/2015

Cher Nuri,

J'espère que tu as trouvé la lettre que je t'ai laissée. Il ne se passe pas un jour sans que je pense à Afra et toi. Je regrette de ne pas avoir pu te dire adieu, mais, si j'étais resté, ils m'auraient tué. Ne m'en veux pas s'il te plaît.

Je me demande constamment comment nous en sommes arrivés là, comment la vie peut être aussi cruelle. La plupart du temps, l'existence m'est intolérable. Mes pensées m'empoisonnent et je suis seul avec elles. Je sais que chacun ici est prisonnier de son enfer personnel : à côté de moi, il y a un homme qui se tient les genoux et se balance toute la nuit, et il chante, Nuri. Il chante une berceuse qui me glace le cœur. Je voudrais lui demander à qui il la fredonnait dans le temps, mais je redoute sa réponse, alors, je lui offre des cigarettes. C'est tout ce que je peux faire. Au moins, quand il fume, il se tait. J'aimerais pouvoir échapper à mes pensées, me libérer de ce cauchemar, de tout ce que j'ai appris et vu au cours de ces dernières années. Et les enfants qui ont survécu : que deviendront-ils ? Comment pourront-ils vivre dans un tel monde ?

Le voyage ne s'est pas déroulé comme prévu. Je suis passé en Turquie, puis en Grèce, et de là en Macédoine. C'est après que les choses se sont gâtées : j'ai été arrêté et déporté. On m'a mis dans un train pour la Bulgarie, où je me trouve à présent, dans un camp au milieu des bois. Je t'envoie ce message du téléphone d'un jeune homme que j'ai rencontré ici. Nous dormons sous de grandes tentes, dans des rangées de lits superposés. Quand le vent souffle, j'ai l'impression que tout va s'écrouler. Il y a une gare où s'arrêtent des trains antédiluviens. Les gens tentent de sauter à bord et de s'accrocher aux portières pour rejoindre la Serbie. En ce qui me concerne, je n'ai même pas essayé.

Le chariot de nourriture vient d'arriver et nous devons attendre qu'on nous distribue des sardines et du pain. C'est notre menu quotidien. Si je me sors de là, plus jamais je n'avalerai une sardine.

J'espère avoir de tes nouvelles. Je prie pour que vous soyez sains et saufs.

Ton cousin,

Mustafa.

29/12/2015

Cher Nuri,

Je me trouve à présent en Serbie, dans un camp à côté d'une usine. C'est une zone industrielle au bout d'une voie de chemin de fer. Les rails ne vont pas plus loin. J'espère que ce n'est pas le signe que j'ai atteint le terme de mon voyage. De Bulgarie, j'ai pris un train qui a mis un jour et une nuit pour arriver ici, et on m'a conduit dans ce camp entouré de barbelés à côté d'un village. Je ne peux pas sortir : l'endroit est fermé et tout le monde essaie de fuir. Il n'y a pas de quai pour accéder au train.

Du bus qui m'a amené ici, j'ai vu des gens monter à bord en grimpant sur une échelle. Mais, au moins, ils sont partis. Il y a une jeune fille qui a perdu sa voix : elle doit avoir dix-huit ans et chaque jour sa mère la supplie de parler. Quand elle ouvre la bouche, aucun son n'en sort. Je me demande quels mots sont prisonniers à l'intérieur. C'est l'inverse du garçon au bord du Qoueiq qui réclamait son père. Qui sait ce que cette fille a subi, ce dont elle a été témoin ?

Il règne un grand silence ici, un silence qui suinte le chaos et la folie. Je m'efforce de penser au bourdonnement des abeilles. J'essaie de trouver de la lumière en fermant les yeux. J'imagine le pré et nos ruches. Mais alors je vois l'incendie, je vois Firas et Sami. Nos fils sont avec les abeilles, Nuri, ils sont là où sont les fleurs et les abeilles. Allah veille sur eux, en attendant nos retrouvailles à la fin de cette vie.

Je suis las, Nuri, je suis las de l'existence, néanmoins, ma femme et ma fille me manquent. Elles s'impatientent et je ne sais pas si je parviendrai un jour à les rejoindre. Elles sont toutes les deux en sécurité en Angleterre. Elles ont déposé une demande d'asile. Si elles obtiennent le statut de réfugiées, ce sera plus facile pour moi.

Je dois continuer et, si tu lis ces mots, je te supplie d'en faire autant. Dépense ton argent sagement : les passeurs tenteront de t'extorquer le maximum, mais n'oublie pas que le voyage sera long. Tu dois apprendre à marchander. Les êtres humains sont très différents des abeilles. Nous ne travaillons pas ensemble, nous n'avons pas de véritable notion du bien commun. Voilà ce que j'ai découvert.

J'ai quand même une bonne nouvelle : je n'ai pas mangé une seule sardine depuis une semaine. Ici, on nous donne du pain et du fromage, parfois une banane.

Mustafa

Le dernier message était rédigé en anglais.

20/01/2016

Cher Nuri,

J'ai passé une journée en Autriche dans un camp militaire proche de la frontière allemande où on nous a fouillés et où on a relevé nos empreintes digitales avant de nous envoyer dans une auberge de jeunesse allemande dans la montagne. L'hiver ici est très froid : nous sommes dans une vieille maison avec de la neige tout autour, si haut qu'on touche presque les nuages. Ça me rappelle les montagnes de l'Anti-Liban, l'époque où je m'initiais à l'apiculture, auprès de mon père et mon grand-père. Seulement, ces montagnes-là étaient baignées de soleil et elles surplombaient la mer. Celles-ci sont blanches et silencieuses, et je ne sais ni où elles commencent ni où elles finissent.

Je vais essayer de passer en France. L'un des gardes m'a gentiment proposé d'envoyer un e-mail de son téléphone et je lui dicte ce message. J'ai aussi écrit à ma femme, qui m'attend et prie. De mon côté, je prie pour elle, et également pour Afra et toi. Je n'ai pas de nouvelles, mais je me refuse à imaginer quoi que ce soit.

Ton ami qui pense à toi,

Mustafa.

Après avoir lu ce message, je restai un moment devant l'écran, me demandant ce qui lui était arrivé depuis. On était début février. Avait-il réussi à gagner la France ? Était-il toujours vivant et en bonne santé ? Je songeai à la première fois que je m'étais rendu aux ruchers dans les montagnes. Oui, c'était très lumineux et on voyait l'eau miroiter tout en bas. Mustafa m'avait fait visiter son domaine ; il était jeune, alors, même pas trente ans, et j'en avais seulement dix-huit. Il était en short et en tongs, indifférent aux abeilles.

– Tu n'as pas peur ? avais-je demandé, inquiet et sur mes gardes.

– Je les connais. Je sais quand elles sont en colère.

– Comment ça ?

– Elles libèrent des phéromones qui sentent la banane.

– Tu es sérieux ?

Il avait hoché la tête, heureux de mon intérêt.

– Les autres abeilles comprennent ainsi qu'il faut attaquer.

– Et qu'est-ce que tu fais, dans ce cas-là ?

– Je ne bouge plus d'un millimètre. Je me transforme en arbre.

Joignant le geste à la parole, il s'immobilisa, telle une statue géante, ses mains en visière, souriant. Je l'imitai de mon mieux, retenant mon souffle, tandis que les insectes voletaient autour de moi par centaines, peut-être par milliers, leur vrombissement m'entourant et m'enveloppant comme un voile invisible. Pas une abeille ne se posa sur moi.

– Tu vois, murmura-t-il. Tu vois, il n'y a qu'à se détendre et se fondre avec la nature. Alors, tout se passe bien.

01/02/2016

Très cher Mustafa,

Ton dernier message date de janvier et je n'ai rien reçu depuis. Je me demande si tu es parvenu à rejoindre la France. Plus que tout, j'espère que tu es en Angleterre avec ta femme et ta fille. Je viens de me rappeler la première fois que tu m'avais montré vos ruches en montagne. C'est comme un film dans mon esprit. Nous étions très jeunes. Si seulement nous avions su ce que nous réservait la vie. Mais alors, qu'aurions-nous fait ? Nous aurions sans doute eu trop peur pour vivre, trop peur pour être libres et faire des projets. J'aimerais revivre ce moment, être debout au milieu des abeilles, apprenant à chaque seconde qu'elles ne sont pas mes ennemies.

Afra et moi sommes à Istanbul, dans l'appartement d'un passeur, avec vingt autres personnes. Nous attendons. Il y a trop de vent pour entreprendre la traversée. J'ai fait la connaissance d'un petit garçon de l'âge de Sami. Il est seul et j'ignore ce qui est arrivé à sa famille. Je préfère ne pas y penser. Il a confiance en moi et je veille sur lui.

Je sais qu'un long voyage nous attend. Certains jours, j'ai l'impression que je ne pourrai pas faire un pas de plus, puis je me dis que je vais te retrouver en Angleterre. C'est ce qui me donne la force d'avancer. Nous avons de l'argent et des passeports. Je suis conscient que j'ai de la chance quand je vois que certains n'ont rien. J'attends ta réponse.

Nuri

Lorsque je regagnais l'appartement en fin de journée, je donnais mon butin à Mohammed : des chewing-gums, des pastilles à la menthe, un canif, un stylo, un porte-clés, un tube de colle et une carte routière.

C'était cette dernière qu'il préférait. Il la dépliait par terre et suivait du doigt les routes et les montagnes. Dans les plantes en pot du balcon, il avait déniché des cailloux sur lesquels il dessina des yeux, un nez et une bouche. Il réalisa ainsi une famille entière, qu'il faisait avancer sur la carte comme si elle était en voyage : le papa, la maman, la grand-mère, le frère et les deux sœurs. Ce soir-là, je le trouvai endormi dessus. Je le chargeai sur mon épaule et le portai à la chambre où je l'étendis délicatement sur sa couverture. Il ne remua pas ; il était très loin dans ses rêves.

– Nous allons bientôt partir, annonçai-je à Elias le lendemain.

Il se tenait sur le balcon, ouvrant un nouveau paquet de cigarettes. À présent qu'il mangeait mieux et travaillait dur, il s'était étoffé et on voyait que c'était un homme robuste.

– Le passeur a dit dans deux jours.

Elias fuma sa cigarette, songeur, puis en alluma une autre.

– Je pense que je vais rester ici.

– Mais tu as déjà payé ton passage, non ? Et où est-ce que tu habiteras ?

– Je trouverai. Ne t'inquiète pas pour moi. Je n'ai pas envie de continuer. C'est au-dessus de mes forces. J'en ai assez.

Ses yeux étaient tristes, cependant, son sourire avait changé ; son visage était vivant et il émanait de lui une force intérieure nouvelle. Nous restâmes un long moment sur le balcon sans prononcer un mot, écoutant les bruits de la nuit, le vent, les voitures et les chiens.

5

Le matin, à son réveil, Afra me demande d'où vient cette odeur printanière.

– Ce doit être ton parfum.

– Ça ne sent pas la rose. C'est plus léger, comme un arbre en fleur.

Elle tend le bras vers la table de chevet et je me souviens du saladier. Elle le trouve, se redresse sur le lit et le prend sur ses genoux. Elle se penche dessus et respire à pleins poumons, plonge les deux mains dedans. Je réalise soudain qu'il ne contient pas des clés, mais des petites fleurs rose pâle.

– Tu les as cueillies pour moi ?

– Oui.

– Un cadeau !

La lumière matinale se reflète dans ses yeux. Je ne veux pas voir ça. Je déteste quand elle est ainsi et je ne sais même pas pourquoi. Je me lève pour fermer les rideaux qui étaient entrouverts et je regarde son visage passer dans l'ombre.

– Ça faisait longtemps, dit-elle.

Elle porte les fleurs à son nez, inhale, et un petit sourire apparaît sur ses lèvres, aussi léger que leur parfum.

– Merci. Où les as-tu trouvées ?

– Il y a un arbre dans le jardin.

– C'est un grand jardin ?

– Non, en fait c'est juste une cour, presque entièrement bétonnée, mais il y a un cerisier.

– Je croyais que tu ne m'offrirais plus jamais de cadeau.

Elle repose le saladier sur la table de chevet et s'assure que la bille est toujours là. Je la conduis à la salle de bains et m'assieds sur les toilettes pendant qu'elle se brosse les dents, puis je l'aide à s'habiller. Je prends l'abaya sur le cintre, la fais glisser sur ses bras, sa poitrine, le renflement de l'estomac, la cicatrice de la césarienne – un sourire permanent sur son abdomen –, les poils fins de ses cuisses. Je sens son odeur. Rose et sueur. La cicatrice et les plis de la peau sur le ventre sont un rappel constant de notre enfant qu'elle a porté et mis au monde, et je refuse de les toucher. J'attache ses cheveux puis je drape son hijab autour de sa tête, plaçant les épingles selon ses instructions. Je fais de mon mieux pour ne pas être brutal, ne pas repousser ses doigts. Le sourire s'attarde sur ses lèvres et je ne veux pas le gâcher. Je suis effaré de voir l'effet de mon cadeau, même si son sourire est tellement ténu qu'il en est presque inexistant. Quand je pense qu'avant j'aurais fait n'importe quoi pour réussir à l'émouvoir, pour allumer une lueur dans son regard. À présent, j'ai ce pouvoir en horreur, parce qu'il signifie qu'elle m'aime et qu'elle espère que je l'aime en retour. Mais je ne suis plus digne d'elle, de son pardon.

Nous avons un nouveau rendez-vous avec Lucy Fisher dans l'après-midi. Nous nous retrouvons au même endroit que la dernière fois, assis en face d'elle, dans la cuisine. Afra refuse toujours de tourner le visage vers elle. Les mains croisées sur la table, elle semble regarder par la fenêtre.

Lucy Fisher paraît de meilleure humeur aujourd'hui. Elle nous a apporté les papiers prouvant que nous sommes demandeurs d'asile. Elle est très efficace : elle coche des cases et prend des notes rapidement dans un classeur.

– Je suis heureuse que nous n'ayons pas besoin de traducteur avec vous, dit-elle, préoccupée, levant vers moi ses grands yeux bleus.

Ses cheveux sont détachés aujourd'hui. Ils ont la finesse et la douceur des plumes, alors que ceux d'Afra, qui autrefois étaient aussi noirs que du goudron, sont épais et lourds.

Il y a chez Lucy Fisher une légèreté que j'apprécie. Elle est organisée et fière de l'être. Quand les choses ne vont pas comme elle veut, elle s'enflamme et elle devient belle. Je me demande si elle en est consciente. À cet instant, toutefois, elle est calme et son visage est ordinaire. Elle me fait penser à une présentatrice de journal. Sa voix aussi. Lorsque je songe à sa réaction la dernière fois, j'essaie d'imaginer le nombre de personnes avec qui elle a travaillé, combien elle en a renvoyé chez elles, combien de questions les gens lui ont posées, la manière dont tous doivent se raccrocher à elle comme si elle était un canot de sauvetage sur une mer démontée.

– Est-ce que vous allez expulser le Marocain ?

– Lequel ?

– Le vieux monsieur.

– Hazim ?

– Oui.

– Je ne peux malheureusement pas vous répondre. Ce sont des informations confidentielles. Je ne suis pas autorisée à discuter des dossiers des demandeurs. Et cela vaut aussi pour le vôtre.

Elle sourit et referme le classeur avant de continuer.

– Donc, maintenant, vous n'avez qu'à présenter cette attestation au cabinet du médecin, l'adresse est sur cette feuille, indique-t-elle. Vous n'aurez aucun problème. Et là vous pourrez prendre rendez-vous pour votre épouse et vous-même. Ce ne serait sans doute pas une mauvaise idée de faire un petit bilan de santé.

Elle jette un coup d'œil à Afra qui semble mal à l'aise. Je reprends la parole pour attirer l'attention de Lucy Fisher.

– Quand est-ce que l'entretien aura lieu ?

– Nous devrions recevoir la date de convocation rapidement. Je vous tiens au courant. Je vous invite à vous préparer. Réfléchissez à votre histoire, comment vous êtes arrivés ici, ce qui s'est passé sur la route. On vous posera toute sorte de questions et il vaut mieux être prêts, car émotionnellement, ce sera pénible.

Je me tais.

– Vous y avez réfléchi ?

– Oui, bien sûr. Je n'arrête pas d'y penser.

Pendant un instant, je devine la vraie personne derrière la présentatrice efficace.

Elle se frotte l'œil avec le revers de sa main droite, étalant son mascara, comme une très jeune fille pourrait le faire.

– C'est juste que vos interlocuteurs seront à l'affût de la moindre incohérence, donc il vaut mieux que votre histoire ne soit pas trop décousue.

Je hoche la tête, inquiet, mais elle ne semble pas y prêter attention. Elle jette un bref regard à sa montre pour me faire comprendre que l'entrevue est terminée. Afra et moi nous levons.

Après nous, elle doit voir Diomande. Nous le croisons à la porte. Il entre et s'assied, ses ailes repliées pointant sous son tee-shirt. Il est beaucoup plus bavard que moi. Il la salue chaleureusement dans son anglais approximatif et entreprend aussitôt de lui expliquer d'où il vient et comment il est arrivé ici. Avant même qu'elle lui ait posé la moindre question. Il jacasse sans discontinuer et j'entends encore sa voix du bout du couloir, une divagation énergique et déterminée qui m'évoque un cheval lancé au galop.

Afra me dit qu'elle est fatiguée, alors, je la ramène dans la chambre. Elle s'assied au bord du lit, face à la fenêtre, comme elle le faisait chez nous, à Alep. Je la regarde un moment. Je veux dire quelque chose, mais, rien ne me venant à l'esprit, je finis par descendre au salon.

Le Marocain est là. Je pense que pendant la journée, il se promène en ville, bavarde avec les gens, attentif aux mots qu'il ne connaît pas, observant et apprenant avidement. Il y a d'autres résidents, dont l'Afghane au hijab tissé à la main. Elle crochète avec du fil bleu. Il n'y a pas grand-chose à faire, hormis regarder la télévision. Un homme politique à tête de grenouille parle.

Nous avons ouvert grand les portes, sans nous donner les moyens de procéder aux vérifications nécessaires… à Düsseldorf, un projet d'attentat a été déjoué à temps, par chance, mais les personnes arrêtées préparaient un massacre sur le modèle de ceux qui ont eu lieu à Paris ou à Bruxelles. Et les terroristes sont entrés en Allemagne l'an dernier, se faisant passer pour des réfugiés.

Mon visage s'empourpre. Je change de chaîne.

Cet homme a reconnu avoir été infidèle six fois ! Mais la relation est seulement en pause ! Et vous voulez qu'il parte ! Retrouvez Ashley dans le Jeremy Kyle Show, *mesdames et messieurs.*

J'éteins la télé. Il n'y a plus un bruit dans la pièce. Personne ne semble s'en soucier.

Je m'assieds devant l'ordinateur. Je revois les ruches d'Alep avant l'incendie, du temps où des nuages d'abeilles flottaient au-dessus du pré, leur chant emplissant l'air. Mustafa sort un rayon, l'inspecte, trempe un doigt dans le miel, le goûte. C'était notre paradis, entre le désert et la ville.

Je regarde le reflet de mon visage dans l'écran noir, songeant à ce que je vais écrire : *Mustafa, je crois que je ne vais pas bien. Je n'ai plus de rêves.*

La dame de la pension apparaît, armée d'un chiffon jaune vif. Elle essaie d'atteindre les toiles d'araignées dans les coins, dressée sur la pointe de ses éternelles chaussures à semelles compensées, au bout de ses jambes d'éléphanteau maigrichonnes. Je me lève pour lui proposer mon aide. Je passe une partie de l'après-midi à épousseter les murs et les meubles du salon puis des chambres restées ouvertes à l'étage. J'ai ainsi un aperçu de la vie des autres résidents. Certaines sont rangées, le lit fait, d'autres sont sens dessus dessous. Il y a des babioles sur les tables de chevet, objets précieux rescapés d'une autre vie, des photographies appuyées contre la cloison, sans cadre. Je ne touche à rien.

La chambre du Marocain est propre, tout est bien plié. Il y a une bombe de mousse à raser sur la commode, des rasoirs alignés. Un portrait en noir et blanc d'une femme dans un jardin. Il a pâli, les coins sont décolorés, et une petite alliance en or est posée à côté. Sur la photo suivante, on la reconnaît, quelques années plus tard. Elle a les mêmes yeux, le même sourire ; elle est assise dans un fauteuil en osier, avec un bébé dans les bras et un bambin debout à côté d'elle. Une troisième photo, brillante et plus récente, montre une famille : un homme, une femme et deux adolescents. Sur la dernière, on voit une femme avec la mer derrière elle. Je la retourne et lis les mots en arabe :

Papa, mon endroit préféré. Je t'embrasse.

Je redescends, le cœur plus lourd, et décide d'aller faire un tour. Je me rends jusqu'à l'épicerie ; j'entends la musique arabe de la rue. Bien que ne connaissant pas la chanson, les notes me transportent chez moi. Je pénètre dans le petit magasin, enveloppé et apaisé par les rythmes et les sonorités de ma langue.

– Bonjour, dit l'homme en anglais.

Il a un bon accent et se tient très droit, comme s'il gardait les lieux. La quarantaine, rasé de près. Il baisse le son et me suit des yeux tandis que je parcours les rayons. Je m'arrête devant le comptoir, face à des journaux qui ne me sont pas familiers. Le *Times*, le *Telegraph*, le *Guardian*, le *Daily Mail*.

– Il fait beau aujourd'hui.

Je m'apprête à répondre en arabe, puis je réalise que je n'ai pas envie d'entamer une conversation. Je ne veux pas qu'on me demande d'où je viens et comment je suis arrivé ici.

– Oui, dis-je enfin en anglais, et il sourit.

Sous les magazines, dans le dernier rayon, je remarque un carnet de croquis et des crayons de couleur. J'ai un peu d'argent sur moi, alors je les achète pour Afra. L'homme me lance des regards curieux et ouvre la bouche pour parler, mais une femme l'appelle dans l'arrière-boutique et je sors.

En fin d'après-midi, le Marocain réapparaît. Il me hèle à peine le seuil franchi.

– Nuri ! Nuri Ibrahim, j'ai un cadeau pour toi !

Je le rejoins dans l'entrée. Il me tend une cagette avec cinq plantes dedans, un grand sourire sur le visage.

– Qu'est-ce que c'est ?

– J'avais un peu d'argent. Je suis allé voir le vendeur dans la rue et j'ai pris ça pour l'abeille !

Il me fourre la cagette entre les mains et m'entraîne dans le salon, vers la porte-fenêtre. Il ramasse une table en plastique renversée dans un coin de la cour, essuie les traces noirâtres et les feuilles mortes du revers de la main.

– Voilà, mets-les là-dessus.

Il s'immobilise pour admirer les fleurs : mélilots, chardons et pissenlits.

– C'est le marchand qui m'a conseillé celles qui plairaient à l'abeille.

Il va à la cuisine et ressort avec une soucoupe d'eau. Il dispose les pots en ligne, côte à côte, afin que le bourdon puisse passer sans mal d'une plante à l'autre et il pose la petite assiette dans la cagette.

– Elle doit avoir soif.

Je suis incapable de bouger. Je me rends compte qu'il me dévisage, qu'il attend que je place l'insecte dans sa nouvelle maison et je réalise que mon manque d'enthousiasme le déçoit. À cet instant, dans la cour lumineuse, je songe à mon père. Je me souviens de son expression quand je lui ai annoncé que je ne reprendrais pas le magasin familial, que le commerce du tissu ne m'intéressait pas. Je voulais être apiculteur avec Mustafa, travailler à l'air libre, en pleine nature, sentir la terre sous mes pieds et le soleil sur mon visage, écouter le chant des abeilles.

Pendant des années, je l'avais vu travailler dur dans sa petite boutique sombre, les doigts gonflés, maniant les ciseaux, les aiguilles et le mètre ruban, avec autour de lui les couleurs du monde, les couleurs du désert, des rivières et des forêts imprimées sur la soie et la toile. « Cette soie ferait des stores magnifiques. Ça ne vous rappelle pas le désert du Hamad au coucher du soleil ? » C'était ce qu'il disait aux clients ; à moi, il criait : « Baisse les stores, Nuri ! Vite, que la lumière n'abîme pas les tissus. » Je me souviens encore de ses yeux lorsque je lui ai avoué que je ne voulais pas passer le restant de mes jours dans cette grotte étriquée.

– Ça ne te plaît pas ? me demande le Marocain, qui fronce les sourcils à présent.

– Si, au contraire, merci.

Je tends la main vers le bourdon qui grimpe sur mon doigt et je lui présente sa nouvelle demeure. Il fait le tour du propriétaire, va d'un pot à l'autre.

– Pourquoi est-ce que tu es ici ? Qu'est-ce que tu es venu faire en Angleterre ?

Les épaules du Marocain se crispent et il recule d'un pas.

– Rentrons, tu reviendras voir comment il se débrouille demain.

Au salon, il s'assied dans un fauteuil et ouvre son livre.

– Je pense que faire la queue est très important dans ce pays, me dit-il, retrouvant son ton rieur.

– Où est ta famille ? Tu m'apportes des fleurs qui me rappellent la Syrie, mais quand je te pose des questions, tu m'ignores.

Il referme le livre et me regarde dans les yeux.

– À l'instant où je suis monté à bord de ce bateau pour l'Espagne, j'ai compris que j'avais vendu ma vie, le peu qu'il me restait. Mes enfants souhaitaient partir, ils aspiraient à une vie meilleure. Je ne voulais pas me retrouver là-bas seul sans eux. Ils avaient des rêves. Les jeunes ont des rêves. Ils ne pouvaient pas obtenir de visas et le quotidien devenait compliqué chez nous, il y avait des problèmes, trop… alors ils sont entrés dans la clandestinité. C'était dangereux. Nous avons décidé de partir tous ensemble, mais mon fils et ma fille ont été emmenés dans une pension où les enfants sont admis. Ils attendent eux aussi, et ma fille… ma fille…

Il s'interrompt et je constate que ses petits yeux enfoncés entre les plis de sa peau brillent. Il est très loin. Je n'insiste pas.

Diomande est dans sa chambre. Il est monté après le départ de Lucy Fisher, a refermé la porte et n'a pas réapparu. Une fois le Marocain et les autres couchés, je ressors dans la cour. Je m'approche du détecteur de mouvement pour déclencher la lumière. Le bourdon a élu domicile sur les pissenlits, et il semble comme chez lui.

Les fleurs sur le cerisier attirent mon regard. Il y en a encore des milliers. Je me retourne, m'attendant à voir Mohammed dans un coin sombre de la cour. Je m'agenouille et jette un coup d'œil par le trou dans la palissade, cherchant le vert des feuilles sur les buissons et les arbres. Puis je m'assieds, le dos contre le tronc et les jambes étendues. On n'entend que les voitures. Mes paupières se ferment. Si je me concentre, je distingue le bruit des vagues. Elles se soulèvent, une longue et profonde respiration, puis retombent. Je sens l'eau à côté de moi, toute proche, un monstre noir qui me lèche les pieds. Je m'allonge. Alors, mon corps et mon esprit sont pris par

la mer

était déchaînée. Mohammed se tenait sur la rive dans ses vêtements noirs, presque invisible sur le ciel nocturne et l'étendue d'eau sombre. Il reculait chaque fois qu'une vague se brisait à ses pieds. Il glissa sa main dans la mienne. Un peu plus loin, Afra tournait le dos à la mer. Un bus nous avait amenés là, trois heures de route à travers la campagne turque, tous les passagers agrippés à leurs maigres affaires et à leur gilet de sauvetage. Nous n'étions que vingt dans l'appartement, mais nous étions quarante à embarquer. Le passeur se tenait avec celui d'entre nous qui avait été désigné capitaine du canot.

Le bateau parti la veille avait chaviré et la plupart des gens à bord avaient disparu. Seules quatre personnes avaient été repêchées et on avait retrouvé huit cadavres. Voilà le genre de conversations que j'entendais autour de moi.

– C'est quand même moins dangereux que la traversée entre la Libye et l'Italie. C'est là qu'il y a le plus de morts ! disait une femme à un homme, à deux pas. On a retrouvé des corps échoués sur la côte espagnole.

La main de Mohammed serra la mienne plus fort.

– Je te l'avais dit. Je te l'avais dit, oui ou non ?

– Oui, mais…

– Alors, c'est vrai. On risque de tomber à l'eau.

– Ça n'arrivera pas.
– Comment tu le sais ?
– Allah nous protégera.
– Pourquoi est-ce qu'il n'a pas protégé les autres ? Est-ce qu'on a quelque chose de spécial ?
Ce garçon était loin d'être idiot.
– Oui.
Il haussa les sourcils. Le vent soufflait fort et les vagues étaient impressionnantes.
– On dirait un monstre.
– Arrête d'y penser.
– Comment est-ce que tu veux que j'arrête de penser à quelque chose qui est juste devant moi ? C'est comme si tu me collais un cafard sous le nez avec ses petites pattes qui s'agitent et que tu me demandais de ne pas y penser !
– Très bien, alors penses-y jusqu'à ce que tu fasses dans ton pantalon.
– Je ne le fais pas exprès.
– Imagine qu'on embarque à bord d'un paquebot.
– Sauf que c'est un canot pneumatique. Si on tombe à l'eau, peut-être que les pêcheurs nous attraperont dans leurs filets. Ils croiront qu'ils ont pris un gros poisson, et quand ils nous verront, ils auront le choc de leur vie.
Afra nous écoutait sans participer à la conversation. Elle nous tournait toujours le dos.
Une heure au moins s'écoula. Tout le monde s'impatientait.
– C'est peut-être notre dernier jour sur cette terre, déclara Mohammed. Je ne serais pas contre une glace. Ou une cigarette.
– Une cigarette ? Tu as sept ans !
– Je sais. Mon père m'a interdit d'essayer. Parce que ça pourrait me tuer. Je me disais qu'à soixante-dix ans

j'en fumerais peut-être une pour voir. Mais puisqu'on risque de mourir cette nuit, je pourrais aussi bien le faire maintenant. Qu'est-ce que tu aimerais faire, si tu devais mourir ce soir ?

– Nous n'allons pas mourir ce soir. Arrête.

– Allez, qu'est-ce qui te ferait plaisir ?

– J'aimerais beaucoup avoir du pipi de chameau.

– Pourquoi ?

– Parce qu'il paraît que c'est bon pour les cheveux.

Mohammed pouffa.

Je remarquai une femme à côté de nous dont le regard allait de moi à l'enfant. Elle avait une trentaine d'années et une longue chevelure brune, comme Afra, que le vent rabattait sur son visage. Elle la chassa d'une main et se tourna de nouveau vers moi.

– Ça va ? demandai-je.

– Moi ?

Je hochai la tête. Elle jeta un coup d'œil à Mohammed avant de s'approcher.

– C'est juste que… C'est juste que j'ai perdu mon fils, moi aussi. C'est juste que… je sais. Je sais ce que c'est. Le vide. Plus noir que la mer.

Elle ne dit rien de plus et se détourna, mais le vent du large et l'écho de ses paroles s'insinuèrent sous ma peau, me glaçant le cœur.

Notre capitaine était à bord du canot et le passeur lui montrait quelque chose sur son téléphone, indiquant les flots. Les gens s'avançaient, sentant que l'heure du départ approchait. Chacun enfilait son gilet de sauvetage orange, et j'ajustai les lanières de celui de Mohammed avant d'aider Afra.

Le passeur nous fit signe et, un par un, nous grimpâmes avec précaution à bord de l'embarcation instable. Mohammed se blottit à côté de moi. Afra n'avait rien dit depuis notre arrivée, pas un mot n'avait franchi ses lèvres, mais je sentais sa peur, son âme aussi sombre que le ciel et aussi tumultueuse que les flots.

Le passeur nous recommanda d'éteindre lampes et téléphones, et d'éviter de parler si nous ne voulions pas être repérés avant d'avoir atteint les eaux internationales.

– Et comment est-ce que nous saurons que nous sommes dans les eaux internationales ? s'enquit un homme.

– L'eau sera différente. Elle deviendra étrangère.

– Qu'est-ce que ça veut dire ?

– Elle changera de couleur, vous verrez, elle ne sera pas pareille.

Seul le capitaine avait gardé son portable allumé, à cause du GPS. Le passeur lui rappela qu'il devait se fier aux coordonnées géographiques. S'il y avait un problème avec le téléphonc, qu'il cherche les lumières sur la côte et mette le cap dessus.

Le moteur ronfla et le canot s'enfonça dans l'obscurité, le caoutchouc craquant sur les vagues.

– Ce n'est pas si horrible, lança une fillette. Ce n'est pas horrible du tout !

Il y avait un accent de triomphe dans sa voix, comme si nous avions surmonté un grand danger.

– Chut ! la gronda sa mère. Chut ! Il ne faut pas faire de bruit.

Un homme récitait un verset du Coran et, tandis que nous nous éloignions vers le large, d'autres se joignirent à lui, leurs murmures se mêlant au fracas des vagues et du vent.

J'avais les doigts dans l'eau. Je les laissai là, pour sentir le mouvement, le courant, la vie de la mer, qui se refroidissait à mesure que la terre diminuait derrière nous. Je plaçai mon autre main sur le bras d'Afra, mais elle ne réagit pas, les lèvres pincées, tel un coquillage fermé.

Mohammed claquait des dents.

– Nous ne sommes pas encore tombés à l'eau, dit-il.

– Non, répondis-je en riant. Pas encore.

Les yeux du garçon s'écarquillèrent, soudain emplis de terreur, comme si mon optimisme ignorant l'avait malgré tout convaincu.

– Ne t'inquiète pas. Nous ne tomberons pas. Les gens prient. Allah entendra.

– Pourquoi est-ce qu'il n'a pas entendu les autres ?

– On ne va pas recommencer.

– Je sais, parce que nous sommes spéciaux. J'ai les pieds mouillés.

– Moi aussi.

– J'ai froid.

– Moi aussi.

Mohammed jeta un coup d'œil à Afra.

– Est-ce que ta femme a froid aux pieds, elle aussi ?

– Je suppose que oui.

– Pourquoi elle ne dit rien ?

Le petit garçon l'examina longuement, s'attardant sur son visage, son foulard, ses vêtements, ses mains, ses jambes, ses pieds. Je suivais son regard, me demandant à quoi il pensait, ce qu'il s'efforçait de déterminer, où se trouvait sa mère.

– Combien de temps est-ce qu'il va falloir ?

– Six heures.

– Et on est partis depuis combien de temps ?

– Six minutes.

– Non ! Plus que ça.

– Pourquoi est-ce que tu poses la question, alors ?

– Seize minutes !

– D'accord, seize.

– Il nous reste cinq heures et quarante-quatre minutes. Je vais compter.

– Vas-y.

Au bout de cinq minutes à peine, il dormait profondément, la tête sur mon épaule.

J'avais toujours une main sur le bras de ma femme et l'autre dans l'eau. Je sondai les ténèbres, incapable de distinguer la masse liquide du ciel. Était-ce ce que voyait Afra jour après jour ? Cette absence de forme ?

Une fillette se mit à pleurer.

– Chut ! fit sa mère. Pas de bruit !

– Mais nous sommes dans les eaux internationales ! sanglota l'enfant. Je peux, maintenant !

À ces mots, la femme éclata d'un rire qui venait du ventre, et la petite l'imita, oubliant ses larmes. Enfin, elle reprit son souffle.

– Non, nous ne sommes pas encore dans les eaux internationales.

– Comment tu le sais ?

– Je le sais.

– Bon, quand on y sera, tu me diras ?

– Pour que tu puisses pleurer ?

– Oui, j'ai besoin de pleurer très fort.

– Pourquoi ?

– Parce que j'ai très peur.

– Essaie de dormir.

Le silence se fit. Plus personne ne priait, ne psalmodiait, ni ne murmurait.

Peut-être m'assoupis-je moi aussi, car je vis devant moi une série d'images :

Des pièces de Lego colorées éparpillées par terre
Du carrelage bleu orné de fleurs noires
Afra en robe jaune

Sami construisant une maison de Lego dans le salon
Les ruches sous le soleil de midi
Les ruches brûlées et les abeilles mortes
Mustafa assis au milieu du pré
Des corps flottant sur la rivière
Firas étendu sur la table à la morgue
Mustafa lui tenant la main
Afra au souk avec Sami sur ses genoux
Les yeux de Sami

Puis le noir

Je me réveillai en sursaut. Autour de moi, c'était la panique.

Les vagues avaient grossi.

– Écopez, on s'enfonce ! criait quelqu'un.

Des lampes torches s'étaient allumées et des mains s'affairaient pour vider le canot. Mohammed aidait, les yeux immenses. Je vis des hommes sauter à l'eau et le petit bateau remonter aussitôt à la surface.

– Nuri ! hurla Afra. Tu es là ?

– Ne t'inquiète pas, nous sommes là.

– Reste avec moi. Ne va pas dans l'eau.

Mohammed continuait à écoper, comme tout le monde. La fillette sanglotait. Elle appelait ceux qui avaient plongé, les suppliant de regagner l'embarcation.

Le niveau montait toujours, et d'autres hommes rejoignirent les premiers. Tous les enfants pleuraient, sauf Mohammed. Je voyais son visage sérieux et déterminé à la lueur intermittente des lampes électriques.

Il y eut un instant d'obscurité totale et quand la petite torche se ralluma, il avait disparu. Mohammed n'était plus sur le bateau. Je scrutai la surface agitée, aussi loin que portait mon regard, puis sans réfléchir, je sautai à mon tour. En dépit de l'eau glacée, les vagues étaient moins grosses que je l'aurais cru et je nageai autour du canot, ma lampe balayant les flots.

– Mohammed ! Mohammed, appelai-je en vain.

J'entendais la voix d'Afra sur le bateau. Elle criait, mais je ne distinguais pas ce qu'elle disait. Mon regard continuait de fouiller la mer d'encre. Comment étais-je censé voir Mohammed, avec ses vêtements et ses cheveux noirs ?

– Mohammed ! Mohammed !

Ma lampe balayait les visages des hommes. Je me décidai à plonger. Sous l'eau, même avec la lumière, l'obscurité était presque totale. Je restai aussi longtemps que possible, explorant l'espace devant moi au cas où mes mains accrocheraient quelque chose, un bras ou une jambe. Lorsque je sentis que je manquais d'air, que la pression de la mer m'entraînait vers le fond, je remontai, hoquetant, retrouvant la surface battue par le vent.

Je m'apprêtais à inspirer profondément avant de redescendre, lorsque j'aperçus un homme qui hissait Mohammed à bord. Les femmes prirent dans leurs bras l'enfant qui toussait et crachait, ôtant leurs foulards pour le réchauffer.

Nous étions dans les eaux internationales, cette fois. Le Turc avait raison, la mer avait changé, les vagues étaient différentes, leur rythme étranger. Tous les passagers allumèrent leurs torches comme autant de prières, espérant qu'un garde-côte nous repérerait et que nous étions assez près de la Grèce pour qu'on nous porte secours. Mais l'horizon demeurait vide. Les hommes ne pouvaient pas remonter dans le canot, car il y avait encore trop d'eau. Je sentais mon corps s'engourdir. Je voulais dormir, poser ma tête sur les vagues et me laisser bercer.

– Nuri ! appela une voix. Nuri !

Je vis les étoiles au-dessus de moi, et le visage d'Afra.

– Nuri, Nuri ! Il y a un bateau !

Une main toucha mon bras.

– Oncle Nuri, on vient à notre secours !

Mohammed me tirait. Mon gilet de sauvetage avait commencé à se dégonfler, mais je battais des jambes pour me maintenir à la surface et rétablir la circulation du sang dans mon corps.

Au loin, une lumière vive se dirigeait vers nous.

6

Cette fois, quand je me réveille sur les dalles de la cour, le Marocain est là qui me tend la main pour m'aider à me relever.

– Ça gaze ? lance-t-il en anglais.

Puis il ajoute en arabe qu'Afra m'attend à l'intérieur, qu'elle a l'air encore plus inquiète qu'hier. Je monte et la trouve assise sur le lit, le dos à la porte, le saladier de fleurs sur les cuisses.

– Où étais-tu ? demande-t-elle sans me laisser le temps de prononcer un mot.

– Je me suis endormi en bas.

– Dans la cour, encore ?

Je ne réponds pas.

– Tu ne veux pas dormir avec moi.

J'ignore sa remarque. Je pose le carnet et les crayons de couleur sur ses genoux et guide sa main pour qu'elle les palpe.

– C'est un cadeau ?

– Tu te souviens, à Athènes ?

Elle sourit, mais elle met le tout par terre, à ses pieds.

– Je vois que tu es habillée. Je vais me promener, tu veux m'accompagner ?

J'attends un peu, guettant une réaction. Puis, réalisant qu'elle ne va pas répondre, je sors prendre l'air.

Je retourne sur le front de mer. À la place de la cité de sable, il ne reste que de gros pâtés humides, parsemés d'éclats colorés. Je ramasse un morceau de plastique rose translucide, relique probable d'une tasse cassée, et le jette à l'eau. Les vagues l'avalent aussitôt.

Juste derrière moi, une vieille dame lit un livre, assise dans une chaise longue. Elle est sous un parasol, un chapeau sur la tête, un flacon de lait solaire à côté d'elle. Elle ne semble pas avoir remarqué que le temps s'est couvert et qu'il risque même de pleuvoir.

Quelques personnes promènent leur chien, un homme ramasse des papiers gras. Les séquelles d'une journée ensoleillée. Rien à voir avec les séquelles de la guerre. On éprouve un sentiment de calme, ici. On sent la vie qui continue. L'espoir d'une autre belle journée. Au loin, à gauche, on distingue la musique venant de la fête foraine sur la jetée. Ça ne s'arrête jamais.

Le soleil perce à travers les nuages et soudain la mer étincelle.

– Pardon, entends-je derrière moi.

Je me retourne et constate que la femme grimace, sa peau si brune et desséchée qu'elle a l'air d'avoir bronzé dans les plaines poussiéreuses syriennes.

– Oui ?

– Seriez-vous assez aimable pour vous écarter, vous me faites de l'ombre ? Merci.

Elle me remercie avant même que j'aie bougé. C'est difficile de s'habituer aux manières britanniques : je comprends la confusion du Marocain. Il a raison, faire la queue est manifestement important ici. *Les gens forment une seule ligne dans les magasins. Il vaut mieux patienter et ne pas essayer de se faufiler jusqu'à la caisse, ça énerve tout le monde !* C'est ce que m'a expliqué la femme au supermarché Tesco la semaine dernière. Mais je n'aime pas leurs files d'attente, leur organisation, leurs petits jardins et leurs terrasses proprettes, leurs bow-windows à travers lesquels on aperçoit le scintillement de leurs téléviseurs, le soir. Toutes ces choses me rappellent constamment que ces gens ne connaissent pas la guerre. Que chez nous, plus personne ne regarde la télé dans son salon ou sur sa terrasse, et je pense à tout ce qui a été détruit.

Je demande à quelqu'un où se trouve le cabinet médical. Il est au sommet d'une côte, dans une rue qui part de la mer. La salle d'attente est pleine d'enfants enrhumés. Une mère tient un mouchoir en papier devant le nez de son fils et lui dit de souffler. D'autres petits jouent sur un tapis dans un coin. Les adultes lisent des magazines ou regardent l'écran, guettant l'apparition de leur nom.

Je me place dans la queue devant le bureau à l'accueil. Il y a cinq patients avant moi. Un trait jaune est tracé au sol, avec les mots : *Veuillez attendre derrière cette ligne.*

Une femme tend un échantillon d'urine à la secrétaire médicale, qui tire des lunettes à monture rouge de son épaisse chevelure bouclée. Elle inspecte le flacon, tape quelque chose sur son ordinateur, met le tube dans un sac de cellophane qu'elle scelle, puis appelle : « Personne suivante ! »

J'attends mon tour près de quinze minutes. Mon attestation est prête. Lorsque je la pose sur le bureau, la secrétaire baisse les lunettes sur son nez et la lit attentivement.

– Nous ne pouvons pas vous prendre.

– Pourquoi ?

– Parce que le document ne porte pas d'adresse.

– Et qu'est-ce que ça fait ?

– J'en ai besoin pour vous enregistrer.

– Je peux vous la donner.

– Il faut qu'elle figure sur l'attestation. Revenez avec le papier complété.

– Mais ma femme a besoin de voir un médecin.

– Désolée, monsieur. C'est la procédure.

– Un médecin n'a pas le droit de refuser un patient sous prétexte qu'il n'a pas de document prouvant son adresse.

– Je suis désolée, monsieur, c'est notre procédure, répète-t-elle, replaçant ses lunettes dans ses boucles, les lèvres pincées.

On tousse poliment dans mon dos. La secrétaire me rend mon attestation d'un air d'excuse. Je regarde tous ces gens et soudain, je me sens anéanti. Ce n'est qu'un bout de papier, ce n'est qu'une employée dans un cabinet médical, mais les bavardages et les patients qui s'agitent, les sonneries des téléphones portables dans les casiers derrière le bureau, les rires des enfants… J'entends une bombe déchirer le ciel, le fracas du verre brisé…

– Monsieur, ça va ?

Je lève les yeux. Il y a un éclair et une explosion. Je m'agenouille et je couvre mes oreilles. Je sens une main dans mon dos, puis un verre d'eau apparaît.

– Je suis désolée, monsieur, répète la secrétaire une fois que je me suis relevé et que j'ai bu. Je ne peux vraiment rien faire. Est-ce que vous pouvez vous procurer le document et revenir ?

Je regagne la pension, suivant la route en lacets bordée de maisons de brique brune identiques.

Je trouve Afra dans la chambre, une poignée de fleurs de cerisier au creux de ses paumes. Je m'agenouille devant elle et la regarde dans les yeux.

– Allonge-toi à côté de moi, dit-elle.

En réalité, ce qu'elle veut dire, c'est : « Je t'aime. S'il te plaît, serre-moi dans tes bras. » Je reconnais sur son visage une expression d'avant, et ma tristesse me paraît soudain tangible, comme un pouls qui bat en moi. J'ai peur, peur du destin et du hasard, peur des blessures et de la souffrance, de leur aspect aléatoire, de la vie qui peut tout nous prendre d'un seul coup. Bien que ce ne soit que le début de l'après-midi, je m'étends sur le lit. Je la laisse passer son bras autour de mes épaules, poser la paume sur ma poitrine, mais je suis incapable de la toucher. Quand elle me prend la main, je me dégage. Ces gestes appartiennent à une époque révolue, à un temps où aimer ma femme était simple.

À mon réveil, il fait nuit. L'obscurité palpite autour de moi. J'ai fait un rêve dont il me reste des images floues. Il n'était pas question de meurtre, pour une fois. Je me souviens seulement de couloirs, d'escaliers et de sentiers qui se croisaient et s'entrecroisaient, très loin d'ici. Il y avait aussi un tableau du ciel au lever du jour, embrasé par

le feu

crépitait sur la plage. On nous avait laissés sur une minuscule île militaire appelée Farmakonisi, comme des débris d'épave sur le sable. Trempés et frissonnants, nous guettions l'aube qui commençait à poindre. Toujours enveloppé de foulards, Mohammed avait le visage blanc et bleu. Il avait glissé sa main dans celle d'Afra, mais ils ne se parlaient pas. Ils se tenaient simplement sur le rivage, la mer derrière eux, face au soleil levant. L'un des hommes avait réuni tous les gilets de sauvetage et allumé un grand feu. Nous nous étions rassemblés autour afin de nous réchauffer.

– Je suis tombé à l'eau, dit Mohammed, lâchant Afra pour s'accrocher à moi.

– Je sais.

– J'étais un peu mort.

– Ça n'est pas passé loin.

– J'étais vraiment un peu mort.

– Comment ça ?

– J'ai vu ma maman, dans l'eau. Elle me tirait, elle me tirait par le bras. Elle me disait que je ne devais pas m'endormir, car autrement ce serait pour toujours. Plus jamais je ne pourrais me réveiller et jouer. C'est pour ça : je pense que j'avais commencé à mourir et qu'elle m'en a empêché.

Je me demandais où était sa mère, mais je n'avais pas le courage de lui poser la question. Nous attendions un bateau d'une autre ONG qui nous conduirait ailleurs. Nous devions rester sur la plage. Il y avait pour tout abri un gros conteneur qui hébergeait déjà un lot de réfugiés. On racontait qu'ils étaient arrivés dans la nuit. Ils venaient de plus loin sur la côte turque et visaient une autre île, mais leur moteur avait rendu l'âme et ils avaient dérivé vers Farmakonisi. Un garde-côte les avait secourus et amenés ici. Des hommes et des enfants sortirent pour nous parler, attirés par la chaleur des flammes.

– Oncle Nuri ! s'écria Mohammed, un grand sourire révélant une dent manquante. Cet endroit s'appelle l'île aux biscuits ! C'est la fille du conteneur qui me l'a dit !

Les mouettes et les pélicans plongeaient vers la mer. Il faisait froid, mais, à présent qu'ils se sentaient en sécurité, réchauffés par le feu et le soleil, certains s'assoupirent. Mohammed était allongé sur le dos. Il ne dormait pas ; il regardait l'immense ciel bleu, les yeux plissés pour se protéger de l'éclat du jour naissant. Il faisait rouler sa bille entre ses doigts. J'étais assis entre lui et Afra. Elle avait la tête sur mon épaule et me tenait le bras comme si je risquais de disparaître. Elle me serrait si fort que sa prise se relâcha à peine lorsqu'elle s'assoupit. Je songeai à Sami bébé, qui s'endormait en tétant le sein d'Afra, sa petite main toujours agrippée à son écharpe. C'est incroyable cette manière que nous avons de nous attacher dès la naissance et de nous accrocher à ceux que nous aimons, comme si c'était la vie même.

– Oncle Nuri ?

– Oui ?

– Est-ce que tu peux me raconter une histoire pour m'aider à m'endormir ? Ma maman faisait ça quand je n'arrivais pas à dormir.

Je me souvins d'un conte que me lisait ma mère quand j'étais petit garçon, dans la chambre au carrelage bleu. Je la revis, penchée sur le livre, un éventail rouge dans sa main droite, mangeant du *kol w chkor*[1] dont elle raffolait.

– S'il te plaît, oncle Nuri. Sinon je vais m'endormir tout seul et je n'entendrai pas l'histoire !

Je me sentis soudain irrité. Je voulais rester tête à tête avec moi-même, avec la voix de ma mère, avec son éventail qui s'agitait à la lueur de la lampe.

– Si tu peux t'endormir tout seul, pourquoi est-ce que tu as besoin d'une histoire ?

– Parce que je dormirai mieux.

– Très bien. Alors, écoute : un calife très sage envoya ses serviteurs – je ne sais plus combien précisément – à la recherche de la mystérieuse cité d'Airain, aux confins du désert, là où personne n'était jamais allé. C'était un voyage de plus de deux ans, semé d'embûches. Les serviteurs prirent mille chameaux et deux mille cavaliers. Ça, je m'en souviens.

– C'est beaucoup trop ! Qui a besoin de mille chameaux ?

– Je sais, mais c'est l'histoire qui le dit. Ils traversèrent des terres inhabitées, des ruines, et un désert balayé par un vent brûlant sans eau et sans bruit.

– Comment est-ce qu'il peut n'y avoir aucun bruit ?

– C'est comme ça.

1. Pâtisserie ressemblant au baklava (*Toutes les notes sont de la traductrice*).

– Mais on n'entendait même pas les oiseaux, le vent ou les gens parler ?

– Rien.

Mohammed s'assit. Il avait l'air plus réveillé qu'avant. J'avais peut-être mal choisi mon histoire.

– Continue !

– Bien. Un jour, ils arrivèrent devant une vaste plaine. Une haute silhouette sombre se dressait à l'horizon, et au-dessus de la fumée s'élevait vers le ciel. En s'approchant, ils virent que c'était un château de pierre noire, avec une porte d'acier.

– Ooh ! fit Mohammed, avec de grands yeux curieux et émerveillés.

– Tu n'es pas en train de t'endormir ?

– Non, répondit-il en me secouant le bras pour que je poursuive.

– La cité d'Airain était là, derrière un haut mur. Ces remparts dissimulaient un petit paradis : des mosquées, des dômes et des minarets, des tours et des bazars. Est-ce que tu parviens à l'imaginer ?

– Oui. C'est beau !

– Très beau, oui, le cuivre, les joyaux, les pierres précieuses et le marbre jaune resplendissaient. Mais… mais…

– Mais quoi ?

– La ville était déserte. Il n'y avait aucun mouvement, aucun son. Les voyageurs ne trouvèrent personne. Ni dans les magasins, ni dans les maisons, ni dans les rues… tout était vide. Il n'y avait pas de vie. Elle était aussi inutile que la poussière, ici. Rien ne pouvait pousser.

– Pourquoi ?

– Écoute. Au milieu de la cité se dressait un vaste pavillon coiffé d'un dôme. Il abritait une grande table où était gravé : « À cette table ont mangé mille rois aveugles de l'œil droit et mille rois aveugles du gauche et mille rois aveugles des deux yeux, qui tous ont quitté ce monde pour les tombes et les catacombes. » Tous les rois qui avaient régné sur cette ville étaient aveugles d'une manière ou d'une autre, et ils laissèrent derrière eux des richesses à foison, et point de vie.

J'examinai Mohammed et je vis les pensées qui défilaient derrière son regard. Il y eut un silence, comme s'il retenait son souffle. Puis il expira.

– C'est une histoire très triste.

– Oui, elle est triste.

– Elle est vraie ?

– Elle est encore vraie aujourd'hui, tu ne crois pas ?

– C'est comme chez nous ?

– Oui, c'est comme chez nous.

Mohammed se rallongea et se tourna vers le feu rougeoyant. Ses paupières se fermèrent.

La fumée dans le ciel matinal me rappela Mustafa et les ruches. Au moment de la récolte, nous les enfumions afin de masquer l'odeur des phéromones émises par les gardiennes qui aurait incité les abeilles à attaquer. Ainsi, nous pouvions prélever les rayons sans risque.

Pour cela, nous remplissions une boîte métallique de copeaux auxquels nous mettions le feu. Une fois qu'il avait bien pris, nous rajoutions du combustible, veillant à étouffer les flammes pour qu'elles n'atteignent pas le bec de l'enfumoir, qui risquait de se transformer en torche et de brûler les ailes des insectes.

À la fin, nous avions trop de colonies pour nous en occuper seuls. Il nous fallut embaucher des employés pour nous aider à construire de nouvelles ruches, à élever des reines et à vérifier qu'il n'y avait pas d'infestation. Tout le monde participait à la récolte. Des nuages de fumée s'échappaient de nos boîtes et s'élevaient vers le ciel où brillait un soleil de plomb. Mustafa préparait à déjeuner pour tous les hommes : en général, des lentilles ou du boulgour avec de la salade, ou des pâtes avec des œufs, et en dessert du *baladi*, un fromage à pâte molle, accompagné de miel. Nous avions une cabane équipée d'une cuisine. Dehors, l'auvent et les ventilateurs nous aidaient à supporter la chaleur. Nous mangions tous ensemble, Mustafa à la tête de la table en bois. Affamé après le dur labeur de la matinée, il trempait du pain dans la sauce tomate. Il était fier, fier et reconnaissant du travail accompli, pourtant, une part de moi se demandait toujours si cette gratitude venait aussi de la peur, la peur de l'inconnu, d'une catastrophe annoncée.

Mustafa avait cinq ans lorsqu'il avait perdu sa mère. Elle était morte en couches, tout comme le bébé qu'elle portait dans son ventre, et j'avais l'impression qu'il vivait constamment dans l'attente d'un cataclysme imminent. Voilà pourquoi il accueillait chaque heureux événement avec une joie et une terreur de petit garçon. « Nuri, disait-il tandis qu'il essuyait la sauce sur son menton, regarde ce que nous avons créé ! Tu ne trouves pas ça merveilleux ? Tout simplement merveilleux ? » Et en même temps, dans ses yeux, on entrapercevait autre chose, une angoisse qui, j'avais fini par le comprendre, appartenait à son cœur d'enfant.

7

Le lendemain matin, lorsque je me lève pour aller à la salle de bains, je passe devant la chambre de Diomande. Par la porte béante, je le vois rassembler des feuilles éparses sur le sol. Le Coran est ouvert sur les draps défaits. Il pose la pile de papiers dans un tiroir, tire les rideaux, laissant le soleil pénétrer à flots, puis s'assied sur le lit. Il ne porte qu'un pantalon de survêtement et il est penché en avant, un tee-shirt à la main.

Il ne m'a pas vu sur le seuil. Il a l'esprit ailleurs. Il se tourne légèrement vers la fenêtre, révélant d'étranges protubérances qui tendent la peau de son dos, là où devraient se trouver ses omoplates : comme s'il venait de sortir d'un œuf, deux petites ailes blanches compactes et musclées, pareilles à des poings serrés. Il faut quelques instants à mon cerveau pour assimiler l'information transmise par mes yeux. Il passe rapidement la tête dans l'encolure du tee-shirt. Je fais un mouvement et il pivote vers moi.

– Nuri… C'est ton nom ?

Le son de sa voix me fait sursauter.

– J'ai rencontré Lucy Fisher. Elle très gentille. Je pense que peut-être elle s'inquiète pour moi. Je lui dis qu'elle ne s'inquiète pas. « Madame Fisher, ne t'inquiète pas ! Il y a du travail dans ce pays. Je me débrouille !

Mon ami me dit que si je veux être en sécurité et vivant, je dois aller en Angleterre. » Mais elle a l'air encore plus inquiète qu'avant, et moi aussi je suis inquiet.

Je le dévisage, sans voix.

– Quand mon père il est mort, nous avons beaucoup de problèmes, pas de travail, pas beaucoup d'argent et pas beaucoup à manger pour mes deux sœurs, alors, ma mère me dit : « Diomande, je vais trouver de l'argent et tu vas partir, tu vas partir d'ici pour nous aider ! »

Il se penche un peu plus et les renflements de son dos s'accentuent. Il pose ses longues mains sur ses genoux et se hisse sur ses jambes.

– La veille de mon départ, elle me fait le meilleur plat du monde : du *kedjenou* [1]!

Il se lèche les doigts, ouvrant de grands yeux.

– Je n'ai pas mangé de *kedjenou* depuis des mois et des mois, mais ce soir elle le fait pour moi.

Je regarde son dos, le mouvement des ailes sous le tee-shirt quand il se baisse pour prendre des sandales qu'il enfile par-dessus ses chaussettes. Il a l'air de souffrir.

– Tu as des problèmes de dos ?

– J'ai la colonne tordue quand j'étais bébé.

Je dois faire une drôle de tête, car il s'interrompt pour m'examiner. Il est si grand qu'il se tient toujours penché, même debout, et quand il croise mon regard je remarque qu'il a les yeux d'un vieillard.

– Est-ce que tu descends boire le thé au lait ? Je l'aime beaucoup.

– Oui, réponds-je d'une voix rauque. Dans une minute.

1. Spécialité ivoirienne à base de viande ou de poulet aux tomates et au gingembre, réalisée dans un plat en terre cuite.

Je verrouille la porte de la salle de bains, afin que ni le Marocain ni personne ne me dérange. Je me lave le visage, les mains et les bras jusqu'aux coudes, puis je m'essuie la tête et les pieds jusqu'aux chevilles. Je transpire, incapable de chasser les ailes de mes pensées pour me concentrer sur la prière. Debout sur le tapis, alors que je m'apprête à dire : « *Allahou akbar* », je surprends mon reflet dans le miroir au-dessus de l'évier et je m'interromps, les paumes à la hauteur des oreilles. J'ai changé, même si je n'arrive pas à voir en quoi exactement. Bien sûr, il y a des rides profondes qui n'étaient pas là avant, et mes yeux semblent différents : plus sombres et plus larges, toujours sur le qui-vive, comme ceux de Mohammed. Mais il y a autre chose d'indéfinissable.

La poignée de la porte cliquette.

– Mec ?

Je ne réponds pas. Je laisse couler l'eau chaude, espérant voir apparaître Mohammed dans la buée.

Ensuite, je prends mon temps pour habiller Afra. Je ne sais pas pourquoi elle refuse de s'en charger elle-même. Elle ne bouge pas et ferme parfois les yeux, tandis que je lui enfile sa robe et que je drape le hijab autour de sa tête. Aujourd'hui, elle ne me guide pas pour placer les épingles à cheveux. Elle se tait et je constate dans le miroir que ses paupières sont closes. Je me demande pourquoi, puisqu'elle ne voit rien, de toute manière. Je ne lui pose pas la question. Elle serre la bille si fort que les articulations de ses doigts sont blanches. Puis elle s'étend sur le lit et prend le carnet de croquis sur la table de chevet. Elle le place sur sa poitrine et reste ainsi, immobile et silencieuse, retranchée dans son monde, la respiration lente.

Lorsque nous descendons, le Marocain et Diomande ne sont pas là. La logeuse me dit qu'ils sont sortis profiter du soleil. Elle est encore en train de faire le ménage. Elle est très maquillée, avec de longs cils noirs trop épais pour être naturels, et du rouge à lèvres couleur de sang frais. Mais elle a beau vaporiser et frotter, elle ne peut faire disparaître ni l'humidité, ni la moisissure, ni l'odeur de peur et de détresse qui colle à la peau des migrants. Je me demande quelle est son histoire. Étant donné son accent britannique, je suppose qu'elle est née dans ce pays. Et je sais qu'elle a une famille nombreuse, car le soir on entend beaucoup de bruit dans la maison adjacente à la pension : des enfants et des adultes qui entrent et qui sortent. Elle sent toujours les épices et la javel, comme si elle passait son temps à cuisiner et à récurer.

Je téléphone à Lucy Fisher pour lui raconter l'incident chez le médecin. Elle s'excuse et promet qu'elle nous apportera le document requis dès demain. Elle est calme et sérieuse, et je suis content qu'elle s'occupe de nous. Mais son erreur, si petite soit-elle, me rappelle qu'elle est humaine, qu'elle a ses limites, et cela m'inquiète.

Sur le canapé, Afra écoute la télé. Si l'on excepte les rendez-vous avec l'assistante sociale, c'est la première fois qu'elle s'aventure hors de notre chambre, qu'elle s'autorise à faire partie du monde. Je m'assieds à côté d'elle quelques instants, puis je sors dans la cour et regarde le jardin de la propriétaire de l'autre côté de la palissade. Mohammed avait raison : il est très vert, avec des buissons, des arbres et des parterres. Il y a aussi une suspension fleurie, une mangeoire à oiseaux et des jouets, dont une petite bicyclette bleue et un bac à sable. Un angelot soufflant dans une conque se dresse au milieu d'une fontaine dont l'eau ne coule pas. Notre cour semble bien grise et nue à côté, mais le bourdon est toujours là, endormi sur une fleur. La cagette me fait penser aux ruches qui s'inspiraient des nids sauvages. Je me revois ôter les cadres de bois pour inspecter les alvéoles. C'était mon travail de veiller à ce qu'il n'y ait pas de déséquilibre entre la population d'abeilles et leurs ressources alimentaires. Je devais savoir où se trouvaient les plantes mellifères, connaître les périodes de floraison et gérer les colonies afin d'atteindre mes objectifs, car nous ne produisions pas uniquement du miel, mais aussi du pollen, de la propolis et de la gelée royale.

– Tu devrais mettre ton lit dehors.

Je me retourne. Le Marocain m'adresse un large sourire.

– Quelle belle journée ! ajoute-t-il en regardant le ciel. Et on dit qu'il pleut tout le temps dans ce pays !

Le soir, dans le salon, le Marocain et Diomande jouent au pendu en anglais. C'est une catastrophe, mais je me tiens en retrait et ne corrige pas leurs erreurs. Les autres résidents ne tardent pas à se joindre à eux. L'Afghane a l'esprit de compétition et elle applaudit bruyamment quand elle gagne. J'ai fini par comprendre que l'homme avec qui elle parlait tout le temps était son frère. Il est un peu plus jeune qu'elle, met beaucoup de gel dans ses cheveux et a une barbichette mal taillée. Ils sont tous les deux très intelligents. Le soir, lorsque je les écoute, je les entends discuter en arabe, en farsi, en anglais et même en grec, parfois.

Je regarde le dos de Diomande, les ailes qui bougent sous son tee-shirt, la manière qu'il a de porter la main à sa colonne, une habitude qu'il a sans doute depuis toujours. Ce garçon a l'air de souffrir constamment. Pourtant, son sourire et son rire sont lumineux. Il se dispute avec le Marocain sur l'orthographe du nom « souris ». Ce dernier pense qu'il faut deux « r ». Diomande se tape le front.

Mes paupières se ferment et les voix se mêlent. Quand je les rouvre, je perçois un bourdonnement, des milliers d'abeilles qui s'activent comme autrefois. Mais le bruit vient de dehors. Dans le salon, on n'entend plus que la bille qui roule sur le parquet. Mohammed est assis par terre.

– Oncle Nuri ! dit-il dès que je remue. Tu dors depuis une éternité.

L'horloge au mur affiche trois heures du matin.

– Tu as trouvé la clé ? poursuit-il.

– Il n'y avait pas de clé. Seulement des fleurs.

– Tu n'étais pas au bon endroit. Ce n'est pas ici, c'est à côté, dans l'autre jardin. Celui qui est tout vert. Dans un des arbustes. La clé est là. Je l'ai aperçue par le trou.

– Pourquoi est-ce que tu as besoin de cette clé ?

– Pour sortir. Tu veux bien aller me la chercher ?

Je déverrouille la porte-fenêtre et le vrombissement des abeilles me surprend. Pourtant je n'en vois pas une. Il n'y a que l'obscurité, lourde et dense. Mohammed me suit.

– Tu entends ça ? D'où est-ce que ça vient ?

– Regarde dans le jardin d'à côté, oncle Nuri, et tu trouveras la clé.

J'approche l'œil du trou, mais il fait si noir que je distingue à peine les arbres.

– Il faut escalader la palissade, décrète-t-il par-dessus le constant bourdonnement qui semble issu du cœur de l'atmosphère, comme les vagues ou les souvenirs.

Je m'empare de l'escabeau et je saute chez la propriétaire. Autour de moi, les arbres et les fleurs forment des taches plus sombres aux lignes floues bruissant sous le vent. Le petit vélo est appuyé contre le mur, et je contourne le bac à sable dont je devine la bordure. Mohammed me guide. Il me dit d'aller à gauche et enfin je vois ce dont il me parle, un arbuste avec cette fois une seule clé accrochée à une branche. Elle luit au clair de lune. Je dois tirer fort pour l'arracher, car elle est enchevêtrée au feuillage. Une fois que je la tiens, je cale le vélo contre la palissade et je grimpe dessus pour repasser de l'autre côté.

Lorsque j'atterris dans la cour, Mohammed a disparu. Je referme la porte-fenêtre pour ne plus entendre le bruit du dehors et je monte me coucher. Afra dort, les deux mains sous sa joue. Elle respire lentement et profondément. Je m'étends sur le dos, serrant la clé contre ma poitrine. Le bourdonnement est lointain, à présent. Je crois distinguer

les vagues

de la mer Égée étaient calmes en fin d'après-midi. Nous avions éteint le feu avant d'embarquer à bord du navire qui devait nous emmener sur l'île de Leros.

– C'est la deuxième fois que je fais du bateau, déclara Mohammed. Mais la première, ça faisait un peu peur, n'est-ce pas ?

– Un petit peu, oui.

Aussitôt, je songeai à Sami. Il était monté sur un bateau, une fois. Nous allions voir ses grands-parents sur la côte syrienne, une petite ville à l'ombre des montagnes libanaises. L'eau le terrorisait. Il pleurait et je le tenais dans mes bras, essayant de le calmer en lui montrant les poissons. Quelques instants plus tard, il était absorbé par les traînées argentées sous la surface, les joues encore humides de larmes, un sourire aux lèvres. Il n'avait jamais aimé l'eau : quand on lui lavait les cheveux, il détestait en avoir dans les oreilles et dans les yeux. C'était un fils du désert. Il ne connaissait que les ruisseaux presque asséchés et les bassins d'irrigation. Les deux garçons avaient le même âge : s'il avait été ici, ils seraient devenus amis. Mohammed aurait veillé sur Sami, plus sensible et plus craintif, qui en échange lui aurait raconté des histoires. Sami adorait raconter des histoires !

– J'aimerais que ma maman soit là, soupira Mohammed.

Je posai la main sur son épaule et le regardai observer les poissons dans la mer avec de grands yeux brillants. Afra était assise derrière nous. Un membre de l'ONG lui avait donné une canne blanche, mais elle n'en voulait pas et l'avait abandonnée par terre à côté d'elle.

Des bénévoles nous attendaient sur le quai. Les gens étaient organisés, ça se voyait. Nous n'étions pas les premiers à passer par là et les associations humanitaires étaient préparées. On nous emmena au centre d'enregistrement, qui s'avéra être une grande tente au sommet d'une petite colline. Il y avait des migrants partout, encadrés par des soldats et des policiers dont les yeux étaient dissimulés derrière des lunettes miroir bleues. D'après ce que je pouvais voir, ils venaient principalement de Syrie, d'Afghanistan et d'autres pays arabes et africains. Des agents en uniforme nous divisaient en groupes, le visage impassible : les femmes célibataires, les mineurs non accompagnés, les hommes seuls avec passeport, les hommes seuls sans passeport, les familles. Par bonheur, on ne nous sépara pas. On nous indiqua l'une des longues queues et on nous distribua du pain et du fromage. Les gens s'impatientaient. Ils voulaient des papiers pour exister aux yeux de l'Union européenne. Mais ceux qui n'avaient pas la bonne nationalité n'obtiendraient qu'un billet de retour pour le pays qu'ils avaient fui.

Enfin, après des heures d'attente, notre tour arriva. Mohammed s'était endormi sur l'un des bancs au fond de la tente. Afra et moi prîmes un siège face à un individu qui consultait des notes sur son bureau. Afra tenait toujours son petit pain à la main. L'homme la regarda et s'appuya contre son dossier, révélant un ventre assez protubérant pour qu'on y pose une assiette en équilibre. En dépit du froid, son front était couvert de sueur. Les cernes sous ses yeux étaient aussi larges que son sourire. Il abaissa les lunettes de soleil qui se trouvaient sur son crâne.

– D'où venez-vous ?

– De Syrie.

– Est-ce que vous avez des passeports ?

– Oui.

Je sortis les trois livrets de mon sac à dos et les plaçai ouverts sur la table. Il souleva ses lunettes pour les étudier.

– D'où ça en Syrie ?

– Alep.

– C'est votre fils ? demanda l'homme en indiquant la photo de Sami.

– Oui.

– Quel âge a-t-il ?

– Sept ans.

– Où est-il ?

– Il dort sur le banc. C'était un long voyage. Il est épuisé.

Il hocha la tête et se leva. Pendant un instant, je crus qu'il allait exiger de voir Mohammed pour comparer son visage avec la photo, mais il s'approcha d'une rangée de photocopieuses à l'autre bout de la tente. Lorsqu'il revint, il empestait la cigarette. Il gonfla ses joues et demanda à relever nos empreintes digitales. On nous transformait en créatures de papier, contrôlables et imprimables.

– Avez-vous besoin de celles de Sami ?

– Non, pas s'il a moins de dix ans. Je peux voir votre téléphone ?

Je le sortis de mon sac. La batterie était déchargée.

– Quel est votre code PIN ?

Je le notai et il repartit du côté des photocopieuses.

– Pourquoi est-ce que tu lui as dit que nous avions un fils ? demanda Afra.

– C'est plus simple. Ils poseront moins de questions.

Elle se tut, mais je voyais qu'elle était mal à l'aise à sa manière de se gratter les poignets, griffant si fort qu'elle laissait des traînées rouges sur sa peau. Au bout d'un long moment, l'homme revint, essoufflé. Cette fois, il sentait le café en plus du tabac.

– Quelle était votre profession, en Syrie ? demanda-t-il en se rasseyant, son ventre retombant sur son pantalon.

– J'étais apiculteur.

– Et vous, madame Ibrahim ? poursuivit-il en se tournant vers Afra.

– J'étais peintre.

– Les tableaux sur le téléphone, ils sont de vous ?

Elle hocha la tête.

L'homme se carra dans son siège. Avec ses lunettes de soleil, c'était difficile de savoir ce qu'il regardait, mais il me semblait qu'il fixait Afra. Je voyais son reflet sur ses verres. En dépit de la cacophonie qui régnait sous la tente, j'eus soudain l'impression qu'il n'y avait plus un bruit.

– Vos tableaux sont très particuliers, madame.

Il se pencha en avant, sa panse s'écrasant contre la table et la poussant légèrement vers nous.

– Qu'est-ce qui lui est arrivé ?

C'était à moi qu'il s'adressait et il y avait une note évidente de curiosité dans sa voix. Je l'imaginai soudain, collectionnant les histoires horribles : des récits vécus de mort et de destruction.

– Une bombe.

Les lunettes de l'homme se tournèrent de nouveau vers Afra.

– Où espérez-vous aller ?

– En Grande-Bretagne, répondit-elle.

– Ah !

– Nous avons des amis là-bas, complétai-je, m'efforçant d'ignorer son rire moqueur.

– La plupart des gens sont plus réalistes, déclara-t-il en me rendant les passeports et le téléphone.

Il nous expliqua alors que nous devrions attendre sur l'île l'autorisation de partir pour Athènes.

De là, on nous conduisit en compagnie de deux ou trois autres familles à un camp fermé proche du port. Mohammed agrippa ma main, me demandant où on nous emmenait.

Nous étions parqués derrière des barbelés, dans un village déprimant : allées de béton monotones, gravier, grillage. Des rangées de cubes en métal s'alignaient pour héberger les migrants en attente d'une autorisation. Un empire dédié à l'identification.

Il avait tant plu que le gravier n'arrivait plus à absorber l'eau. Du linge séchait sur des cordes entre les préfabriqués et, à l'entrée de chaque habitation, il y avait un chauffage à gaz sur lequel les gens avaient posé des chaussures, des chaussettes et des bonnets. Au loin, de l'autre côté de la mer, j'apercevais les contours flous de la Turquie et, derrière moi, les taches sombres formées par les collines de l'île.

Alors que je me tenais là avec Afra, Mohammed et la foule des réfugiés, je me sentis soudain perdu, comme si j'étais seul au milieu d'une étendue d'eau glacée, sans rien à quoi me raccrocher. C'était la première fois depuis longtemps que je me retrouvais à peu près en sécurité, à l'abri, pourtant le ciel paraissait trop grand et le crépuscule semblait receler une noirceur inconnue. Je regardais fixement la lueur orange des chauffages à gaz, mes pieds solidement plantés sur le gravier. Des cris retentirent à proximité dans une langue que je ne comprenais pas, suivis d'un long hurlement : une voix désespérée qui semblait venir d'un lieu très profond. Les oiseaux apeurés s'envolèrent dans le ciel flamboyant.

Chaque préfabriqué était divisé par des couvertures et des draps suspendus, pour accueillir plusieurs familles. On nous attribua une section dans l'un d'eux et on nous annonça qu'il y avait de la nourriture dans l'ancien asile psychiatrique, à côté du centre d'enregistrement, et que les portes du camp fermaient à vingt-et-une heures. Si nous voulions manger, nous devions donc nous dépêcher. Mohammed se balançait d'un pied sur l'autre, comme s'il était encore sur le bateau, et il s'allongea dès qu'il put. Je posai sur lui une couverture.

– Oncle Nuri, dit-il, entrouvrant ses yeux. Est-ce que je pourrai avoir du chocolat demain ?

– Si je réussis à en trouver.

– De la pâte à tartiner. Je veux l'étaler sur du pain.

– Je ferai de mon mieux.

Le soir tombait et il faisait froid. Afra et moi nous couchâmes également et je posai la paume sur sa poitrine, pour écouter le battement de son cœur et le rythme de son souffle.

– Nuri, dit-elle.

– Oui ?

– Ça va ?

– Pourquoi ?

– Je pense que tu ne vas pas bien.

Elle était proche de moi et je sentais son corps crispé.

– Personne ne va bien, ici, rétorquai-je.

– C'est…

– Quoi ?

Elle soupira.

– C'est le petit garçon…

– Nous sommes tous très fatigués. On en discutera demain.

Elle poussa un autre soupir et ferma les yeux.

Elle ne tarda pas à s'endormir. Je m'efforçai de me caler sur sa respiration lente et régulière pour apaiser mon esprit. Mais j'avais trouvé sa voix sinistre. J'avais l'impression qu'elle savait quelque chose que j'ignorais, et à présent le sommeil me fuyait. Les paroles qu'elle n'avait pas prononcées m'avaient laissé entrevoir un gouffre dont sortaient des images qui se dissipaient comme des rêves : les yeux noirs de Mohammed, les yeux de Sami de la même couleur que ceux d'Afra. Alors que j'étais sur le point de m'assoupir, mon corps fut secoué d'un soubresaut, provoqué par un bruit soudain dans ma tête, le grincement d'une porte qui s'ouvrait, avec, de l'autre côté, l'ombre d'un petit garçon. « Est-ce qu'on va tomber à l'eau ? » entendis-je. « Est-ce que les vagues vont nous emporter ? Les maisons ne vont pas s'effondrer comme chez nous ? » La voix de Sami. La voix de Mohammed.

Puis mon esprit s'enfonça dans l'obscurité et le silence. Je tournai le dos à Afra et me concentrai sur les motifs du drap suspendu au milieu de la pièce. Je fus réveillé par des murmures de l'autre côté de cette cloison de fortune : une fillette s'adressant à son père. Elle semblait désemparée et ils se mirent à parler plus fort.

– Quand est-ce qu'elle va arriver ? demandait l'enfant.

– Pendant que tu dormiras, elle viendra te caresser les cheveux. Comme avant, tu te souviens ?

– Je veux la voir.

– Même si tu ne la vois pas, tu sentiras sa présence. Tu la sentiras près de toi, je te le promets.

J'entendais la fêlure dans la voix du père.

– Mais quand ces hommes l'ont emmenée…

– Parlons d'autre chose.

La fillette étouffa un sanglot.

– Quand ils l'ont emmenée, elle pleurait. Pourquoi est-ce qu'ils l'ont prise ? Où est-ce qu'ils l'ont emmenée ? Pourquoi est-ce qu'elle pleurait ?

– Ce n'est pas le moment. Il faut que tu dormes.

– Tu as dit qu'ils la ramèneraient. Je veux rentrer à la maison et aller la chercher. Je veux rentrer à la maison.

– Ce n'est pas possible.

– Jamais ?

Le père ne répondit pas.

Il y eut un cri dehors, une voix d'homme suivie d'un choc sourd. Frappait-on sur quelque chose ? Quelqu'un ? Je voulais me lever pour aller voir ce qui se passait, mais j'avais peur. J'entendis des pas devant le préfabriqué, une cavalcade, puis le silence revint. Peu à peu, le lointain chuintement des vagues m'emporta au large.

Je me réveillai au chant des oiseaux. Dehors, la journée du camp avait débuté. Mohammed n'était plus là, en revanche, Afra dormait encore.

Je partis à sa recherche. Des migrants profitaient du soleil. D'autres accrochaient du linge sur les cordes dans l'allée. Des enfants sautaient par-dessus les flaques ou lançaient des ballons gonflables contre les barbelés, tapant dedans avec leur poing comme au volley et riant quand ils éclataient. Mohammed ne se trouvait pas parmi eux.

Je remarquai des soldats qui faisaient des rondes, arme à la ceinture. Je me dirigeai vers l'ancien asile ;

on m'avait dit qu'il y avait là différents services et une garderie. L'île semblait hantée – des maisons inachevées qui tombaient en ruine, des vitrines de magasins vides –, comme si les habitants avaient dû fuir à la hâte, abandonnant les lieux. Des fenêtres s'ouvraient sur l'intérieur de bâtiments sombres et inhospitaliers. Des volets dégondés pendaient. Quant à l'ancien asile, c'était une vision de cauchemar. Dans l'entrée, il y avait un grand foyer de cheminée condamné par une grille en fer forgé ; des voix venant de pièces au-dessus de moi résonnaient dans l'escalier.

– Qu'est-ce que vous cherchez ? demanda-t-on derrière moi.

Je me retournai pour découvrir une jeune femme d'une vingtaine d'années, les joues hâlées par le soleil, une dizaine d'anneaux d'argent dans une oreille et un autre dans le nez. Elle souriait, mais semblait fatiguée, de grands cernes violets sous les yeux, les lèvres gercées.

– On m'a dit qu'on pouvait trouver toutes sortes de choses, ici. J'ai besoin d'affaires pour ma femme.

– Troisième étage à gauche.

J'hésitai.

– Et je cherche mon fils.

Je regardai par-dessus mon épaule, comme si Mohammed allait apparaître derrière moi.

– À quoi est-ce qu'il ressemble ?

La jeune fille bâilla et mit la main devant sa bouche. Ses yeux papillotèrent.

– Pardon. Je n'ai pas beaucoup dormi. Il y a eu des problèmes la nuit dernière.

– Des problèmes ?

Elle secoua la tête, retenant un autre bâillement.

– Les camps sont bondés, certaines personnes sont là depuis trop longtemps, c'est difficile de…

Elle se reprit.

– À quoi ressemble votre fils ?

– Mon fils ?

– Vous disiez que vous le cherchiez.

– Pardon. Il a sept ans. Des cheveux noirs, des yeux noirs.

– Ça pourrait correspondre à la plupart des petits garçons qui sont ici.

– Ils sont bruns avec les yeux marron. Les siens sont noirs. Aussi noirs que la nuit. On les remarque.

Elle avait l'air préoccupée. Elle sortit un téléphone de la poche arrière de son pantalon et les ombres de son visage s'éclaircirent à la lueur de l'écran.

– Vous êtes logés où ?

– Dans les préfabriqués près du port.

– Vous avez de la chance de ne pas être dans l'autre camp.

– Quel autre camp ?

– Votre femme a besoin de vêtements ? Il y a un dépôt, là-haut. Je peux vous montrer.

Il y avait plus de monde dans l'entrée. J'entendais différents dialectes arabes, auxquels se mêlaient les rythmes et les sons inconnus d'autres langues.

– Votre anglais est excellent, dit-elle alors que nous gravissions les marches.

– C'est mon père qui m'a appris quand j'étais enfant. Je travaillais dans l'exportation, en Syrie.

– Vous faisiez quoi au juste ?

– Apiculteur. J'avais des abeilles et je vendais du miel.

Je regardai ses tongs claquer contre la plante de ses pieds.

– Cette île était une colonie de lépreux autrefois. Ce lieu ressemblait plus à un camp de concentration qu'à un hôpital. Les gens étaient enfermés dans des cages et enchaînés sans nom ni identité. Les enfants étaient abandonnés, attachés toute la journée à leur lit.

Elle s'interrompit soudain. Un policier descendait. Celui-là ne portait pas de lunettes de soleil. Il faisait trop sombre. Il hocha la tête au passage et lui sourit avec un regard chaleureux.

– Au deuxième et au quatrième, il y a des camps, poursuivit-elle une fois qu'il eut disparu. Dans la cour, la nuit, ils allument un grand feu pour cuisiner, sinon, tout ce qu'on mange ici, c'est du pain et du fromage, et une banane de temps en temps. Parfois, des vieilles dames apportent des légumes de leur jardin qu'ils font cuire. À cet étage, il y a deux dépôts, un pour les femmes et les enfants, l'autre pour les hommes. Si vous voulez quelque chose pour votre fils, il y a eu un gros arrivage aujourd'hui et vous êtes venu tôt, ce qui est un avantage.

Elle m'indiqua le magasin des femmes et me laissa. Au moment où j'entrai, quelqu'un s'adressa à elle dans le couloir.

– Tu connais les règles. Contente-toi de leur demander ce dont ils ont besoin. Ne discute pas avec eux.

Je m'attardai quelques secondes sur le seuil, guettant sa réponse. Je m'attendais à ce qu'elle s'excuse, mais j'entendis un éclat de rire rebelle. Elle affichait une assurance qui détonnait dans ce lieu. Il n'y eut pas d'autres mots, uniquement des pas qui s'éloignaient. Les murs du magasin étaient humides et verdâtres. La lumière qui filtrait à travers les barreaux de la fenêtre horizontale tombait sur un portant. Une femme se matérialisa devant moi, les deux mains derrière le dos.

– Bonjour. Qu'est-ce qu'il vous faut ? me demanda-t-elle avec vivacité.

– Je cherche des vêtements pour ma femme et mon fils.

Elle me posa des questions sur leur taille et leur corpulence, poussant les cintres sur la barre pour sélectionner les articles qui lui semblaient appropriés.

Je repartis avec trois brosses à dents, deux rasoirs, du savon, un sac rempli d'habits et de sous-vêtements, et une paire de chaussures pour Mohammed. Je présumais qu'il voudrait courir et s'amuser avec les autres enfants. Peut-être les avait-il entendus jouer ce matin et s'était-il levé pour les rejoindre ? Certains d'entre eux avaient pu se rendre sur le quai afin d'accueillir les nouveaux arrivants. Le long du port, il y avait des magasins – *Vodafone, Western Union*, une boulangerie, un café et un vendeur de journaux – qui tous affichaient des pancartes en arabe à l'extérieur : *Cartes SIM. Connexion wifi. Rechargez votre téléphone.*

J'entrai dans l'établissement. Il était rempli de migrants qui buvaient du thé, de l'eau ou du café, s'efforçant d'oublier le camp un instant. Certains parlaient kurde et farsi. Devant moi, un homme et un jeune garçon discutaient en arabe syrien. Une serveuse émergea de la cuisine avec un carnet et me demanda ce que je désirais. Une femme d'un certain âge surgit derrière elle avec des verres d'eau. Elle les posa sur les tables, saluant les clients par leurs noms et bavardant avec eux. Elle avait des rudiments des trois langues.

Je commandai un café. On m'annonça que c'était gratuit et je m'assis. Je dégustai le breuvage à petites gorgées. J'avais cessé de croire qu'un jour je pourrais boire du café dans un lieu public, sans redouter les bombes et les snipers. Puis, comme toujours dès que la vie reprenait ses droits, je pensai à Sami. Et aussitôt je me sentis coupable de pouvoir apprécier ce café.

– Vous êtes seul ici ?

Je levai la tête. La plus âgée des deux serveuses me regardait en souriant.

– Vous parlez anglais ?

– Oui. Et non, je ne suis pas seul. Je suis avec ma femme et mon fils. Je le cherche. Il fait à peu près cette taille, cheveux noirs, yeux noirs.

– Comme tous les garçons ici !

– Vous savez où je pourrais trouver du chocolat ?

Elle m'expliqua qu'il y avait une supérette un peu plus loin. Je remarquai que certains clients avaient commandé à manger. Les migrants faisaient marcher le commerce. D'habitude, en mars, l'île était presque déserte.

Après, je fis un détour par le magasin où j'achetai un pot de Nutella et une miche de pain. Mohammed serait ravi ! J'imaginai déjà ses yeux briller d'excitation.

Je me rendis dans un cybercafé pour voir si Mustafa m'avait répondu. Je tapai mon nom d'utilisateur et mon mot de passe avec nervosité : une part de moi ne voulait pas savoir, car, s'il n'avait pas écrit, j'aurais du mal à continuer, mais j'eus la joie de découvrir que plusieurs e-mails m'attendaient.

04/02/2016

Cher Nuri,

Mustafa n'a pas accès à sa messagerie. Je lui ai parlé aujourd'hui. Il est en France. Il m'a demandé de consulter ses e-mails et de répondre. Il attendait de tes nouvelles, chaque jour il espérait. Tu ne peux pas savoir à quel point j'ai été heureuse de te lire. Mustafa et moi étions tous deux très inquiets. Il s'efforçait de ne pas imaginer le pire, mais tu le connais, il avait du mal.

Lorsque je l'aurai au téléphone, je lui annoncerai la bonne nouvelle. Cela lui fera très plaisir. Aya et moi sommes en Angleterre. En ce moment, nous habitons dans une maison partagée dans le Yorkshire et nous attendons la réponse pour notre demande d'asile.

Je suis heureuse que vous soyez arrivés à Istanbul, Nuri, et j'espère que vous êtes à présent en Grèce, ou même plus loin, sains et saufs.

Dahab

28/02/2016

Cher Nuri,

J'ai enfin rejoint ma fille et ma femme en Angleterre. C'était très difficile en France et je ne m'étendrai pas là-dessus dans ce message, mais je te raconterai tout quand nous nous verrons. Je sais que tu y arriveras. Nous vous attendons. Je ne trouverai pas la paix tant que vous ne serez pas avec nous. Tu es un frère pour moi, Nuri. Ma famille n'est pas complète sans toi et Afra.

Dahab ne va pas bien, Nuri. Depuis que je suis là et qu'elle n'a plus à tenir le coup pour Aya, elle passe ses journées au lit dans le noir, une photo de Firas à la main. Parfois, elle pleure, mais la plupart du temps elle se tait. Elle refuse de parler de lui. Elle se contente de répéter qu'elle est heureuse que je sois à ses côtés.

Dans ton dernier e-mail, tu disais être à Istanbul. Si tout va bien, tu es en Grèce maintenant. J'ai entendu que la Macédoine avait fermé ses frontières. Ton voyage sera difficile, comme le mien l'a été, mais tu ne dois pas renoncer. La prochaine fois que je recevrai de tes nouvelles, j'espère que tu m'apprendras que vous vous êtes rapprochés de nous.

Souvent, je regrette d'être resté à Alep, de ne pas être parti avec ma femme et ma fille, car, alors, mon fils serait encore parmi nous. Cette pensée me donne envie de mourir. Nous ne pouvons pas revenir en arrière, changer les décisions que nous avons prises. Je n'ai pas tué mon fils. Je m'efforce de m'en souvenir pour ne pas errer à jamais dans les ténèbres.

Le jour où j'apprendrai que tu es en Angleterre, alors, mon âme sera remplie de lumière.

Mustafa

Je lus et relus cet e-mail. *Tu es un frère pour moi, Nuri.* Je revis la maison du père de Mustafa en montagne. Elle était entourée de pins et de sapins et, à l'intérieur, il faisait sombre et frais, avec des meubles d'acajou et des tapis tissés à la main. Sous une fenêtre contre le mur du fond se trouvaient une console, un autel à la mère et l'épouse partie trop tôt. Des photos d'elle jeune fille, puis jeune femme, grande et belle, les yeux pétillants. Des photos de mariage et d'autres la montrant avec Mustafa dans ses bras, puis enceinte de l'enfant avec qui elle mourrait. Mustafa avait été élevé par son père et son grand-père, sans présence féminine pour adoucir et égayer les lieux, sans frères et sœurs avec qui jouer. Mais il avait la lumière radieuse du soleil, les sons et les parfums des ruches.

Les abeilles étaient ses sœurs et il m'avait appris à les connaître. Il les avait observées et il comprenait leur langage. Il les suivait sur les sentiers de montagne et il s'asseyait à l'ombre des arbres pour les voir à l'œuvre, butiner les eucalyptus, les cotonniers et le romarin.

Son grand-père était un homme robuste avec des mains énormes dont Mustafa avait hérité. Il posait sur le monde un regard acéré plein d'humour, et encourageait la curiosité de son petit-fils, l'incitant à explorer la nature. Il m'accueillait toujours avec enthousiasme et nous coupait des tomates et des concombres, comme si nous étions des gamins. D'une certaine manière, je venais combler un vide dans leur famille. Sur du pain tendre, il étalait du beurre et du miel tout juste récolté des ruches, puis s'asseyait avec nous pour nous raconter des histoires au sujet de son enfance ou de sa belle-fille bien-aimée.

« C'était une femme d'une immense bonté, se souvenait-il. Elle prenait soin de moi et ne me disait jamais de me taire quand je radotais. » Même après toutes ces années, il s'essuyait les yeux de ses mains tachetées de brun. Dans le salon frais et ombragé, nous sentions la présence de la mère de Mustafa, et son immuable sourire tissait un cocon autour de nous, un peu comme le doux bourdonnement des abeilles.

Puis il se ressaisissait. « Ça suffit, maintenant, rendez-vous utiles tous les deux. Mustafa, montre à Nuri comment on récolte le miel. Et donne-lui un peu de gelée royale, il en a bien besoin, lui qui est toujours cloîtré en ville. »

Alors, mon cousin m'emmenait là où les abeilles chantaient.

« Nous construirons quelque chose ensemble, j'en suis sûr, affirmait-il. On s'équilibre bien, tous les deux. Ensemble, nous accomplirons de grandes choses. »

03/03/2016

Cher Mustafa,

Tu as toujours été un frère pour moi, toi aussi. Je me souviens du temps où je venais vous voir chez ton père, en montagne, je me souviens des photos de ta mère, et de ton grand-père... quel homme ! Sans toi, ma vie aurait été très différente. Nous avons accompli de grandes choses ensemble, comme tu l'avais annoncé. Mais cette guerre nous a tout pris, tout ce dont nous avions rêvé et tout ce pour quoi nous avions travaillé. Elle nous a privés de nos foyers, de notre gagne-pain, de nos fils. J'ignore comment je peux continuer à vivre ainsi. J'ai peur d'être mort à l'intérieur. La seule chose qui me permet d'avancer, c'est le désir de vous retrouver, toi, Dahab et Aya.

Je me réjouis de te savoir désormais auprès de ta femme et de ta fille. Cette pensée apporte un peu de joie à ces jours sombres.

Afra et moi sommes à Leros et nous espérons bientôt partir pour Athènes. Si la frontière macédonienne est fermée, alors nous trouverons une autre solution. Ne t'inquiète pas, Mustafa, je ne m'arrêterai pas avant de vous avoir rejoints.

Nuri

Je retrouvai le métal brillant, le gravier pâle, le béton et les interminables rangées de préfabriqués entourés de grillage du camp. Afra se tenait sur le seuil, brandissant sa canne blanche comme si c'était une arme.

– Qu'est-ce que tu fais ? demandai-je.

– Où étais-tu ?

– J'ai rapporté des vêtements et d'autres bricoles dont nous avions besoin.

– Il y avait du bruit. Trop. Je les ai chassés.
– Qui ?
– Les enfants.
– Est-ce que le garçon est revenu ?
– Quel garçon ?
– Mohammed.
– Personne n'est venu.

Je posai le sac par terre et lui dis que je ressortais chercher à manger pour le dîner, mais cette fois, je me mis en quête de Mohammed. Je suivis les rires des enfants à chaque coin de rue, dans les champs, sous les arbres. Je retournai à l'ancien asile, vérifiai la moindre pièce, y compris la garderie, l'espace réservé aux mamans et aux bébés, et la salle de prière. Je longeai la route jusqu'à une autre partie de la côte, où je trouvai une plage tranquille, avec des empreintes de pas d'enfants dans le sable. Le soleil se couchait et tout le monde était parti. Je restai là un moment, inspirant l'air frais, goûtant la chaleur des rayons orangés sur mon visage.

Lorsque j'ouvris les yeux, j'eus une vision très étrange qui semblait sortie d'un rêve : trente ou quarante pieuvres séchaient sur une corde, leurs silhouettes se découpant sur le ciel crépusculaire. Je me frottai les yeux, me demandant si je m'étais endormi, mais les pieuvres étaient toujours là. Avec leur corps étiré et leurs tentacules qui tombaient vers le sol, on aurait dit des visages d'hommes à longue barbe. Je touchai la chair caoutchouteuse, la reniflai afin de m'assurer qu'elle était fraîche et j'en pris une pour la faire griller sur le feu, la portant dans mes bras comme un enfant. Je ramassai en chemin des brindilles et des branches, et je m'arrêtai acheter un briquet.

Au camp, Afra faisait tourner quelque chose entre ses doigts, assise par terre. Je reconnus la bille transparente veinée de rouge de Mohammed.

Je m'apprêtai à l'interroger à son sujet, lorsque je remarquai que son expression était morose et que ses yeux n'étaient plus absents ; ils étaient vivants et emplis de chagrin.

– Qu'est-ce qui ne va pas ? Tu as le regard triste.

– Vraiment ?

– Oui.

– C'est que je viens de réaliser que j'avais perdu mon bracelet en platine : tu sais, celui que ma mère m'avait offert.

– Bien sûr, je m'en souviens.

– Celui avec les petites étoiles.

– Oui, je vois.

– Je l'ai mis avant de partir. J'ai dû le perdre pendant la traversée. Il est au fond de la mer, maintenant.

Je m'assis par terre à côté d'elle et l'enlaçai. Elle posa la tête sur mon épaule, comme dans l'abri souterrain, avant de quitter Alep. Cette fois, elle ne pleura pas ; je sentais sa respiration dans mon cou et le frôlement de ses cils sur ma peau. Nous restâmes ainsi longtemps, tandis que la pièce s'obscurcissait. À présent, on ne voyait plus que la lueur du chauffage au gaz. Il y avait du bruit autour de nous, des enfants qui couraient, le vent du large qui agitait les arbres, de violentes bourrasques qui arrivaient par vagues. Je me demandai si Mohammed jouait encore et s'il allait bientôt rentrer.

Je sortis faire griller le poulpe. Je formai un petit tas avec les brindilles et les branches et j'accrochai l'animal au bout d'un bâton, le maintenant au-dessus du feu. Cela prit beaucoup plus de temps que je ne l'aurais cru, quand bien même il avait déjà un peu cuit au soleil.

Lorsqu'il fut assez tendre, je le laissai refroidir avant de le déchirer en morceaux que je présentai à Afra. Elle les dévora, se léchant les doigts. Elle me remercia et voulut savoir d'où il venait.

– C'est toi qui l'as pêché ?

– Non ! répondis-je, amusé.

– Mais tu n'as pas pu l'acheter. C'est beaucoup trop cher !

– Je l'ai trouvé.

– Ah oui ? Tu te promenais sans rien demander à personne, quand tu es tombé sur un poulpe ?

– Oui.

Elle éclata de rire, un rire qui venait du ventre et qui faisait briller ses yeux.

Je ne cessais de regarder la porte, inquiet, espérant voir Mohammed.

Afra posa la tête sur les couvertures et s'endormit sans ajouter un mot. Je me couchai à côté d'elle. Peu après, j'entendis le portail se fermer, des portes se verrouiller au loin. De l'autre côté de la cloison de fortune, la fillette pleurait et son père lui murmurait des paroles rassurantes.

– Non, les hommes armés ne nous tueront pas. Ne t'inquiète pas ! Je te le promets.

– Mais s'ils nous tirent dessus ?

Il rit.

– Non. Ils sont ici pour nous aider. Ferme les yeux maintenant, et pense à tout ce que tu aimes.

– À mon vélo à la maison ?

– Voilà. Pense à ton vélo.

Ils cessèrent de parler. Au bout d'un long moment, la voix de la fille s'éleva à nouveau, adoucie et apaisée.

– Papa ?

– Oui ?

– Je l'ai sentie.
– Quoi ?
– J'ai senti maman qui me caressait les cheveux.

Ils se turent après ça, mais j'entendis presque le cœur de l'homme se briser dans le silence. Je distinguais au loin des plaisanteries, des rires et des bavardages. Pas de cris, ce soir.

Je regardai le poulpe, le Nutella et le pain posés sur le sol au cas où Mohammed rentrerait dans la nuit : en les voyant, il saurait que c'était pour lui. Le problème, c'était que le camp était fermé, à cette heure. J'étais coincé à l'intérieur et lui à l'extérieur. Je me levai et me dirigeai vers le grillage, circulant entre les cubes de métal bien alignés. Je finis par trouver le portail. Deux soldats montaient la garde, fusils à la main.

– Qu'est-ce qu'il y a ? demanda l'un d'eux.
– Il faut que je sorte.
– Trop tard. Demain matin.
– Ça veut dire que je suis enfermé ? Comme un prisonnier ?

L'homme ne répondit pas, mais ne détourna pas le regard non plus.

– Mon fils a disparu !
– Vous le trouverez demain matin.
– Je ne sais pas où il est.
– Il n'a pas pu aller bien loin. C'est une île.
– Il est sûrement seul et effrayé !

Les soldats ne voulurent rien entendre et me renvoyèrent. Je tentai de retrouver mon chemin, ce qui se révéla vite impossible dans l'obscurité. Chaque allée était identique à la précédente et je ne les avais pas comptées si bien que je tournais en rond. Peut-être était-ce ce qui était arrivé à Mohammed. Il était sorti sans y prêter attention et s'était perdu. Une autre famille l'avait-elle hébergé ? Je me résolus à m'allonger par terre, près de la porte d'un préfabriqué, pour profiter de la chaleur du chauffage au gaz.

Le lendemain, je fus tiré du sommeil par le tintement de la pluie sur les toits métalliques. J'étais trempé. Je me levai et finis par retrouver notre baraque, grâce à un drap rose accroché à une corde à linge. Des trombes s'abattaient sur le camp, à présent. À l'intérieur, des mouches bourdonnaient autour des restes du poulpe.

Afra était réveillée. Allongée sur le dos, elle fixait le plafond comme si elle contemplait les étoiles, tripotant la bille, ce qui me fit songer à Mohammed.

– Où étais-tu ?

– Je suis sorti et je me suis perdu.

– Je n'ai pas dormi de la nuit. Quand il s'est mis à pleuvoir, tout ce que j'entendais et voyais dans ma tête, c'était la pluie.

Je passai la main au-dessus du poulpe et les mouches se dispersèrent en vrombissant dans la petite pièce, tournoyant les unes autour des autres, puis revenant vers les restes de nourriture qui les attiraient comme un aimant.

– Tu as faim ?

– Tu veux que je partage avec les mouches ?

– Non, répondis-je en riant. On a du pain et de la pâte à tartiner.

Je sortis la miche du sac en papier et la déchirai en morceaux, en mettant un peu de côté pour Mohammed. Puis j'ouvris le pot de Nutella, me demandant comment j'allais l'étaler sans couteau. Afra proposa qu'on trempe directement le pain dans le chocolat.

En fin de matinée, lorsque le déluge cessa enfin, je partis à la recherche de Mohammed. Je fis d'abord le tour de l'enclos, circulant entre les conteneurs à humains, parcourant chaque rangée et l'appelant. Le sol était gorgé d'eau : même les chaussures devant les portes étaient imbibées. Le gravier avait absorbé ce qu'il avait pu. La pluie semblait venir directement de la mer : tout était recouvert d'une pellicule argentée, comme du métal liquide brillant, si bien que le camp rappelait plus que jamais une prison. Le soleil était ressorti, créant des reflets et des éclaboussures de lumière.

Je retournai à l'ancien asile. Un adolescent était assis sur les marches, un casque sur les oreilles, adossé au mur, les yeux fermés. Je le secouai gentiment pour lui demander s'il avait vu un garçon ressemblant à Mohammed. Mais il se contenta de balancer la tête, entrouvrant à peine les paupières. J'entendis des enfants jouer au-dessus de moi, le faible écho des rires, et je suivis le son jusqu'au quatrième étage, poussant chaque porte. Les chambres étaient divisées par des couvertures suspendues, les chaussures bien alignées. Ici et là, j'apercevais des cheveux, une jambe ou un bras. J'appelai « Mohammed ! » et un vieillard bourru répondit : « Oui ! », puis « Qu'est-ce que vous voulez ? Je suis là ! Vous venez me chercher ? »

Sa voix me poursuivit dans le couloir. Les enfants se trouvaient dans la dernière pièce, entourés de jouets, de jeux de société et de ballons gonflables. Quelques travailleurs humanitaires étaient agenouillés auprès des plus jeunes. Une femme tenait un bébé dans ses bras. Elle croisa mon regard et s'approcha.

– C'est la garderie, dit-elle, détachant chaque mot.

– Je vois ça. Je cherche mon fils.

– Comment s'appelle-t-il ?

– Mohammed.

– Quel âge ?

– Sept ans.

– À quoi est-ce qu'il ressemble ?

– Il a les cheveux et les yeux noirs. Pas marron. Noirs comme le ciel la nuit.

Elle réfléchit un moment, puis secoua la tête.

– Ne vous inquiétez pas trop. Il finira par réapparaître, ils reviennent toujours. Quand vous le verrez, donnez-lui ça.

De sa main libre, elle fouilla dans une caisse en plastique et en tira une boîte de crayons de couleur attachée à un bloc-notes. Je la remerciai et repartis en sens inverse. Cette fois, dans le couloir, j'avais l'impression de sentir autour de moi les fantômes des anciens pensionnaires qui, il n'y a pas si longtemps, étaient encore bâillonnés et enchaînés à leurs lits. Les échos qui me parvenaient n'étaient plus des rires d'enfants, mais des cris venant d'un lieu aux confins de l'imagination, là où l'humain cessait d'être humain.

Je me hâtai de sortir pour retrouver la lumière argentée, puis me dirigeai vers le port. Le café était plein et je m'assis le temps de recharger mon téléphone et de boire un café, regardant les deux femmes qui étaient, je le réalisai soudain, mère et fille, servir des verres d'eau et des boissons chaudes. Elles échangeaient avec les migrants, communiquant du mieux qu'elles pouvaient avec les quelques mots d'arabe et de farsi qu'elles avaient appris. Ce jour-là, le père et le fils étaient là aussi, le second une version miniature du premier, la moustache en moins. Je m'autorisai à me détendre un peu et me laissai aller contre le dossier, les yeux fermés, écoutant les conversations autour de moi et le tonnerre sur la mer au loin.

Je restai là jusqu'en milieu d'après-midi sans voir Mohammed. À seize heures, je me rendis au centre d'enregistrement pour savoir si on avait vérifié nos papiers et si nous avions la permission de partir. Il y avait des centaines de personnes réunies autour d'un homme qui s'agitait sur un tabouret, brandissant des cartes et appelant des noms. Le nôtre n'en faisait pas partie. Une part de moi était soulagée, car je ne voulais pas abandonner Mohammed.

La journée du lendemain se passa de manière similaire. Le soleil sécha les flaques et le vent était beaucoup plus chaud. La pluie semblait avoir chassé les ombres, et l'endroit paraissait plus paisible, en dépit du nombre croissant d'arrivants apportés par la mer, alors que les départs restaient très rares. Peut-être y avait-il tant de bruits qu'ils se mêlaient pour ne former plus qu'un, comme le tambourinement des gouttes, le fracas des vagues ou le bourdonnement des mouches autour du poulpe. Dès qu'on s'éloignait du camp, la terre avait une odeur fraîche et sucrée, et les arbres bourgeonnaient.

Mais toujours aucun signe de Mohammed.

Le lendemain soir, je commençai à perdre espoir. Je sortis les crayons de leur emballage.

– Qu'est-ce que c'est ? demanda Afra, attentive au moindre bruit. Qu'est-ce que tu ouvres ?

– Des crayons.

– De couleur ?

– Oui.

– Il y a du papier ?

– Oui, un bloc-notes.

– Je peux ?

J'alignai tous les crayons devant elle et guidai sa main. Je posai le carnet sur ses genoux.

– Merci.

Je m'allongeai et regardai les araignées au plafond, leurs toiles et les insectes dans les coins. J'écoutai les conversations étouffées à travers les draps et dans les allées, le crissement de la mine sur le papier.

À la tombée de la nuit, Afra déclara enfin :

– C'est pour toi.

Le résultat ne lui ressemblait pas : un champ de fleurs au milieu duquel se dressait un arbre unique.

– Comment est-ce que tu as réussi à faire ça ?

– Je sens les marques du crayon sur le papier.

J'examinai encore le dessin. Les couleurs étaient incroyables : l'arbre bleu, le ciel rouge. Les lignes étaient brisées, les feuilles et les fleurs décalées. Pourtant, il émanait de ce paysage une beauté fascinante et indescriptible, c'était une image qui semblait sortie d'un rêve, la représentation d'un monde défiant l'imagination.

Le lendemain après-midi, je retournai au centre d'enregistrement et cette fois je fus appelé. On me donna les cartes et l'autorisation de quitter l'île pour Athènes : Nuri Ibrahim, Afra Ibrahim et Sami Ibrahim. Je sentis mon ventre se tordre à la vue du nom imprimé si lisiblement sur le papier. Sami. Sami Ibrahim. Comme s'il était toujours parmi nous.

Je ne dis pas à Afra que nous étions libres de partir. Je n'allai même pas à l'agence de voyages pour acheter les billets de ferry. Les jours et les nuits passaient, et elle commençait à s'impatienter.

– Je fais des cauchemars, disait-elle. Je suis morte, couverte de mouches, et je suis paralysée, je ne peux pas les chasser !

– Ne t'inquiète pas. Nous aurons bientôt quitté l'île.

– Je n'aime pas cet endroit. Il y a trop de fantômes.

– Quel genre de fantômes ?

– Je n'en sais rien. Ce n'est pas humain, en tout cas.

Elle avait raison. Nous devions partir, mais je ne voulais pas abandonner Mohammed. Que penserait-il s'il réapparaissait et ne me trouvait pas ? Car il reviendrait, c'était obligé. Comme l'avait dit le policier, c'était une île, il n'avait pas pu aller bien loin.

La nuit suivante, il plut encore. Afra fut prise d'une violente fièvre. Sa tête était brûlante, ses mains et ses pieds aussi glacés que la mer. Je tamponnai son front et sa poitrine avec mon tee-shirt plongé dans l'eau.

– Il joue, dit-elle.

– Qui ?

– Sami. Je l'entends. Dis-lui d'être prudent.

– Il n'est pas ici.

– Il est perdu.

– Qui ?

– Sami. Les maisons ont toutes disparu et il est perdu.

Je ne répondis pas. Je frottai ses mains entre mes paumes pour les réchauffer, contemplant son beau visage. Je voyais qu'elle avait peur.

– Je veux partir d'ici.

– Bientôt.

– Quand ? Pourquoi est-ce que c'est si long ?

– Nous avons besoin de papiers.

Le lendemain, son état empira encore. Elle frissonnait et se plaignait de douleurs dans le dos et les jambes.

– Dis-lui de rentrer, son dîner l'attend, me supplia-t-elle, alors que je l'enveloppais dans l'une des couvertures.

– Je vais le faire.

– Il a joué dehors toute la journée.

– Je m'en occupe.

Je trouvai des citrons pour lui préparer une boisson adoucissante qu'elle sirota à petites gorgées, mais son mal continuait de s'aggraver. Je songeai que c'était parce qu'elle avait perdu espoir. Nous ne pouvions plus retarder notre départ. Je lui avouai donc que nous avions obtenu les papiers. J'attendis encore quelques jours, le temps qu'elle reprenne des forces, qu'elle soit capable de se lever seule et de sortir pour sentir le soleil sur son visage, puis j'achetai les billets et je rédigeai un mot.

Mohammed,

Cela fait bientôt un mois que nous sommes là. J'ignore ce qui t'est arrivé, où tu es, et si tu liras ces mots un jour, mais je n'ai pas cessé de te chercher. Je prie pour qu'Allah te protège et veille sur toi. Prends cet argent et la carte. Tu devras te faire appeler Sami (c'était le nom de mon fils) et aller à l'agence de voyages (à côté du café Seven Gates*). Là, achète-toi un aller simple pour Athènes. Ne le rate pas, car il y a juste de quoi payer un billet. Ce sera ta seule chance, ne te trompe pas sur les horaires.*

Ce sera la troisième fois que tu monteras à bord d'un bateau ! En arrivant à Athènes, essaie de nous retrouver. Voici mon numéro de téléphone : 0928-----. Je ne sais pas s'il fonctionnera. Mon nom complet est Nuri Ibrahim. D'Athènes, je prévois de me rendre en Angleterre. Si tu rencontres une personne qui te semble bienveillante, donne-lui mon nom, et peut-être t'aidera-t-elle à me retrouver.

J'espère te revoir bientôt. D'ici là, sois prudent, mange bien et ne renonce pas. Parfois, c'est facile d'abandonner. Je penserai à toi et je prierai pour toi, même de l'autre côté de la mer et des montagnes. Si tu dois encore faire une traversée en bateau, n'aie pas peur. Je prierai pour toi chaque jour.

Oncle Nuri

Je pliai la lettre et la glissai avec l'argent dans une enveloppe que je déposai par terre, dans un coin du préfabriqué, sous le pot de Nutella.

Le ferry était énorme, orné d'étoiles jaunes. Il y avait des camions et des voitures à l'étage inférieur. Au port, les réfugiés dirent adieu aux travailleurs humanitaires. Le bateau partait à vingt-et-une heures et la traversée durerait environ huit heures. Il y avait des chaises pour les femmes et les personnes âgées. L'air était tiède et la mer calme, ce soir. Jusqu'à la dernière minute, j'espérai voir apparaître Mohammed, mais les passagers furent bientôt tous à bord et la sirène annonçant le départ retentit distinctement. Le ferry s'éloigna du quai, laissant l'île aux fantômes derrière lui. Afra inspira profondément l'air marin. Nous nous enfoncions dans l'obscurité et je sentis les ténèbres m'envahir. Une fois encore, j'éprouvai un sentiment d'abandon : le ciel, les flots et le monde semblaient trop grands. Je fermai les yeux et priai pour Mohammed, le garçon perdu qui n'avait jamais été le mien.

8

Je me réveille, la main d'Afra posée sur ma poitrine. Je sens ses doigts sur les miens, et aussi autre chose. Je me souviens de Mohammed et de la clé que j'ai trouvée dans le jardin de la logeuse. Mais quand je remue, je m'aperçois que je tiens un chrysanthème.

– Tu m'as apporté un autre cadeau.

C'est une affirmation, pourtant je devine une interrogation derrière.

– Oui.

Ses doigts effleurent les pétales et la tige.

– Quelle couleur ?

– Orange.

– C'est une couleur que j'aime… J'ai cru que tu passerais encore la nuit en bas. Tu t'es endormi et Hazim m'a aidée à monter : il ne voulait pas te réveiller.

Il y a un accent désespéré dans sa voix, des questions qu'elle ne pose pas. Je ne supporte plus l'odeur du parfum de rose sur son corps.

– Je suis content qu'elle te plaise.

Je retire sa main et laisse la fleur tomber sur le lit.

Je prie et j'habille Afra, puis Lucy Fisher arrive. Elle est pressée, aujourd'hui. Elle porte deux sacs à dos, comme si elle allait quelque part. Cette fois, elle est accompagnée d'une autre femme que je suppose être une traductrice. La peau sombre, replète, elle a un sac à main démodé.

Nous discutons dans la cuisine pendant dix minutes. Elle me donne la nouvelle attestation avec l'adresse de la pension et me communique la date et l'heure de l'entretien.

– Vous avez cinq jours pour vous préparer.

– C'est pire que de passer un examen.

Je souris, mais son visage à elle est très sérieux. Elle dit qu'Afra et Diomande auront tous les deux un traducteur, et qu'il y en aura un pour moi aussi, au cas où j'aurais besoin d'aide.

– L'entretien de Diomande a lieu le même jour ?

– Oui. Vous pourrez vous rendre sur place ensemble. C'est dans le sud de Londres.

Elle continue de parler, déplie une carte, indique l'endroit où nous devrons aller, sort un plan ferroviaire, me donne un tas d'explications que je n'écoute pas vraiment. Je veux lui parler des ailes de Diomande. Je veux lui parler de Mohammed et des clés, mais je redoute sa réaction. Soudain, quelque chose attire mon regard de l'autre côté de la vitre, des avions blancs qui traversent le ciel. Trop nombreux pour les compter. J'entends un sifflement suivi d'un grondement, comme si le monde se déchirait. Je me précipite à la fenêtre : les bombes pleuvent, les appareils tournent au-dessus de nous. La lumière est trop vive, je m'abrite les yeux. C'est trop bruyant, je me couvre les oreilles.

Je sens une main sur mon épaule.

– Monsieur Ibrahim ?

Je me retourne. Lucy Fisher se tient derrière moi.

– Vous allez bien ?

– Les avions.

– Quels avions ?

Je désigne les appareils blancs dans le ciel.

Il y a un silence et j'entends Lucy Fisher exhaler.

– Regardez, dit-elle avec douceur. Regardez bien, monsieur Ibrahim. Ce sont des oiseaux.

Je lui obéis et je me rends compte qu'elle a raison. Il n'y a pas de bombardiers qui tournent, seulement un long-courrier très haut, entre des nuages effilochés. Au-dessus de nous, il n'y a que des mouettes.

– Vous voyez ?

Je hoche la tête et elle me reconduit à ma chaise.

Lucy Fisher est une femme pratique. Elle retourne aussitôt à ce qu'elle disait, après une hésitation à peine perceptible et une gorgée d'eau. Elle veut s'assurer que tout est clair. Je regarde la pointe de son crayon suivre la ligne de train, avec la sensation d'être plus calme, plus ancré dans le présent. Elle récite des noms d'endroits dont je n'ai jamais entendu parler et consulte l'autre plan. Je vois des routes, des maisons, des ruelles, des parcs et des gens. J'essaie d'imaginer l'arrière-pays, loin de la mer.

Le soir, nous nous retrouvons dans le salon. Le Marocain aide Diomande à préparer son entretien. Ils sont assis à la table, face à face. L'Ivoirien a une feuille et un stylo devant lui pour prendre des notes.

– Je veux que tu m'expliques pourquoi tu as quitté ton pays, lui dit l'autre homme.

Diomande se lance dans un récit, le même qu'il nous a déjà fait, mais avec plus de détails. Il donne le nom de sa mère et de ses sœurs, parle de leur situation financière, de son départ pour aller travailler au Gabon, puis il revient à la Côte d'Ivoire, s'étend sur l'histoire et la politique, la colonisation française, l'indépendance en 1960, les troubles et la guerre civile, la pauvreté croissante. Il explique que c'était autrefois un pays prospère et stable, et que tout a changé à la mort du premier président. C'est un tel flot de paroles que je cesse d'écouter. Enfin, le Marocain l'interrompt.

– Je pense qu'ils voudront entendre ton histoire à toi, Diomande.

– Mais c'est mon histoire ! insiste le jeune homme. Comment ils comprennent si je ne raconte pas ?

– Ils savent peut-être tout ça.

– Peut-être pas. S'ils ne savent pas, comment est-ce qu'ils comprennent que je dois rester ici ?

– Raconte ton histoire personnelle. Pourquoi tu es parti.

– C'est ce que je dis !

Il est fâché et je remarque qu'il s'assied plus droit. Curieusement, sa colère a redressé sa colonne.

Le Marocain hoche la tête.

– Ça ne sert à rien de s'énerver. Tu dois parler de toi. Comment est-ce que tu vivais ? Comment est-ce que tes sœurs, ta mère et toi viviez ? C'est tout. On ne te demande pas un cours d'histoire !

Ils reprennent l'exercice. Assise dans le fauteuil, le carnet de croquis et les crayons de couleur sur ses genoux, Afra fait rouler la bille entre ses doigts. J'observe la veine qui s'enroule à l'intérieur et flamboie à la lueur de la lampe. Les voix s'estompent à l'arrière-plan. Je m'évade et je rejoins les abeilles qui traversent le ciel d'été, en quête de plantes et de fleurs. Je distingue presque leur bourdonnement et je sens l'odeur du miel. Les alvéoles scintillent au soleil. Avant que mes paupières ne se ferment, j'ai juste le temps de voir Afra prendre le carnet, passer les doigts sur le papier blanc et sortir un crayon violet de la boîte.

Lorsque je me réveille, j'entends la bille rouler sur le parquet. Je sais aussitôt que Mohammed est ici. J'attends un peu avant d'ouvrir les yeux et, quand je regarde, il est assis en tailleur sur le sol, une clé posée à côté de lui.

– Tu as trouvé la clé, Mohammed ?

– Tu l'as fait tomber en escaladant la palissade.

Il se lève et s'approche de moi. Il s'est changé : il porte un tee-shirt rouge et un short en jean, maintenant, et il semble préoccupé. Il se tourne vers la porte du salon.

– Tu vas prendre froid, habillé comme ça.

Il commence à s'éloigner. Je le suis. Nous grimpons l'escalier, passons devant les chambres et les salles de bains, jusqu'à une porte dont j'ignorais l'existence qui se trouve tout au fond du couloir.

– Pourquoi est-ce que tu m'amènes ici ?

Il me tend la clé.

Je l'insère dans la serrure et j'ouvre. Une lumière intense m'éblouit. Je constate que je suis au sommet d'une montagne, au-dessus d'Alep. La lune est pleine, proche de l'horizon, et elle a les couleurs du désert. Une lune rousse.

J'embrasse la ville entière, les ruines et les collines, les fontaines et les balcons. Dans un pré à l'est il y a des ruches, des ronces et des fleurs sauvages. Les abeilles se taisent à cette heure. Seules les nourricières travaillent la nuit. Les abeilles voient moins bien que les humains dans le noir. L'air doux et sucré sent la chaleur et l'humus. Il y a un sentier à ma gauche qui descend vers l'agglomération ; je le suis jusqu'à la rivière. Un mince filet qui s'écoule péniblement du parc. L'eau miroite sous la lune.

J'aperçois quelqu'un qui court au loin, un éclair rouge. Je le suis dans les ruelles, guidé par le bruit. Il fait plus sombre et les lanternes sont allumées, mais sur les étals du marché s'empilent des pyramides de baklavas dorés. Il y a des tables devant les cafés, avec des menus, des verres et des couverts, et une fleur dans un vase étroit. Dans les vitrines sont exposés des chaussures, des imitations de sacs de marque, des tapis, des boîtes, des cafetières, du parfum, du cuir. Au bout d'une rangée, des foulards bleus, ocre et verts, aussi fins que les torsades de fumée qui s'enroulent à la lueur des lampes s'entassent sur un étal.

Au-dessus de moi, une enseigne accrochée à une haute arche annonce : *Le Musée*. Je constate que je suis devant l'ancien magasin de mon père. La porte est fermée et je colle mon visage contre la vitre. Des rouleaux de tissu s'empilent jusqu'au plafond dans le fond, de la soie et des cotonnades de toutes les couleurs. À l'avant se trouvent la caisse et les pots où il range ses ciseaux, ses aiguilles et ses marteaux tapissiers.

Une lueur violette brille devant moi. Je regarde plus attentivement et je vois Mohammed disparaître à l'angle de la ruelle. Je l'appelle, lui demande d'arrêter de me fuir, de me dire où il va ; constatant qu'il ne ralentit pas, j'accélère pour le rattraper, mais quand j'arrive au bout, le paysage s'ouvre et je me retrouve au bord de la rivière, la lune à présent haut dans le ciel. Mohammed a disparu, alors je m'assieds par terre, près de l'eau, et j'attends

l'aurore

se leva, révélant un ciel blanc de mouettes au-dessus du Pirée. À notre arrivée, on nous conduisit dans un camp à proximité. Des tentes s'entassaient dans une cour de béton surplombée par des grues. Les gens qui n'avaient rien étaient assis par terre, enveloppés de couvertures. Les oiseaux picoraient les ordures autour d'eux et il régnait une puissante odeur d'égout.

Nous nous trouvions à l'ombre d'un bâtiment rectangulaire orné d'une fresque représentant un port rudimentaire battu par d'énormes vagues blanches, avec un antique navire aux voiles gonflées par le vent. Sur les rochers se dressait une grue sous laquelle déambulait une population qui semblait appartenir à une époque passée. Sami aurait été aux anges. Il aurait inventé des histoires sur chacun et aurait fait du bateau un vaisseau pour voyager dans le temps. Ou, connaissant son sens de l'humour, c'est sans doute à la grue qu'il aurait attribué ce rôle : elle aurait soulevé les gens par le col pour les lâcher à quelques siècles de là.

J'aurais aimé pouvoir rester, faire partie de la fresque, demeurer jusqu'à la fin des temps sur les rochers du port et contempler la mer.

Je nous trouvai une place sur l'une des couvertures à même le sol. La femme en face de moi avait trois enfants pendus à elle : un bébé dans une écharpe contre sa poitrine, un autre attaché dans son dos, et enfin un bambin qui lui tenait le bras. Sous son hijab qui flottait sur ses cheveux, elle avait des yeux en amande. Soit les nourrissons étaient jumeaux, soit l'un d'eux n'était pas le sien. Elle parlait en farsi au petit garçon qui secouait la tête, le nez contre la manche de sa mère. Un peu plus loin, il y avait une fillette avec des marques de brûlure sur le visage. Je constatai qu'il lui manquait trois doigts. Elle surprit mon regard et je détournai les yeux, les posant sur Afra, assise et silencieuse, protégée par ses ténèbres.

Il y eut un éclair soudain et, pendant un instant, mon crâne s'emplit de lumière.

Lorsque je recouvrai la vue, je vis un cercle noir braqué sur moi. Le canon d'une arme. Une arme ? Ma gorge se noua. Je n'arrivais plus à respirer, le monde devint flou, mon visage et mon cou étaient brûlants, mes mains engourdies.

– Ça va ? demanda l'homme.

Il laissa retomber sur son flanc l'appareil photo qu'il portait en bandoulière, l'air brusquement embarrassé, comme s'il n'avait pas réalisé jusque-là qu'il avait devant lui un être humain. Il baissa les yeux, bredouilla des excuses et s'éloigna.

On vérifia nos papiers et, le soir même, on nous emmena en autocar dans le centre-ville. On nous déposa devant un bâtiment en ruine, une ancienne école dont les longues fenêtres donnaient sur une cour bondée. Certaines personnes étaient assises sur des estrades, d'autres sur des chaises d'écoliers, ou debout sous des cordes à linge. Des travailleurs humanitaires se mêlaient à la foule. L'un d'eux, un Blanc avec des dreadlocks, s'approcha pour nous saluer et nous invita à entrer dans le bâtiment. Il nous fit gravir deux étages jusqu'à une salle de classe abandonnée. Afra montait lentement, une marche à la fois.

– C'est agréable de pouvoir parler en anglais avec vous, dit le bénévole. J'essaie d'apprendre l'arabe et j'ai aussi quelques rudiments de farsi. Mais ce n'est pas évident.

Il jeta un coup d'œil à Afra, s'assurant qu'elle nous suivait.

– Les salles en bas sont consacrées aux activités. Est-ce que votre épouse parle anglais ?

– Pas beaucoup.

– Elle n'aura pas trop de mal avec l'escalier ?

– Elle se débrouillera. Nous avons vu pire.

– Vous avez de la chance. Si vous étiez arrivés il y a deux mois, vous auriez erré dans les rues pendant des semaines. C'était l'hiver, en plus. Depuis, l'armée est intervenue. Elle a déplacé beaucoup de gens. Des camps ont été créés. Il y en a un énorme à Elliniko, l'ancien aéroport, et dans le parc…

Sa voix s'éteignit, comme s'il pensait soudain à autre chose et j'eus l'impression qu'il ne voulait pas s'étendre sur la question.

Il nous introduisit dans une des salles de classe, et tendit le bras avec une grandiloquence ironique pour nous présenter les lieux. Dans la pièce, il y avait trois tentes de fortune faites avec des draps. Cet homme me plaisait. Il avait les yeux pétillants et ne semblait pas aussi effrayé ou épuisé que les bénévoles de Leros.

– Je m'appelle Neil, au fait, dit-il en indiquant son badge. Choisissez l'une des tentes. Le dîner sera servi dans la cour, tout à l'heure. Le programme est affiché au mur tout de suite à droite en entrant. Il y a des cours et des activités l'après-midi pour les enfants. Où est votre fils ?

Ces derniers mots me firent l'effet d'une balle en plein cœur.

– Mon fils ?

Neil hocha la tête en souriant.

– Cet endroit est réservé aux familles… je croyais… Votre autorisation… Cette école est exclusivement pour les familles avec enfants.

– J'ai perdu mon fils.

Neil ne bougeait plus. Son front se plissa. Il regarda par terre, gonfla les joues.

– Écoutez. Je vais voir ce que je peux faire. Vous allez rester cette nuit pour que votre femme puisse se reposer un peu et on en reparle demain.

Sur ces mots, il nous laissa dans l'ancienne salle de classe et revint quelques minutes plus tard avec une autre famille : un couple et deux enfants en bas âge.

Je ne voulais pas les regarder, un garçon et une fille qui tenaient la main de leurs parents. Préférant ignorer leur présence, je ne les saluai pas comme je l'aurais fait normalement. Je leur tournai le dos pour entrer dans l'une des tentes avec Afra. Nous posâmes nos sacs et sans un mot, nous nous étendîmes tous les deux sur les couvertures, face à face.

– Nuri, tu pourras me procurer du papier et des crayons, demain ? demanda-t-elle avant de s'endormir.

– Bien sûr.

L'autre famille s'installa rapidement et un silence appréciable tomba sur la pièce. Je pouvais presque me persuader que je séjournais dans un grand hôtel et que les grincements et les bruits ténus au-dessus de moi étaient ceux des clients. Je songeai à la maison de mes parents à Alep. Enfant, j'avais peur de m'endormir tant que je n'avais pas entendu les pas rassurants de ma mère sur le palier. Au passage, elle poussait la porte pour jeter un coup d'œil dans ma chambre et, dès que je voyais le rayon de lumière dans l'obscurité, je me laissais emporter par le sommeil, tranquillisé. Le matin, elle aidait mon père au magasin et elle passait l'après-midi à lire les journaux, agitant l'éventail rouge que lui avait offert ma grand-mère. Il était en soie, orné d'un cerisier et d'un oiseau, avec des idéogrammes chinois qui selon elle signifiaient *destin*. C'était un mot difficile à traduire, précisait-elle ; *Yuanfen* était une force mystérieuse qui réunissait ceux qui devaient se rencontrer.

Cela me rappelait toujours la manière dont j'avais fait la connaissance de Mustafa. Après la mort de sa mère, ma tante, les deux familles s'étaient plus ou moins perdues de vue. Au moins quinze ans s'écoulèrent sans échange. Mon oncle menait une vie solitaire dans la montagne, alors que mes parents étaient des citadins, qui travaillaient dans le tumulte et la chaleur des marchés, où se négociaient des produits du monde entier. C'était d'ailleurs un vieux marchand chinois qui avait offert l'éventail rouge à mon arrière-grand-mère. Un tisserand de Pékin qui l'avait fabriqué et peint lui-même. Un jour où mon père m'avait envoyé acheter des fruits, j'avais fait un détour et m'étais arrêté au bord de la rivière pour me reposer sous un arbre. J'en avais assez d'être enfermé au magasin. Mon père tenait absolument à ce que j'apprenne le métier, serve les clients et parle couramment l'anglais, si bien que, même quand il n'y avait personne, je devais rester assis à l'intérieur avec un livre de grammaire anglaise sur les genoux, sous prétexte que c'était l'avenir.

J'étais en nage et exténué. En cette saison, à la mi-août, il faisait si chaud qu'on avait l'impression de respirer le désert. J'étais heureux de passer un moment au bord de l'eau, à l'ombre rafraîchissante du bigaradier. Je devais être là depuis un quart d'heure quand un jeune homme qui devait avoir une dizaine d'années de plus que moi s'approcha. Il avait le teint hâlé de quelqu'un qui vit et travaille au soleil.

– Est-ce que vous savez où se trouve ce magasin ?

Il me montra un papier où étaient dessinés une route et un magasin avec une flèche et les mots : *Miel d'Alep*.

– Le magasin *Miel d'Alep* ?

Il hocha la tête, puis la secoua rapidement, un tic dont je serais bientôt familier.

– Ce n'est pas ça ?

– Si, dit-il avec un grand sourire, bougeant encore la tête.

– C'est ma direction. Suivez-moi, je vous monterai le chcmin.

Nous bavardâmes en marchant. Il me parla aussitôt des ruches familiales dans la montagne et m'expliqua que son grand-père l'avait envoyé en ville afin de goûter diverses sortes de miel. Il ajouta qu'il avait récemment fait une demande pour étudier l'agriculture à l'université de Damas, car il désirait en apprendre plus sur la composition du miel. J'évoquai le commerce paternel, mais sans m'appesantir, car je n'étais pas aussi bavard que lui, et surtout parce que ce travail était loin de me passionner. Je lui montrai la devanture au passage et le conduisis à la boutique qui l'intéressait, où je le laissai.

Une semaine plus tard, il s'arrêta au magasin pour me saluer. Il avait apporté un énorme pot de miel. Il venait d'apprendre qu'il avait été admis à l'université et voulait me remercier de l'avoir renseigné. À l'instant où ma mère le découvrit sur le seuil, elle lâcha son éventail et se leva. Elle s'approcha de lui et le dévisagea longuement, avant d'éclater en sanglots.

– Mustafa, c'est bien toi ? Quel âge avais-tu la dernière fois que je t'ai vu ? Tu n'étais qu'un petit garçon, mais ce visage, il n'a pas changé !

Elle ajouta par la suite qu'elle avait eu l'impression de voir apparaître la réincarnation de sa sœur. C'est ainsi que naquit notre amitié, au bord de l'eau, puis avec un pot de miel. Une force mystérieuse que je ne comprendrais jamais m'avait réuni à mon cousin, l'avait conduit jusqu'à cette rivière où je me morfondais, résigné à une carrière qui ne m'inspirait pas, et avait bouleversé ma vie. *Yuanfen*. *Yuanfen* qui passait et repassait sur l'éventail rouge que ma mère agitait devant son visage.

Je rejouai cet épisode trois fois dans mon esprit, comme si je visionnais et rembobinais une cassette vidéo, et je finis par m'endormir.

Au milieu de la nuit, des cris et le sifflement d'une bombe crevant le ciel me réveillèrent en sursaut. Je me redressai en sueur, avec un mal de tête lancinant. Je distinguai le contour d'une fenêtre éclairée par la lune à travers un drap. Je vis le visage flou d'Afra à côté de moi et la mémoire me revint lentement. Je pris sa main. Il n'y avait pas de bombe. Nous n'étions pas à Alep. Nous étions en sécurité à Athènes, dans une ancienne école. Le battement sous mon crâne s'apaisa, mais pas les hurlements. Lorsqu'ils se turent subitement quelques instants plus tard, je perçus d'autres bruits dans d'autres pièces à d'autres étages, des pleurs d'adultes désespérés, des craquements, des murmures. Et un rire. Il semblait venir de dehors, de la cour, un rire de femme.

Je me levai et ouvris la porte donnant sur le long couloir. Tout au bout, près de la fenêtre, une femme faisait les cent pas, les yeux baissés, ses claquettes résonnant sur le marbre. Son corps s'immobilisa, tressauta et repartit comme un jouet mécanique. Je m'approchai d'elle, hésitai quelques instants, puis posai une main apaisante sur son bras. Je m'apprêtai à lui demander si elle avait besoin d'aide mais lorsqu'elle releva la tête, je réalisai qu'elle dormait. Son regard me traversa, de grands yeux effrayés, brillants de larmes. « Quand es-tu rentré ? » souffla-t-elle.

Je ne répondis pas. On m'avait appris qu'il ne faut pas réveiller un somnambule, que le choc risque de le tuer. Je l'abandonnai donc à son cauchemar.

Le rire perçant et abrupt retentit de nouveau, masquant un instant les bruits du sommeil. Dans l'une des classes au-dessus quelqu'un ronflait, dans une autre un enfant pleurait. Je descendis l'escalier, me laissant guider par le son. Dans la cour, je découvris avec surprise que beaucoup de gens étaient encore éveillés. Il devait être deux heures du matin. Je remarquai d'abord un groupe de jeunes, garçons et filles, serrés sur des chaises en bois sous un mur d'escalade. Ils faisaient circuler un sac en papier, dans lequel ils inhalaient une substance.

L'une des filles me vit et soutint brièvement mon regard. Il y avait quelque chose de bizarre chez elle. Ses pupilles étaient si dilatées que ses yeux paraissaient presque noirs. Un peu plus loin, deux hommes fumaient assis par terre, adossés au mur. Sur la plateforme qui devait servir de scène du temps de l'école, deux garçons tapaient dans un ballon sous l'unique projecteur. À l'entrée de la cour, trois individus discutaient avec animation. Ils ne parlaient pas l'arabe syrien et avaient la peau foncée. L'un d'eux en bouscula un autre. Un quatrième personnage s'approcha pour les séparer, élevant la voix. Il ouvrit les verrous, poussa le lourd portail et les trois hommes sortirent.

Le portail se referma avec un bruit métallique qui résonna dans la cour. Lorsque l'écho se tut, je remarquai un énorme cœur bleu peint à cheval sur les deux battants, avec des ailes rouges. Le sommet du cœur était plat, et il était surmonté d'une île avec un palmier et un soleil qui se levait derrière. Il se détachait sur les murs vert pâle de l'enceinte et semblait battre à la lumière vacillante du projecteur.

J'entendis encore le rire derrière moi. Je me retournai. La femme était assise au fond de la cour, sur ce qui paraissait être l'unique chaise longue. Du linge séchait sur une corde au-dessus d'elle.

C'était une jeune Noire avec des tresses africaines attachées en queue-de-cheval au sommet du crâne. Lorsque je m'approchai d'elle, je remarquai que ses seins perdaient du lait à travers son tee-shirt blanc. Surprenant mon regard, elle croisa les bras devant sa poitrine, gênée.

– C'est parce qu'ils l'ont prise, dit-elle en anglais.

– Qui ça ?

Elle ne répondit pas immédiatement, jetant des coups d'œil autour d'elle.

– Je n'habite pas ici. Je viens la nuit parfois parce que c'est plus sûr.

Je m'assis à même le sol à côté d'elle. Elle se tourna vers moi et me montra son bras criblé de dizaines de petites piqûres rondes.

– C'est mon sang. Ils l'ont empoisonné.

– Qui ?

– J'étais dans une chambre, mais il essaie de me tuer. Il tape ma tête par terre. Et je perds ma respiration.

Elle s'arrête et je ne la retrouve pas. Je n'ai plus de respiration à l'intérieur. Je suis morte.

Elle avait pourtant des yeux pleins de vie.

– Je veux aller en Allemagne. Et sinon le Danemark. Je dois partir. Ce n'est pas facile, parce que la Macédoine ferme la frontière. Athènes est le cœur. Tout le monde vient ici pour aller ailleurs. Et tout le monde reste coincé.

Elle parut soudain préoccupée. Un pli profond se creusa entre ses sourcils.

– C'est l'endroit où les gens meurent lentement au-dedans. Un par un, ils meurent.

J'étais mal à l'aise. Je regrettais de m'être approché de cette femme aux seins qui coulaient et au sang empoisonné.

Les joueurs de foot avaient disparu et le calme régnait dans la cour. Le projecteur illuminait une scène vide. Les deux hommes fumaient toujours, en revanche, les jeunes sur les chaises s'étaient dispersés. Il ne restait que deux garçons penchés sur leur téléphone, le visage éclairé par l'écran.

– Ils disent que je dois boire beaucoup d'eau pour mon sang, mais je suis morte.

Elle se pinça.

– Je suis comme de la viande. Tu vois, de la viande crue ? Une viande morte. On me mange.

Elle tira sur la peau de son bras et me montra encore ses cicatrices. Je ne savais pas comment réagir. J'étais soulagé qu'elle ait cessé de rire, mais très vite le silence me parut pire.

– Où est-ce que tu habites ? demandai-je.

– Dans le parc. Mais parfois je viens ici. C'est plus sûr, et il y a moins de vent. Au parc, on est plus haut, plus près des dieux.

– Comment ça se fait que tu parles aussi bien l'anglais ?

– Ma mère m'a appris.

– Tu viens d'où ?

Au lieu de répondre, elle se leva brusquement.

– C'est l'heure de partir. Je dois y aller maintenant.

Je la regardai tirer le verrou et ouvrir l'un des battants, brisant le cœur bleu. Le portail se referma sur la cour à présent silencieuse. Les deux garçons étaient rentrés et il ne restait que les deux hommes adossés au mur qui fumaient toujours. Par les fenêtres de l'une des salles de classe, j'entendis des pleurs : un bébé et un enfant un peu plus âgé.

Je remontai à notre étage. Dans le couloir, la somnambule avait disparu et il régnait un calme apaisant.

À mon réveil, le soleil illuminait les draps blancs autour de moi. Une cacophonie de ronflements de moteurs et de cris en arabe, en grec et en farsi me parvenait de dehors. Afra dormait encore.

En bas, je trouvai la cour remplie de caisses de bananes presque noires et de paquets de couches-culottes. Deux hommes portaient des sacs de pommes de terre et trois autres charriaient des cartons étiquetés *rasoirs*, *brosses à dents*, *carnets*, *stylos*. Par le portail ouvert, j'aperçus deux camionnettes blanches affichant le logo d'associations humanitaires. Je me dirigeai vers l'espace réservé aux enfants, où une femme sortait des jouets, des jeux de société, des calepins et des crayons de couleur.

– Excusez-moi.

– Bonjour, vous cherchez quelque chose ? fit la bénévole en anglais, avec un accent que je ne parvins pas à identifier.

– Est-ce que je pourrais avoir du papier et des crayons de couleur ?

– C’est plutôt pour les enfants.

– Mon fils est là-haut. Il est malade et je pensais que ça le distrairait de dessiner.

Elle fouilla dans un sac et me tendit ce que j’avais demandé avec un sourire, en dépit de sa réticence.

– J’espère qu’il se remettra vite et pourra bientôt se joindre à nous.

Afra dormait toujours. Je glissai le bloc-notes et les crayons sous sa main pour qu’elle les sente à son réveil. Puis je m’assis à côté d’elle et restai là un long moment, à contempler la blancheur de notre tente ensoleillée. J’avais l’esprit vide. Puis des images se formèrent peu à peu. À ma gauche, le Queiq ; à ma droite une rue grise avec un bigaradier ; devant moi, le célèbre *Hôtel Baron* ; à côté, la mosquée des Omeyyades à Al-Jalloum, dans la vieille ville ; plus loin, les dômes orange à la lumière du soleil couchant ; et aussi les murs de la citadelle, des immeubles en ruine, une arcade brisée dans le souk Al-Madina, une rue d’Alep ouest, la tour horloge de Bab al-Faradj, les terrasses et les balcons désertés, les minarets. Soudain, le vent s’engouffra par la fenêtre, faisant bruisser les draps, et les images s’évanouirent. Je me frottai les paupières et me tournai vers Afra. Elle paraissait effrayée dans son sommeil. Elle s’agitait, la respiration rapide, et elle prononça des mots que je ne compris pas. Je posai la main sur sa tête, lui caressant les cheveux. Lentement son souffle s’apaisa et les marmonnements se turent.

Elle se réveilla une heure plus tard, mais n’ouvrit pas les yeux. Ses doigts palpèrent le bloc-notes, puis les crayons.

– Nuri ?

– Oui ?

– C’est toi qui m’as apporté ça ?

– Bien sûr.

Un mince sourire apparut sur son visage.

Elle s'assit et posa le carnet sur ses genoux. Elle passa la main dans ses cheveux, les yeux toujours clos. Sa peau était claire et lisse. Lorsqu'elle les ouvrit enfin, ils étaient d'un gris métallique, ses iris étaient minuscules, comme pour empêcher la lumière d'entrer.

– Qu'est-ce que je dessine ?

– Ce que tu veux.

– Dis-moi. J'ai envie de dessiner pour toi.

– La vue du balcon, à Alep.

Je regardai ses doigts effleurer les marques de crayon sur le papier, suivre chaque ligne à la manière d'un chemin. Elle cligna des yeux et releva la tête. Ses paupières papillotaient, comme si elle était éblouie par une lumière trop vive.

– Est-ce que tu vois quelque chose, Afra ?

– Non. Chut. Je réfléchis.

Le dessin prenait forme peu à peu. Je reconnaissais les coupoles, les toits plats. Au premier plan, elle ajouta des feuillages et des fleurs qui s'enroulaient sur la rambarde. Puis elle assombrit le ciel avec du violet, du brun et du vert. Elle ignorait quelles teintes elle utilisait, elle savait seulement qu'il lui en fallait trois pour le ciel. Elle suivait les contours du paysage du bout de ses doigts, pour s'assurer que la couleur ne débordait pas sur les maisons.

– Comment tu fais ?

– Aucune idée, répondit-elle, avec une brève lueur de joie dans le regard. C'est beau ?

– C'est magnifique.

Bizarrement, elle cessa aussitôt de dessiner, si bien que la partie droite resta sans couleur. Je songeai aux rues grises détruites par les bombes. La guerre avait décoloré le monde. Tué les fleurs. Elle me tendit la feuille.

– Ce n'est pas terminé.

– Si.

Elle me donna le dessin et s'allongea, les mains sous la nuque, se murant dans le silence. Je restai un moment immobile, à contempler la vue d'Alep. Puis Neil passa la tête par la porte pour nous annoncer que nous devions partir.

9

Je suis entouré d'étoffes, des manteaux, semble-t-il, des chaussures par terre et un aspirateur dans le coin. On étouffe, là-dedans. Il y a une chaudière juste au-dessus de moi. À ma gauche, au bout du couloir, le Marocain me regarde. Il marche vers moi et me tend la main sans un mot. Il ne dit rien, mais sa mine est sombre. Il me conduit à ma chambre. Afra n'est pas là, le lit a été fait et son abaya n'est pas sur le cintre. Sur la table de chevet, de mon côté, il y a un dessin : le pré, les ruches, le soleil levant. Elle a même représenté la cuisine et l'auvent sous lequel nous nous asseyions pour déjeuner. Les couleurs n'ont rien à voir avec la réalité, les traits ne sont pas droits, mais le paysage est vivant. Il respire. J'entends presque le bourdonnement des abeilles. Dans le fond, il y a des roses noires qui débordent sur le ciel.

Le Marocain m'oblige à m'asseoir sur le lit, dénoue mes lacets, me retire mes chaussures et mc lève les jambes. Je serre la feuille contre ma poitrine.

– Où est Afra ?

– Ne t'inquiète pas. Elle va bien, elle est en bas. Farida lui tient compagnie.

– Farida ?

– L'Afghane.

Il s'absente un instant pour revenir avec un verre d'eau. Il le porte à ma bouche et je le vide. Puis il tapote les oreillers derrière moi, tire les rideaux et me dit de me reposer. Il ferme la porte et me laisse dans le noir.

Je me souviens des ruelles, du bruit de pas précipités, du tee-shirt rouge de Mohammed, mais mon corps est lourd, mes jambes et mes bras aussi pesants que la pierre. Les yeux me brûlent et je les clos.

Je me réveille en fin d'après-midi. J'entends un rire, il se propage dans la pénombre comme le tintement des cloches. Je descends au salon où je trouve les résidents en train de jouer aux dominos, Afra parmi eux. Elle est penchée sur la table, une rangée de pièces en équilibre devant elle. D'une main sûre et d'un air concentré, elle s'apprête à placer la septième. Tout le monde autour d'elle retient son souffle. Elle s'interrompt, secoue les doigts et rit.

– Regardez, je vais y arriver, regardez !

Cela fait des semaines que je ne l'ai pas entendue parler à quelqu'un d'autre que moi, et encore plus longtemps que je n'ai pas perçu cette lumière et cette joie dans sa voix.

Le Marocain me voit dans l'encadrement de la porte.

– Mec ! s'écrie-t-il, son visage s'éclairant. Viens jouer avec nous. Je fais du thé.

Il me tire une chaise et m'y amène, me tenant par l'épaule, puis disparaît dans la cuisine.

Les résidents autour de la table lèvent un instant les yeux, hochent la tête ou me saluent, avant de retourner aussitôt à leur jeu. Afra redresse le dos. Ses mains tremblent un peu, à présent, et je vois qu'elle s'est légèrement tournée vers moi. Elle place le domino trop près du précédent et ils tombent tous les uns après les autres.

Tout le monde rit, acclame et gronde. L'Afghane rassemble les pièces et les tire vers elle. Elle se débrouille bien. Lorsque le Marocain revient avec une tasse, elle en a déjà aligné quinze. Elle les compte pour Afra, assise à côté d'elle.

Je bois mon thé, trop sucré, puis j'appelle le cabinet du médecin pour dire que j'ai l'attestation demandée et prendre un rendez-vous pour les yeux d'Afra.

Le soir venu, nous montons nous coucher ensemble. Je la suis, m'efforçant d'ignorer la porte au bout du couloir. La chambre de Diomande est ouverte. Dos à nous, il regarde par la fenêtre, le renflement de ses ailes visible sous le tee-shirt. Puis il se retourne soudain, comme s'il avait senti mes yeux sur lui.

– Bonne nuit, dit-il en souriant.

Il a une photographie à la main. Il s'approche pour me la montrer.

– Voici ma mère et là ce sont mes sœurs.

Des femmes rieuses aux grandes dents.

Dans notre chambre, j'aide Afra à se déshabiller et je me couche.

– Tu as passé une bonne journée ?

– Elle aurait été meilleure avec toi, répond-elle.

– Je sais.

J'entends un jeune garçon crier quelque chose en arabe. À ma connaissance, il n'y a pas d'enfant, ici, à moins qu'une famille ne soit arrivée aujourd'hui. La voix semble venir de la cour.

– Qu'est-ce que tu fais ? demande Afra.

Je me tiens à la fenêtre et je scrute les ténèbres.

– Tu n'as pas entendu ?

– C'est juste la télé dans le salon. Quelqu'un qui regarde la télé.

– Non, pas ça. Il y avait quelqu'un qui appelait en arabe.

– Et il disait quoi ?

– Par ici ! Par ici !

J'appuie le front contre la vitre. La cour semble déserte. Je ne distingue rien, hormis le cerisier, les poubelles et l'escabeau.

– Viens te coucher. Ferme les yeux et essaie de ne penser à rien.

J'obéis. Je sens la chaleur de son corps, son parfum de rose. Mes paupières sont un rempart contre Afra et les ténèbres, mais la voix ne se tait pas, une voix d'enfant. C'est Mohammed, je le sais, et il chante une berceuse que je connais. Elle me rappelle Sami. J'ai beau me boucher les oreilles, j'entends toujours

le chant

des grillons nous accueillit à notre arrivée au parc Pedion toú Areos. Des grilles de fer forgé se dressaient le long de la grand-rue qui mène au centre d'Athènes.

Je n'arrêtais pas de penser à Mohammed. Je crus l'entendre m'appeler, puis je réalisai que ce n'étaient que les bruits de la ville. Neil nous guidait. Il avait insisté pour porter nos bagages, peut-être parce qu'il se sentait coupable. Il avait mon sac à dos sur une épaule et celui d'Afra sur l'autre. Avant de quitter l'école, il avait jeté ceux avec lesquels nous étions arrivés pour les remplacer par des neufs et nous avait donné des couvertures thermiques.

– Ils ont construit ce parc en mémoire de la guerre d'indépendance contre l'Empire ottoman en 1821 ! cria-t-il, se tournant vers nous.

Nous passâmes devant des caisses en bois ouvertes, suivant Neil qui s'enfonçait entre les arbres. Bientôt, parmi les fougères et les palmiers, apparut un petit village de tentes, avec des gens étendus par terre. C'était sale et, même à l'air libre, l'odeur était pestilentielle : un mélange de pourriture et d'urine. Mais notre guide poursuivit son chemin sans s'arrêter. Plus on s'enfonçait dans le parc, plus les sentiers étaient défoncés et envahis de mauvaises herbes cassantes. Quelques personnes promenaient leur chien, des retraités bavardaient sur des bancs. Plus loin, des drogués préparaient leur dose.

Enfin, nous débouchâmes sur un autre campement. Neil nous trouva un espace sur des couvertures entre deux palmiers. En face se dressait la statue d'un ancien guerrier. Un homme émacié était assis sur le piédestal. Ses yeux me rappelèrent ceux des jeunes dans la cour de l'école la veille.

Cet endroit avait quelque chose de malsain, mais je ne m'en aperçus que bien plus tard, après le départ de Neil, lorsque la nuit se referma sur nous. Les hommes se regroupaient en meutes, comme des loups. Les Bulgares, les Grecs, les Albanais. Ils regardaient et attendaient quelque chose : ça se voyait dans leurs yeux. Des yeux de prédateurs intelligents.

Il faisait froid. Afra frissonnait. Elle n'avait quasiment rien dit depuis notre arrivée. Elle avait peur. Je l'enveloppai de couvertures. Nous n'avions pas de tente, seulement un grand parapluie, qui nous protégeait du vent du nord. Quelqu'un avait allumé un feu à côté. Il nous réchauffait un peu, mais pas assez pour nous procurer du confort.

Il y avait du bruit, des rires, du mouvement tout autour de nous. Des enfants tapaient dans un ballon de foot au milieu d'une petite clairière, des garçons et des filles qui faisaient voler des mottes de terre. D'autres jouaient aux cartes ou bavardaient devant leurs tentes. Un groupe d'adolescents était assis en rond sur une couverture. Ils se racontaient des histoires, des contes de leur enfance. Ils écoutaient avec attention une fille, jambes repliées, les reflets du feu chétif dansant dans leurs yeux.

Un membre d'une ONG s'approcha d'eux, un petit homme blanc qui portait deux sacs en plastique, un dans chaque main. La fille s'interrompit et ils se tournèrent tous vers lui, frémissant d'excitation, parlant tous à la fois. Le bénévole posa son chargement. Ils attendirent avec impatience qu'il sorte des cannettes de Coca-Cola dont ils s'emparèrent avec enthousiasme. Une fois que chacun eut la sienne, ils les ouvrirent, riant aux *tssss* et aux *pschitt*.

Puis ils burent tous en même temps.

– C'est ma première gorgée de Coca en trois ans ! s'écria l'un d'eux.

Je savais que Daesh avait banni la marque parce que c'était une multinationale américaine.

– C'est encore meilleur que dans mon souvenir ! ajouta un autre.

L'homme vit que je les regardais. Il sortit une dernière cannette de son sac et vint vers moi. Il était plus jeune que je l'avais cru au premier abord, avec des cheveux blonds en pétard et des petits yeux marron. Il me tendit le Coca avec un sourire radieux, apportant avec lui les rires et la joie.

– Fabuleux, non ?

– Merci.

Je l'ouvris et j'avalai une gorgée, savourant le breuvage sucré. Puis je le passai à Afra, qui grelottait sous les couvertures. Elle but goulûment.

– Du Coca-Cola ?

Son visage parut reprendre un peu de couleurs. La cannette circulait entre nous, tandis que nous écoutions les histoires que se racontaient les adolescents.

Plus tard, après minuit, alors qu'Afra avait cessé de trembler et s'était enfin endormie, je remarquai des hommes qui traînaient autour des jeunes. L'un d'eux marchait avec des béquilles, son moignon nu luisant dans l'obscurité. Le type émacié au pied de la statue jouait de la guitare. Une chanson belle et triste, aussi douce qu'une berceuse.

– Ils vous envoient ici vous aussi ?

Je levai les yeux et reconnus la femme noire de la veille. Elle avait une couverture sur les épaules et tenait un morceau de pain.

– N'oubliez pas de chercher à manger demain. Ils apportent de la nourriture de l'église, mais ça part vite. Il y a des médicaments aussi.

Elle étendit la couverture par terre et s'assit à côté de moi. Elle portait un turban vert émeraude.

Soudain, sans crier gare, une violente bourrasque souleva les feuilles et la poussière, comme si les dieux du parc s'étaient réveillés. La femme ne broncha pas, attendant simplement que le vent retombe. J'en déduisis qu'elle était habituée à ces brèves perturbations. Elle plongea la main dans un petit sac en toile et en sortit une boîte de talc. Elle saupoudra dans sa paume un nuage parfumé qu'elle étala sur son visage et ses paumes. Le résultat était étrange. Sa peau était grise. Toute la vie et la lumière semblaient s'en être retirées. Elle n'avait pas cessé de me regarder.

– Ils volent les enfants, ici. Ils les capturent.

Les yeux des hommes brillaient parmi les feuilles.

– Pour quoi faire ?

– Pour vendre les organes. Ou pour le sexe.

Elle avait parlé nonchalamment, comme si ce genre de chose ne la touchait plus. Je ne voulais pas écouter cette femme et j'aurais aimé ne pas voir les ombres glisser entre les arbres. Je remarquai que ses seins coulaient encore et que des taches fraîches auréolaient son tee-shirt blanc.

– Mon esprit, il est malade, reprit-elle, se tapant le front, avant de pincer la face interne de ses avant-bras.

Je suis morte. Noire à l'intérieur. Tu sais ce que ça veut dire ?

Ses yeux sombres étincelaient à la lueur du feu, le blanc légèrement jaune. Je notai la rondeur de ses traits. Elle avait quelque chose d'épanoui, une forme de douceur et de transparence : c'était là, dans ses expressions, dans les gestes de sa main. Malgré tout, je préférais la tenir à distance, car je ne voulais pas savoir. Ma tête était déjà trop pleine, il n'y avait pas de place pour d'autres horreurs. Mes yeux étaient irrésistiblement attirés par les taches humides sur son tee-shirt. C'était pire à gauche, comme si c'était son cœur qui fuyait. Je me forçai à regarder ailleurs.

– Tu ne peux pas partir d'ici. Tu sais ?

Je ne répondis pas. Je songeai à Mohammed. Ces hommes qui traînaient dans le bois faisaient naître en moi de nouvelles questions. Avait-il été enlevé ? Est-ce qu'on l'avait attiré ou capturé pendant son sommeil ?

– Les frontières sont fermées. Tout le monde arrive, et il n'y en a pas beaucoup qui partent. Je ne peux pas retourner chez moi. Je suis morte. Je veux partir d'ici. Je veux travailler, mais personne ne veut de moi.

Sous un arbre, l'un des hommes parlait à une fille. Elle ne devait pas avoir plus de onze ou douze ans, même si elle en paraissait plus. C'était à cause de son attitude : il y avait quelque chose de clairement sexuel dans la manière dont elle s'appuyait contre le tronc.

– Tu sais pourquoi Ulysse, il a fait son voyage ?

La femme me flanqua un petit coup de coude. J'aurais aimé qu'elle se taise. Je tournai la tête un instant vers elle et, lorsque je regardai à nouveau, l'homme et la fille avaient disparu. J'avais envie de vomir.

– Il est allé d'Ithaque à Calypso, et encore plus loin, un très long voyage, tout ça pour trouver quoi à la fin ?

Elle avait une intensité particulière quand elle se penchait vers moi et poussait ma jambe si je ne lui accordais pas toute mon attention.

– Je n'en sais rien.

– Pour retrouver son foyer ! clama-t-elle.

Elle se tut. Peut-être avait-elle senti que je n'avais pas envie de discuter. Mais, même silencieuse, assise à côté de moi avec les mains croisées sur les genoux, elle avait une présence farouche, de grands yeux toujours sur le qui-vive. J'avais beau tenter de l'oublier, prétendre qu'elle n'était pas là, je n'y parvenais pas.

– Comment est-ce que tu t'appelles ?

– Angeliki.

– C'est un nom grec.

– Oui. Ça veut dire Ange.

– D'où viens-tu ?

Encore une fois, la question parut la perturber. Elle prit sa couverture, s'en drapa les épaules et s'éloigna dans la nuit, ramassant quelque chose par terre en chemin.

Je m'allongeai à côté d'Afra, mais je n'arrivais pas à dormir. J'entendais des cris étranges qui résonnaient dans les bois : des renards, des chats ou des êtres humains. L'homme au pied de la statue n'avait pas quitté son poste. À la lueur du feu agonisant, je distinguai des griffures sur ses bras. Des marques rouges, à vif, comme s'il avait été attaqué par un animal.

Malgré l'agitation de mon esprit, je fermai les yeux. Je ne voulais rien voir, rien savoir.

Le lendemain matin, je fus réveillé par la prière. Puis Pedion tou Areos se transforma en terrain de jeu. Le soleil brillait entre les feuilles, un dais émeraude qui me rappela Angeliki assise sous l'arbre la veille avec son turban vert. Des Grecs circulaient parmi les réfugiés, surtout des vieilles femmes qui distribuaient de la nourriture.

Je remarquai une jeune mère installée un peu plus loin, un hijab bleu ciel flottant sur ses cheveux, qui berçait un bébé minuscule. Il n'avait sans doute que quelques semaines : les bras et les jambes qui dépassaient de la couverture n'étaient pas plus épais que des brindilles. J'avais l'impression qu'elle tenait un enfant mort, qu'elle cajolait un petit cadavre, comme si ses yeux le savaient, mais que son corps n'arrivait pas à l'admettre. Une vieille femme grecque agenouillée par terre l'aidait à donner un biberon de lait en poudre au nourrisson, qui refusait de téter. Alors, elle remplit un grand verre de lait concentré et versa sur une assiette en carton des biscuits au chocolat qu'elle offrit à la mère, l'incitant à manger, poussant le gobelet vers ses lèvres chaque fois qu'elle s'interrompait.

– *Pies to olo* – il faut tout boire, disait la plus âgée en grec et en anglais.

Elle parut comprendre l'un ou l'autre ; en tout cas, elle le vida, puis le tendit, en réclamant encore. La Grecque la servit et lorsque la femme eut terminé, elle prit ses mains et les nettoya avec des lingettes pour bébé avant de les enduire de crème. Les yeux de la jeune maman étaient tristes, aussi bleus que la mer, et lointains.

– Tu es mignonne, Mahsa, dit la plus âgée, embrassant le front de l'enfant.

C'était une fille. J'admirai la facilité des échanges entre les deux femmes, qui communiquaient avec très peu de mots. Elles se connaissaient : la vieille dame venait sans doute souvent.

– *Den echies gala ?* demanda-t-elle.

En guise de réponse, l'autre pressa son sein et secoua la tête.

– *Ochi.*

Je remarquai à nouveau l'homme au pied de la statue. Il avait sur les genoux un bel instrument qui ressemblait un peu à un luth. Il pinça les cordes et joua quelques notes. Les sons harmonieux ruisselèrent sur moi, comme une averse par une journée ensoleillée.

L'homme fronça les sourcils et s'interrompit brutalement pour accorder l'instrument. Au bout d'un moment, il le posa à ses pieds et roula une cigarette. Je me levai et m'assis à côté de lui, à l'ombre de la statue. Son visage était chaleureux et accueillant, même quand il ne parlait pas.

– Bonjour, dit-il en farsi d'une voix aussi grave et mélodieuse que sa musique, puis il m'offrit la cigarette qu'il venait de rouler.

– Non merci, répondis-je en arabe. Je ne fume pas.

La situation était si étrange que nous partîmes tous deux d'un éclat de rire. Nous étions en Grèce, l'un s'exprimant en arabe, l'autre en farsi.

– Tu parles anglais ?

Les yeux de l'homme s'éclairèrent.

– Oui ! Pas très, pas très bon, mais oui ! Que les dieux soient loués, nous avons trouvé une langue commune !

Cet homme avait de l'humour et parlait comme s'il chantait.

– D'où viens-tu ?

– Afghanistan, à côté de Kaboul. Toi, tu es de Syrie ?

– Oui.

Il avait des doigts effilés et, sans être particulièrement costaud, il donnait une impression de force.

– J'aime ta guitare.

– C'est rabab. Ça veut dire « porte de l'âme ».

Il se prénommait Nadim.

Il prit l'instrument et recommença à jouer, un air lent qui déferlait en longues vagues apaisantes. Du piédestal où j'étais assis, je vis Afra se réveiller et écarter les couvertures, me cherchant à tâtons. Comme elle ne me trouvait pas, ses traits se crispèrent et elle m'appela. Je me précipitai vers elle et touchai sa main. Aussitôt, son visage se détendit. Une part de moi se réjouissait de savoir qu'elle avait peur de me perdre, car cela signifiait qu'elle m'aimait encore, que même enfermée en elle-même elle avait besoin de moi. Je déballai les sandwichs qu'on nous avait apportés et lui en tendit un.

– Qui est-ce qui joue de la musique ? demanda-t-elle au bout de quelques instants.

– Un homme appelé Nadim.

– C'est très beau.

Baignant dans la mélodie, nous ne vîmes pas les heures passer. Mais, quand il s'arrêta pour faire une sieste, le silence ouvrit une porte à d'autres bruits : craquements dans les bois, murmures et chuchotements, jeux des enfants. Je voulais le réveiller et lui dire de continuer à jouer éternellement. Je voulais me laisser bercer par cette émouvante mélodie jusqu'à ma mort. Si Angeliki avait raison, si on ne pouvait pas partir de ce lieu, alors, Afra et moi étions condamnés à finir notre vie ici, parmi les prédateurs nocturnes et les héros d'une bataille qui nous était étrangère.

À la tombée du jour, on alluma un nouveau feu. La fumée et l'odeur du bois brûlé envahirent le camp. Les réfugiés rassemblés autour de sa chaleur me rappelèrent Farmakonisi. En même temps, c'était différent. À Pedion tou Areos, nous semblions tous vivre dans l'obscurité la plus noire d'une éclipse solaire.

Afra était encore plus silencieuse que d'habitude. Je supposai qu'elle guettait les bruits venant des fourrés, qu'elle sentait le danger. Pourtant, elle ne posa aucune question. Elle restait assise, drapée dans une épaisse couverture.

Nadim s'était absenté. Lorsqu'il reprit sa place au pied de la statue, il ne toucha pas à son rabab. J'étais frustré. J'avais besoin autant de musique que d'eau. Mon esprit se fendillait de partout.

La femme au hijab bleu s'efforçait d'allaiter sa fille ; la petite Mahsa mordillait son téton, mais rien ne venait. La mère pressait son sein, exaspérée, le visage rouge. Le bébé finit par renoncer et redevint léthargique. La femme, qui s'était mise à pleurer, essuya ses joues.

À la vue de ces larmes, de la facilité avec laquelle elles avaient coulé, je réalisai soudain qu'Afra n'en avait pas versé une pour Sami. Hormis le jour où nous nous étions terrés dans l'abri souterrain du jardin, elle n'avait pas pleuré. Ses yeux étaient restés secs à la mort de notre fils. Son visage s'était simplement mué en pierre.

Nadim s'approcha et s'assit sur la couverture à côté de moi. Il examina longuement Afra. Je me demandai s'il était conscient qu'il la dévisageait ou s'il était perdu dans ses pensées. Peu importe, je l'arrachai à sa contemplation.

– Alors, tu disais que tu venais d'où ?

Le visage de Nadim reprit vie.

– Kaboul !

– Ça te plaisait, là-bas ?

– Bien sûr. Je suis chez moi à Kaboul. C'est très bien.

– Pourquoi est-ce que tu es parti ?

– Parce que les talibans ne veulent pas la musique. Ils n'aiment pas ça.

Il y avait autre chose, je m'en rendis compte à la manière dont il s'interrompit abruptement, ramassa une pomme de pin sans raison particulière et l'étudia avant de la rejeter dans les bois.

– C'est pour ça que tu es parti ?

Il hésita, comme s'il pesait le pour et le contre, m'examinant en même temps.

– J'étais au ministère de la Défense, dit-il d'une voix délibérément plus basse. Puis les talibans me menacent. Je leur dis que je ne peux pas tuer. Je suis incapable de tuer une fourmi : comment est-ce que je peux tuer un être humain ?

Il s'interrompit de nouveau et se tut. J'avais l'impression que ce n'étaient que les bribes d'une histoire beaucoup plus complexe, mais il était clair qu'il ne voulait pas en dire plus. Son silence me mit mal à l'aise, et je me réjouis quand il reprit la parole, même si j'étais conscient que sa voix chantante cherchait à faire oublier ce qu'il m'avait laissé entrevoir.

– Est-ce que tu connais le nom de ce parc ?

– Oui, Pedion tou Areos…

– *Pedion* signifie « place ». Areos était le dieu de la guerre, Arès. Il aimait le meurtre et le sang. Tu savais ? C'est la vieille dame qui m'apporte à manger qui le dit.

– Je l'ignorais.

– Il aimait le meurtre et le sang, répéta lentement Nadim, insistant sur chaque mot. Et regarde. Ils lui font un parc.

Il tendit le bras, la paume ouverte, me rappelant Neil quand il nous avait présenté notre chambre temporaire à l'école. Les plaies sur son avant-bras se déroulèrent comme des rubans rouges à la lueur des flammes. Une rafale balaya la pelouse et les nuages s'amoncelèrent. Les ténèbres s'opacifièrent, menaçant d'étouffer le feu.

Curieusement, j'avais le sentiment qu'il fallait que je sois gentil avec cet homme.

– Quand as-tu appris à jouer du rabab ?

Ma question amena un large sourire sur son visage. Il se pencha en avant, les yeux brillants. J'avais l'étrange sensation d'être face à quelqu'un qui aiguisait un couteau.

– Voilà l'histoire. Mon père, à Kaboul, il était musicien. Très bon, célèbre. Il joue des tablas.

Ses mains frappèrent des tambours invisibles.

– Et moi, tous les jours, je regarde quand il joue. Je regarde et j'écoute.

Il toucha son oreille, suivant son doigt du coin de l'œil.

– Un jour, quand j'ai neuf ou huit ans, mon oncle demande à mon père de l'aider dehors. Moi je m'assieds et je joue. Mon père rentre et il ouvre grand les yeux et la bouche. Il est très surpris ! Il me dit : « Nadim, comment as-tu appris, mon fils ? » Comment j'ai appris ? En regardant. Parce que je regarde et j'écoute pendant des années.

– Comment est-ce possible de ne pas apprendre ? Explique-moi !

Je me laissais emporter par le récit, captivé par la voix chantante de Nadim. J'imaginais le garçon jouant des tablas dans une maison de Kaboul et, l'espace d'un instant, j'oubliai ma question restée en suspens. Nadim tapait du pied un rythme que lui seul entendait, satisfait. Il se roula une cigarette et s'adossa au socle de la statue pour fumer. Mais, malgré ses airs détendus, il avait le regard aux aguets. Il évaluait les gens, pénétrait les ombres, observait et attendait, exactement comme les hommes entre les arbres.

Les grillons chantaient à l'unisson, s'interrompant parfois brutalement, comme s'ils formaient un seul organisme qui avait soudain cessé de respirer. Puis leur stridulation reprenait, un vrombissement dense et lancinant qui s'étirait très loin, traçant les contours des bois et de l'inconnu.

Comme la veille, des groupes d'hommes s'étaient réunis, certains près des arbres, d'autres fumant sur un banc. On se taquinait et on plaisantait, ce soir. Nadim tenait une cigarette éteinte, le bras mollement posé sur sa jambe et je ne pus m'empêcher de remarquer encore ses blessures, les profonds sillons rouges sur la peau fine des avant-bras, comme s'il avait été griffé par une bête féroce. Il sortit son téléphone de sa poche et tapa un SMS. J'attendis qu'il ait fini et lui demandai s'il avait une connexion Internet.

– Oui.

– Ça t'embêterait si je consultais mes e-mails ?

Sans hésiter, il déverrouilla l'appareil et me le tendit. Puis il alluma sa cigarette, me laissant lire.

J'avais des nouveaux messages de Mustafa.

15/03/2016

Très cher Nuri,

Je n'ai pas eu de tes nouvelles récemment, mais j'espère que tu es bien arrivé à Athènes.

Il m'a fallu un moment pour trouver mes repères. J'ai déposé ma demande d'asile. En attendant, je suis bénévole dans une association d'apiculteurs là où j'habite. Je me suis fait des amis, mais je suis un apiculteur sans abeilles. Je n'ai besoin que d'une ruche pour démarrer. J'ai donc mis une annonce sur Facebook au cas où quelqu'un en aurait une à donner. Je croise les doigts.

J'espère avoir très vite de tes nouvelles. Il ne se passe pas un jour sans que je pense à toi et à Afra.

Mustafa

25/03/2016

Cher Nuri,

Une femme qui habite dans une ville voisine a répondu à mon annonce ! Elle ne me propose pas seulement une ruche, mais une colonie entière d'abeilles noires anglaises, une variété que l'on croyait disparue il n'y a encore pas si longtemps. C'est un véritable trésor ! Je projette de diviser la ruche sept fois. Mon objectif est de coopérer avec les apiculteurs de la région pour améliorer la lignée. Ici, on trouve surtout des abeilles italiennes importées de Nouvelle-Zélande, pourtant, les insectes indigènes sont beaucoup plus adaptés au climat bizarre de cette île. Beaucoup de colonies ont été détruites. Les abeilles européennes ne se portent pas bien. On tient peut-être là une solution et je sais que je ne suis pas le seul à le penser. Nuri, dans ce pays, il y a des champs de colza, des landes de bruyère et de la lavande ! Toute cette pluie, c'est bon pour les fleurs. La nature est incroyablement verte. Tu n'as pas idée. Là où il y a des abeilles, il y a des fleurs, et là où il y a des fleurs, il y a l'espoir d'une vie nouvelle.

Te souviens-tu des prés autour des ruches ? Ils étaient magnifiques, n'est-ce pas ? Il m'arrive de repenser à l'incendie, mais en règle générale je tâche de ne pas m'attarder là-dessus. Je ne veux pas me perdre dans la nuit.

J'espère avoir de tes nouvelles bientôt, nous avons beaucoup à faire ensemble ! Je t'attends ! Les abeilles t'attendent !

Mustafa

– Le message t'a fait sourire, fit remarquer Nadim.

L'espace d'un instant, j'avais oublié où j'étais. Je levai les yeux vers le soleil athénien qui perçait entre les arbres.

– Mon cousin est en Angleterre. Il veut que je le rejoigne.

– C'est un voyage difficile, répondit-il avec un petit rire. Il a de la chance.

Pendant le silence qui suivit, je ne pensai qu'à une chose : les champs de colza, de bruyère et de lavande. Je les voyais devant moi, aussi clairs et vifs qu'un tableau d'Afra. Puis le bruit des grillons se superposa à ma vision.

– On dirait que ce bois n'a pas de fin, soupirai-je.

– En fait, il y a la ville tout autour. La civilisation.

Le sourire de Nadim était empreint d'une jubilation qui me laissait entrevoir une autre facette de sa personnalité, une malveillance et une moquerie indiquant qu'il en savait plus qu'il ne le prétendait.

– Tu es là depuis longtemps ?

– Oui.

Il ne tenait manifestement pas à en dire plus. De toute manière, le mot « longtemps » n'avait plus grand sens pour moi. Était-ce des semaines, des mois, des années ou même des siècles, comme pour ces héros de l'Antiquité, sculptés dans la pierre autour de nous ?

Un détail étrange me frappa. La scène se déroula si vite que je l'aurais ratée si j'avais baissé les yeux seulement une seconde. L'un des hommes assis sur un banc voisin tourna la tête et croisa le regard de Nadim. Il y eut un échange à peine perceptible entre eux, une familiarité, un bref hochement du menton. Aussitôt, l'attitude de mon compagnon se modifia : ses mouvements se firent plus nerveux, un frémissement parcourut ses doigts et la peau autour de ses yeux tressaillit. Ce changement m'alerta. Nadim s'attarda encore quelques instants, tapant du pied son rythme intime, puis il se leva, prit une bouteille d'eau qu'il avait laissée à l'endroit où il se trouvait un peu plus tôt, en versa sur ses mains et les passa dans ses cheveux. Cela n'avait rien d'extraordinaire en soi. C'est la suite qui retint mon attention.

Lissant toujours ses cheveux mouillés, il s'approcha de deux adolescents, des jumeaux arrivés la veille. Ils étaient installés sur une couverture à l'ombre d'un arbre, les vêtements en haillons, la peau sale. Ils étaient nouveaux et tout les effrayait, mais il y avait aussi une joie enfantine entre eux. Le premier disait quelque chose, l'autre riait et ils se flanquaient des bourrades. Je vis Nadim s'asseoir avec eux, se présenter et leur serrer la main.

Entre-temps, l'homme qui lui avait adressé un signe était parti.

Nadim sortit de l'argent de la poche de son jean. Il donna aux jumeaux environ quarante euros chacun, me sembla-t-il. C'était énorme pour deux garçons qui devaient vivre de ce qu'ils trouvaient dans les poubelles.

– Nuri, dit Afra, détournant mon attention. Qu'est-ce que tu fais ?

– Je regarde.

– Qui ?

– Je n'aime pas cet endroit.

– Moi non plus.

– Il y a quelque chose qui ne va pas.

– Je sais.

Ces simples mots venant de ma femme m'apaisèrent. Je pris sa main et l'embrassai. À chaque baiser, je disais : « Je t'aime. Je t'aime, Afra, je t'aime, je t'aime. »

Je lui parlai de Mustafa en Angleterre, de ce qu'il racontait au sujet de sa ruche et des abeilles noires anglaises. Elle s'étendit sur le dos, m'écoutant, et pour la première fois depuis longtemps je vis un pâle sourire se dessiner sur ses lèvres.

– Quel genre de fleurs y a-t-il là-bas ?

– De la lavande et de la bruyère.

Elle réfléchit quelques instants.

– Je pense que nous ressemblons aux abeilles, dit-elle enfin. Nous sommes aussi vulnérables qu'elles. Et puis il y a les gens comme Mustafa. Des gens qui apportent la vie au lieu de la mort.

Elle se tut de nouveau.

– Nous y arriverons, n'est-ce pas, Nuri ? murmura-t-elle.

– Bien sûr, affirmai-je sans réellement le croire.

Ce soir-là, j'essayai d'imaginer que les grillons autour de moi étaient des abeilles. L'air, le ciel et les arbres pullulaient d'abeilles de la couleur du soleil. Je songeai soudain que je n'avais pas répondu à Mustafa. L'attitude de Nadim m'avait distrait, quelque chose que je ne pouvais pas expliquer et qui m'avait détourné de ce que je devais faire. Le chant des grillons vint encore interrompre ma rêverie et je les écartai, imaginant à nouveau les abeilles à leur place. *Yuanfen. Destin. Une force qui réunit deux personnes.*

C'était ma mère qui m'avait soutenu quand j'avais annoncé que je voulais être apiculteur. La déception avait diminué mon père : dans les semaines qui avaient suivi mon aveu, lorsqu'il avait compris que je ne travaillerais plus au magasin, que je ne reprendrais pas l'affaire familiale, il avait paru rapetisser. Ce soir-là, nous étions assis dans la cuisine après le dîner. C'était en juin et il faisait déjà très chaud. Il buvait de l'*ayran*[1] avec du sel et de la menthe. Les glaçons tintaient dans le verre. Ma mère vidait les restes dans la poubelle. C'était comme s'il savait que je m'apprêtais à faire une annonce qui allait lui déplaire, car il ne cessait de m'observer par-dessus le bord de son verre, les sourcils froncés, son alliance en or scintillant à la lueur du soleil couchant. Il était frêle, sans un gramme de graisse, avec des articulations apparentes et une pomme d'Adam proéminente que l'on voyait bouger quand il parlait, mais il avait de la présence. Son silence et son regard songeur emplissaient souvent la pièce.

– Alors ? demanda-t-il.

– Alors quoi ?

– Je veux que tu ailles chez le grossiste à la première heure demain : il nous faut de la soie jaune avec les motifs en losange.

J'acquiesçai.

– Puis tu viendras au magasin pour que je t'apprenne à faire des rideaux : tu n'auras qu'à me regarder, la première fois.

Je hochai la tête. Il vida son verre d'un trait et le tendit à ma mère pour qu'elle le remplisse. Mais elle nous tournait le dos et ne le vit pas.

1. Boisson à base de yaourt.

– Je ferai ce que tu voudras pendant encore un mois, lâchai-je.

– Et après ça ?

Sa voix vibrait de colère contenue.

– Je serai apiculteur, déclarai-je sans emphase, posant les mains sur la table.

– En gros, tu me donnes un mois de préavis ?

J'acquiesçai.

– Comme si j'étais n'importe qui, et non pas ton père.

Cette fois, je ne bougeai pas.

Il regarda vers la fenêtre. Ses yeux éclairés par le soleil avaient la couleur du miel.

– Qu'est-ce que tu connais aux abeilles ? Où travailleras-tu ? Comment gagneras-tu ta vie ?

– Mustafa m'a appris…

– Ah, Mustafa ! Ce garçon est inconscient. Je savais qu'il aurait une mauvaise influence sur toi.

– Il ne m'a pas influencé, il m'a appris à m'occuper des abeilles.

Mon père grogna.

– Nous construisons des ruches ensemble.

Un autre grondement.

– Nous allons créer notre propre entreprise.

Cette fois, le silence. Un long silence. Son regard se voila. Pour la première fois, je sentais que je le décevais et mon cœur s'emplit d'une culpabilité qui me hanterait pendant des années. Ma mère occupée à faire la vaisselle se tourna vers moi et hocha la tête, m'incitant à poursuivre. Mais je ne pouvais rien ajouter après ça et quinze minutes s'écoulèrent avant que mon père ne reprenne la parole.

– Dans ce cas, le magasin mourra avec moi.

Ce furent les derniers mots qu'il prononça sur le sujet. De son point de vue, j'avais pris ma décision et il n'y avait plus à discuter. Cependant, au fil des jours et des semaines, je le vis se recroqueviller, devenir moins insistant et moins déterminé dans ses actions, quand il coupait, mesurait ou cousait. Comme s'il avait perdu le feu qui l'animait. À Athènes, alors que je contemplais le ciel, je songeai que, puisque j'avais sacrifié le bonheur de mon père à l'apiculture, je devais me débrouiller pour rejoindre Mustafa. Il était venu me chercher, il m'avait sorti de la sombre boutique familiale, m'avait fait découvrir les prés à la lisière du désert et je m'étais engagé auprès de lui. Je devais tenir ma promesse. Je trouverais le moyen d'aller en Angleterre.

Je me réveillai en pleine nuit. Il ne restait que des braises rougeoyantes. Les enfants dormaient. Un bébé pleurait. Ses cris semblaient venir des profondeurs du bois, mais je savais que c'était impossible. Enveloppée dans une couverture, Angeliki était adossée à un tronc à côté de nous. Elle avait les yeux ouverts et les mains sur les genoux. Ses seins coulaient encore. Une fois de plus, je me demandai d'où elle venait, où se trouvait sa famille, qui elle avait laissé derrière elle. Je voulais lui poser des questions : Angeliki, pourquoi es-tu partie ? Quel est ton véritable nom ? Où est ta petite fille ?

Les stridulations des grillons résonnaient autour de nous. L'obscurité avait une qualité veloutée, comme dans les *Contes des Mille et Une Nuits* que ma mère me racontait, tandis qu'elle contemplait par la fenêtre un pays ravagé par l'ambition, la corruption et l'oppression. J'étais conscient de sa frustration, de sa colère et parfois de sa peur quand elle lisait.

Il y avait dans ces histoires quelque chose qui était lié au déroulement du temps que j'aimais et redoutais à la fois. Chaque soir, des monstres sortaient de la mer. Chaque soir, un nouveau conte retardait la décapitation. Les vies se découpaient en nuits. Les ténèbres retentissaient des plaintes des malheureux.

Les mains d'Angeliki bougèrent sur ses genoux. Le bébé pleurait toujours, mais j'aurais été incapable de dire d'où venaient les cris. Je ne voulais pas me rendormir, car je ne me sentais pas en sécurité. Il y avait quelque chose qui n'allait pas du tout. Je me souvins que les seins d'Afra coulaient aussi quand Sami pleurait. Le simple fait de l'entendre, de le sentir lorsqu'elle était sur la chaise où elle le nourrissait, provoquait des montées de lait, comme s'il y avait un lien invisible entre eux. Ils communiquaient sans mots, d'un lieu primitif de l'âme. Elle en riait parfois, disant qu'elle avait l'impression d'être un animal et qu'elle réalisait alors que l'amour et la peur, quand ils étaient à leur plus fort, nous rendaient moins humains. Aux premiers temps de la maternité, elle était incapable de peindre ; elle était exténuée et consacrait toute son énergie à Sami. Lorsqu'elle reprit enfin le pinceau, profitant des heures où notre fils dormait, les paysages sur la toile étaient plus beaux et plus vivants que tout ce qu'elle avait fait avant, l'obscurité plus profonde, la lumière plus chatoyante.

Quand les pleurs cessèrent, les paupières d'Angeliki se fermèrent. Je songeai à Nadim, à l'argent qu'il avait remis aux adolescents. Mes pensées se tournèrent ensuite vers Mohammed. J'étais plus inquiet que jamais à son sujet. Alors, Sami m'apparut. C'était le plus dur. Je vis d'abord son sourire. Puis l'instant où la lumière avait déserté ses yeux et qu'ils s'étaient transformés en verre. Je levai la tête vers le ciel immense, mais les étoiles se métamorphosaient en images que je ne parvenais pas à chasser de mon esprit.

Toutes les nuits, les prédateurs sortaient du bois. Nadim était de plus en plus amical avec les deux adolescents, qui s'éclipsaient le soir pour réapparaître au matin, l'air perturbés. Ils avaient des chaussures neuves, et même un nouveau téléphone. Ils continuaient de se taquiner, de se disputer et de rire. Ils s'accrochaient l'un à l'autre, surtout aux petites heures du jour, quand ils revenaient de cet endroit mystérieux. Puis ils ne se réveillaient que tard dans l'après-midi, en dépit du soleil de plomb, le corps lourd, l'esprit déconnecté.

Toutes les nuits, Angeliki venait dormir contre l'arbre voisin. Je suppose qu'elle se sentait plus en sécurité auprès de nous. Je me demandais si elle se rendait toujours à l'ancienne école. J'avais l'impression que nous étions là depuis une éternité, alors qu'il ne s'était sans doute écoulé qu'une semaine, deux tout au plus, depuis notre arrivée.

J'avais donné à Afra les crayons et le carnet, mais elle ne les avait pas touchés. Elle les repoussait, même dans son sommeil. Son esprit était las et préoccupé. Elle écoutait. Les jeux et les cris des enfants modifiaient l'expression de son visage. Elle avait peur pour eux. Elle me demandait parfois qui se cachait dans le bois. Je lui répondais que je l'ignorais.

De temps en temps, des migrants empaquetaient leurs maigres possessions et partaient je ne sais où. À Leros, les gens étaient triés en fonction de leur pays d'origine. Il y avait un classement. Les Syriens étaient prioritaires ; c'était en tout cas ce qu'on nous avait dit. Les Afghans et les Africains devaient attendre plus longtemps, peut-être éternellement. Dans ce parc, il semblait que nous avions tous été oubliés. Parfois, on voyait apparaître de nouveaux arrivants, amenés par des travailleurs humanitaires qui portaient des couvertures. Les adultes et les enfants avaient les yeux écarquillés, les cheveux ébouriffés par l'air marin.

10

J'emmène Afra chez le médecin pour son rendez-vous. C'est un gros cabinet et l'un des docteurs parle arabe. Petit et rondouillard, le Dr Faruk doit avoir une cinquantaine d'années. Ses lunettes sont posées sur son bureau, à côté d'une plaque de bronze à son nom. Il a le visage éclairé par l'écran de l'ordinateur. Il a besoin d'en savoir un peu plus sur l'histoire médicale d'Afra avant de l'examiner. Il l'interroge sur sa douleur oculaire : est-elle aiguë ou sourde ? Dans les deux yeux ? A-t-elle des maux de tête ? Voit-elle des éclairs ? Afra répond docilement. Puis il s'assied à côté d'elle, prend son pouls, écoute son cœur avec un stéthoscope et finalement braque une minuscule lampe électrique dans chacun de ses iris. Le droit, le gauche, et encore le droit, sans hâte. Il répète la procédure plusieurs fois, puis l'observe longuement d'un drôle d'air.

– Vous ne voyez rien du tout ?

– Rien.

Il dirige de nouveau la lampe dans ses yeux.

– Et maintenant, vous ne voyez vraiment rien ?

– Non, dit-elle, parfaitement immobile.

– Vous distinguez peut-être un changement ? Une ombre, un mouvement ou de la lumière ?

– Rien du tout.

J'entends un tremblement dans sa voix. Elle est perturbée. Le médecin a dû le sentir lui aussi, car il repose la lampe et n'insiste pas. Il retourne à son bureau, se grattant la joue.

– Madame Ibrahim, pouvez-vous m'expliquer comment vous avez perdu la vue ?

– C'est une bombe.

– Est-ce que vous voulez bien me raconter ce qui s'est passé ?

Afra se tortille sur sa chaise, tripotant la bille.

– Sami, mon fils. Il était dans le jardin. Je le laissais jouer sous l'arbre, mais je le surveillais de la fenêtre : il n'y avait pas eu d'attaque depuis deux jours, je pensais que ça ne risquait rien. C'était un enfant, il voulait s'amuser dehors avec ses amis. Mais ils étaient tous partis. Il ne pouvait pas passer sa vie à l'intérieur, c'était une prison pour lui. Je lui ai mis son tee-shirt rouge préféré et un short en jean. Il m'a demandé s'il pouvait sortir dans le jardin et, quand j'ai vu son regard, je n'ai pas eu le cœur de refuser, parce que c'était un petit garçon, docteur, un petit garçon qui voulait jouer.

La voix d'Afra est ferme.

– Je comprends, continuez.

– D'abord, j'ai entendu un sifflement dans le ciel. Je me suis précipitée pour lui dire de rentrer.

Elle s'interrompt et prend une brusque inspiration, comme si elle venait d'émerger à la surface de l'eau. J'aimerais qu'elle se taise.

– Quand je suis arrivée à la porte, il y a eu une violente explosion et une lumière éblouissante. C'était au fond du jardin, j'en suis sûre, pas à côté de Sami, mais le souffle était puissant. Ça a fait tellement de bruit que le ciel s'est déchiré.

Je me concentre sur le raclement des chaises dans les autres pièces, le rire d'un enfant.

– Ensuite, que s'est-il passé ?

– Je n'en sais rien. Je tenais Sami dans mes bras et mon mari était à côté de moi. J'entendais sa voix, mais tout était noir.

– Quelle est la dernière chose que vous ayez vue ?

– Les yeux de Sami. Ils regardaient le ciel.

Afra fond en larmes. Je suis sidéré. Elle est pliée en deux et les sanglots s'échappent de sa poitrine. Le médecin se lève et s'assied à côté d'elle. Je me sens très loin, j'ai l'impression qu'il y a un désert grandissant entre eux et moi. Je vois le médecin lui offrir un mouchoir en papier, puis lui donner de l'eau, et je vois le corps d'Afra penché. En revanche, je ne l'entends pas. Il parle, prononce des mots apaisants, des mots compatissants. Mon cœur bat trop fort. Je ne perçois rien de ce qui vient de l'extérieur. Je suis trop loin d'eux, de toute manière. La voix du Dr Faruk se fait plus forte et je tâche de me concentrer. Il est à son bureau, ses lunettes sur le nez, et il me regarde. Je suis conscient qu'il m'a dit quelque chose, mais j'ignore quoi. Il se tourne vers Afra.

– Madame Ibrahim, vos pupilles réagissent à la lumière. Elles se dilatent et se contractent normalement, comme si vous voyiez.

– Qu'est-ce que ça signifie ?

– Je n'en sais rien pour l'instant. Il va falloir faire des radios. Il est possible que la puissance de l'explosion ou l'éclat de la déflagration ait endommagé la rétine, mais il se peut également que votre cécité soit le résultat d'un grave traumatisme : le corps se défend comme il peut quand il doit faire face à une réalité trop dure à accepter. Vous avez vu mourir votre fils, madame Ibrahim, et peut-être que quelque chose en vous s'est éteint à ce moment-là, parce que c'était la seule solution pour vous préserver. C'est plus ou moins la même chose quand on s'évanouit sous le coup d'une violente émotion. Toutefois, je ne peux rien affirmer. Nous aurons la réponse lorsque nous aurons les résultats des examens.

Pendant un bref instant, il semble rapetisser sur son siège. Les mains croisées, il tourne involontairement les yeux vers une photographie posée sur un meuble à ma gauche. On y voit une belle jeune fille d'une vingtaine d'années vêtue d'une toge et d'une toque, à une cérémonie de remise de diplôme. Il surprend mon regard et se détourne. Il griffonne quelques mots sur une feuille.

– Et vous, monsieur Ibrahim, comment allez-vous ?

– Je vais très bien.

Je remarque du coin de l'œil que le dos d'Afra s'est redressé.

– En fait, docteur, je pense que mon mari ne va pas bien.

– Qu'est-ce qui se passe ? demande-t-il, son regard allant de ma femme à moi.

– C'est juste que j'ai du mal à dormir. J'ai du mal à m'endormir.

Je la vois secouer la tête.

– Non, c'est plus que ça…

– Je vais très bien !

– Je vous écoute, madame Ibrahim.

– Est-ce que personne ne m'entend ?

Elle réfléchit.

– Je ne sais pas comment l'expliquer, docteur. Mais c'est évident que quelque chose ne va pas. Je ne reconnais pas mon mari.

Le médecin se tourne vers moi. J'éclate de rire.

– Sérieusement, Afra, je manque de sommeil, c'est tout. Je suis si fatigué que je m'endors n'importe où.

Mon rire semble n'avoir d'effet ni sur l'un ni sur l'autre.

– Où ça, par exemple ?

– Dans le débarras et dans la cour, répond Afra.

Il fronce les sourcils. J'ai l'impression qu'il attache une importance exagérée à ces sottises.

– Est-ce que vous avez remarqué autre chose ?

Ils continuent de m'ignorer. Je les regarde tour à tour. Afra détourne les yeux.

– Il a changé à Istanbul. Il…

– Oui ?

– Il parle tout seul. Ou plutôt à quelqu'un qui n'est pas là.

– Docteur, je suis sûr que des somnifères m'aideraient à retrouver le sommeil et je vous promets que si je fais des nuits complètes, je ne me rendormirai pas dans le débarras par accident.

Je sens que mon sourire paraît forcé.

– Ce que dit votre femme m'inquiète, monsieur Ibrahim.

– Quoi ? Non, dis-je en riant. C'est juste que je pense parfois à voix haute. Des souvenirs. Des choses à faire. Ce genre de bêtises. Rien.

– Avez-vous des flash-back ?

– Comment ça ?

– Des images répétitives, éprouvantes ?

– Pas du tout.

– Des tremblements, des nausées, des sueurs ?

– Non.

– Est-ce que vous avez du mal à vous concentrer ?

– Non.

– Vous sentez-vous engourdi, avez-vous l'impression d'avoir perdu la capacité de ressentir des émotions comme le chagrin ou la joie ?

– Non, docteur. Je vous remercie, je vais très bien.

Il s'adosse à son siège, dubitatif. Le visage d'Afra s'est allongé, ses yeux se sont assombris. La voir accablée m'emplit d'une immense tristesse.

Le médecin n'est pas convaincu, mais la consultation est terminée. Il me fait une ordonnance pour des somnifères puissants et me demande de revenir dans trois semaines.

Cet après-midi, Afra refuse de descendre au salon. Elle reste longtemps assise au bord du lit.

– Ce n'est pas la bombe qui m'a rendue aveugle, murmure-t-elle. C'est de voir Sami mourir. C'est à ce moment-là que tout est devenu noir.

Je ne sais pas quoi lui dire, mais je demeure auprès d'elle au moins une heure, sans prononcer un mot.

Le ciel change de couleur de l'autre côté de la fenêtre, et je regarde passer les nuages et les oiseaux.

Nous ne descendons même pas pour dîner. Normalement, la propriétaire apporte de chez elle une marmite de ragoût ou de soupe, les mains protégées par des maniques. Elle frappe à la porte avec le coude, et la pose au milieu de la table pour que tout le monde se serve. Je suis sûr que les autres ont déjà mangé. J'entends des pas, des voix, le murmure de la télé dans le salon, des portes qui claquent, la bouilloire qui chauffe, la chasse d'eau, le robinet qui coule. Le ciel s'obscurcit et un croissant de lune apparaît derrière le voile des nuages. J'espère voir Mohammed, mais il ne vient pas. Je me lève du lit et m'assieds sur le fauteuil pour attendre

le matin

du quinzième jour, la femme au hijab bleu se leva soudain avec sa petite Mahsa dans les bras et se précipita vers la vieille dame qui s'occupait d'un autre nourrisson, la prenant par l'épaule. Persuadé qu'il était arrivé malheur, je bondis sur mes pieds. Puis je remarquai qu'elle souriait. Elle lui montra sa poitrine.

– *Echeis gala ! Eftichos ! Echeis gala !* s'écria la Grecque.

Elle fit le signe de croix et embrassa les mains de la plus jeune, qui se rassit sur sa couverture et l'invita à regarder, tandis qu'elle guidait le bébé vers son sein. Il tétait. Je souris. Un vrai sourire qui venait du cœur. La vieille femme s'en rendit compte et m'adressa un petit salut.

Cette scène me redonna espoir. Les choses pouvaient changer, il ne fallait pas renoncer, même dans les pires circonstances. Peut-être pourrions-nous bientôt partir. Je me souvins de l'argent dans mon sac à dos. Je le surveillais comme la prunelle de mes yeux, m'en servant d'oreiller pour dormir. Si on tentait de le dérober, il faudrait me réveiller d'abord. Ici, les gens parlaient ouvertement des voleurs. En revanche, personne ne faisait allusion à ce qui se passait la nuit dans les bosquets.

Ce soir-là, voyant les adolescents sur leur couverture, je décidai d'aller bavarder avec eux. Lorsque je m'approchai, une forte odeur d'eau de Cologne m'accueillit. Ils étaient en train de s'asperger le visage d'après-rasage.

Je leur demandai si je pouvais m'asseoir. Ils étaient méfiants et lançaient de fréquents regards vers le bois, mais ils étaient trop jeunes et polis pour refuser. Ils me serrèrent la main et se présentèrent : Ryad et Ali, des faux jumeaux, âgés d'environ quinze ans. Ryad était le plus grand et le plus fort des deux, Ali avait encore en lui quelque chose de l'enfance ; ensemble, ils étaient comme des chiots. Je leur posai quelques questions auxquelles ils répondirent en se coupant parfois la parole.

Ils avaient fui l'Afghanistan et les meurtriers de leur père. Après la mort de celui-ci, les talibans avaient tenté de s'en prendre à eux, et leur mère les avait poussés à s'enfuir avant qu'ils ne soient arrêtés à leur tour. Elle ne voulait pas perdre ses fils après son mari. Elle avait pleuré et embrassé leur visage cent fois, car elle redoutait de ne jamais les revoir. Ils me décrivirent leur traversée de la Turquie et leur passage par Lesbos, puis leur arrivée dans cette ville étrangère où ils ne connaissaient personne et dont ils ne savaient pas comment partir. Là, un homme leur avait conseillé de se rendre sur la place Victoria, un point de rencontre pour tous les migrants.

– Nous pensions que quelqu'un nous aiderait, expliqua Ali.

– Et on n'en pouvait plus de dormir dehors.

– Tous les bancs étaient pris.

– Et il y avait trop de gangs.

– Ryad avait peur.

– Pas autant qu'Ali ! Il tremblait dans son sommeil.

– On nous a conseillé de venir ici.

– Et donc vous connaissez Nadim ? Il vous a aidés ?

– Qui c'est ? demanda Ryad.

Ils me dévisageaient avec de grands yeux interrogateurs.

– J'ai peut-être mal compris son nom, répondis-je avec un sourire forcé. L'homme au rabab. Avec les cicatrices.

Ils échangèrent un rapide regard et leur visage se ferma.

– Tu dois parler d'Ahmed, dit Ryad.

– Ah oui ! Je savais que ce n'était pas ça. Mais j'ai rencontré tellement de gens au cours de ces dernières semaines que je m'y perds. Sans compter que je n'ai jamais eu la mémoire des noms.

Ils demeurèrent silencieux.

– Il vous a aidés ? insistai-je. Il paraît que c'est un brave homme.

– Il nous a bien aidés la première nuit, lança Ali.

Ryad lui donna un petit coup. C'était discret, sur la cuisse, cependant, le geste ne m'échappa pas.

– Ah, c'est bien. Et après ?

Ali hésita. Il baissa la tête, fuyant mon regard et celui de son frère.

– Il a voulu récupérer son argent ?

Ali acquiesça. Ryad leva les yeux au ciel.

– Combien ?

– Nous le remboursons petit à petit, OK ?

C'était Ryad qui avait parlé, sur la défensive.

– Comment ? Où est-ce que vous trouvez l'argent ?

J'avais dû m'attarder sur ses chaussures neuves, car il replia ses jambes sous lui, mais ce fut la réaction d'Ali qui me bouleversa le plus. Son corps se recroquevilla et ses bras enveloppèrent ses genoux d'un geste protecteur, tandis que son visage virait au rouge brique. Une ombre masqua soudain le ciel. Je levai les yeux et vis Nadim au-dessus de nous, son rabab à la main, un drôle de sourire sur les lèvres.

– Je vois que vous avez fait connaissance, dit-il, s'asseyant avec nous sur la couverture.

Il se mit à jouer et je sentis sa musique apaisante me laver l'esprit, chasser les idées noires et les soucis. La chaude mélodie devint plus grave, plus sombre et plus fascinante encore. Au bout d'une heure, Nadim posa son instrument et s'éloigna. Je me résolus à le suivre. Il laissa un groupe de Grecs qui fumaient sur un banc et deux femmes qui bavardaient à l'ombre, s'enfonçant dans le bois. Il finit par déboucher dans une clairière où gisait un arbre abattu. Il s'assit sur le tronc fendu, fouilla dans son sac à dos et en tira un petit canif aiguisé. Il posa la lame sur son poignet gauche et s'interrompit une seconde, le temps de vérifier s'il était seul. Je me dissimulai derrière le feuillage. Alors, sans plus hésiter, il lacéra la peau. Je notai les plis de douleur sur son visage et, pendant un instant, on ne lui vit plus que le blanc des yeux. Son bras saignait. Il sortit des mouchoirs en papier de son sac et les appliqua sur la blessure sanglante. Mais ce fut son expression qui me frappa : il paraissait en colère. Était-ce sa punition ?

Je fis un faux mouvement et une brindille craqua. Aussitôt, il releva la tête. Ses yeux se plissèrent. Je reculai entre les arbres. Ne sachant que faire, je m'enfuis et regagnai le camp.

– Qu'est-ce qui s'est passé ? demanda Afra lorsque je la rejoignis.

– Rien. Pourquoi ?

– Tu halètes comme un chien.

– Non, tu te trompes. Je suis très calme.

Elle secoua légèrement la tête d'un air résigné et, à cet instant, Nadim émergea d'entre les arbres et s'assit au pied de la statue. Il me parut soudain aussi émacié que lors de notre première rencontre. Il semblait vidé de ses forces. J'attendis de voir s'il allait me dire quelque chose, mais il ne m'adressa même pas un regard. Il se contenta de rouler une cigarette, puis une autre, et resta là à fumer pendant peut-être une heure.

Sur leur couverture, les jumeaux jouaient sur leur téléphone et riaient. Parfois, Ali donnait un coup de poing dans le bras de son frère qui finit par se lasser. Il s'empara de l'appareil et lui tourna le dos pour l'empêcher de voir l'écran.

Nadim paraissait détendu et absorbé dans ses pensées, cependant, je me rendais compte qu'il était préoccupé et que son regard revenait constamment vers les deux jeunes Afghans.

Je m'allongeai à côté d'Afra et fis semblant de dormir, mais je les surveillai. À vingt-deux heures pile, Nadim se leva et s'enfonça dans le bois. Trois minutes plus tard, les jumeaux l'imitaient. Je me lançai à leur poursuite, tâchant de conserver entre nous suffisamment de distance pour qu'ils ne me repèrent pas, tout en restant assez près pour ne pas les perdre.

Ils prirent plusieurs virages abrupts et inattendus, comme s'ils suivaient un sentier invisible qui les conduisit jusqu'à une nouvelle clairière. C'était un véritable dépotoir, un amoncellement de détritus. Une mare asséchée avait été transformée en décharge. Au centre d'un bassin de béton se trouvait une fontaine à sec, avec les tuyaux d'un ancien système d'arrosage. Juste derrière, je remarquai une roseraie dont tous les plants étaient morts. Des drogués et des dealers traînaient autour du bassin, et le sol était jonché de seringues. Des gens étaient assis sur le toit d'un bâtiment de service. Il y avait des matelas et des cartons abandonnés, vestiges d'une vie passée.

Les jumeaux se tenaient devant la fontaine. Un homme s'approcha et glissa de l'argent dans la main de Ryad. Ali le suivit, prenant le sentier de droite. Un autre type ne tarda pas à se présenter et il s'éloigna avec Ryad dans la direction opposée. J'étais là depuis un moment et on commençait à me lancer des regards soupçonneux. Nadim n'était nulle part en vue. Il avait dû s'éclipser. Je ne pouvais pas rester plus longtemps. Je revins sur mes pas, me trompant à plusieurs reprises. Enfin, j'entendis les cris des enfants qui jouaient au ballon. Cette fois, je ne devais plus être très loin. En effet, peu après j'apercevais les flammes du feu. Je trouvai Angeliki adossée à l'arbre, à côté d'Afra. Elle avait le bloc-notes et les crayons de couleur sur les genoux et elle s'était assoupie, la tête contre le tronc. Afra dormait en chien de fusil. Je sentis qu'on m'observait et lorsque je me retournai, je constatai que Nadim était de retour. Assis sur la marche de la statue, il fumait et me dévisageait.

Il me fit signe de le rejoindre.

– J'ai quelque chose pour toi, dit-il.

– Je n'ai besoin de rien.

– Tout le monde a besoin de quelque chose, surtout ici.

– Pas moi.

– Tends la main.

Je le regardai dans les yeux sans ciller.

– Allez. Donne ta main. N'aie pas peur. Ce n'est pas méchant, promis.

Il s'empara de mon poignet et ouvrit ma paume.

– Maintenant, ferme les yeux.

Ce petit jeu était allé trop loin. J'essayai de me dégager, mais Nadim resserra sa prise.

– Allez. Tu n'as qu'à fermer les yeux, répéta-t-il avec un sourire narquois, le regard brillant.

– Arrête !

Je tentai encore de me libérer sans faire de scène. Ce qui se passa ensuite fut si brutal et inattendu que mon esprit et mon corps se figèrent. J'éprouvai une douleur intense au poignet. Il m'avait entaillé avec son couteau. Je levai le bras, le soutenant comme un oiseau blessé. Le sang ruisselait sur mon pantalon.

Je m'écroulai sur Afra, la suppliant de se réveiller. Elle ouvrit les yeux, effrayée. Je portai sa main à mon poignet. Elle se redressa vivement, sentant le liquide poisseux couler entre ses doigts. Elle palpa la plaie et appuya dessus, s'efforçant en vain d'arrêter l'hémorragie. Une autre paire de mains s'activait, à présent. Angeliki avait ôté son turban vert et bandait la blessure.

– Qu'est-ce qui s'est passé ? demanda Afra.

Je me tournai vers la statue. Nadim s'était volatilisé.

Angeliki expira lentement et se laissa tomber sous l'arbre, avec une expression anxieuse. Le sang imbibait le tissu et mon bras m'élançait. Je m'allongeai, exténué, mais elle resta assise très droite. Ce fut la dernière chose que je vis avant que mes paupières ne se ferment : son long cou et ses pommettes polies dont les contours se détachaient à la lueur du feu mourant.

Je me réveillai quelques heures plus tard, en pleine nuit. Elle était toujours dans la même position, scrutant les ténèbres et les ombres.

– Angeliki, murmurai-je.

Elle tourna la tête, les yeux grands ouverts.

– Couche-toi à côté d'Afra. Je prends le relais.

– Tu ne te rendormiras pas ?

– Non.

Elle hésita, puis finit par s'allonger à côté de ma femme.

– Ulysse, dit-elle soudain. Il est passé devant l'île des sirènes. Tu sais qui sont les sirènes ?

Ce n'était pas une question rhétorique, elle attendait une réponse. Elle entrouvrit un œil, pour s'assurer que j'écoutais. Mais je souffrais et j'avais du mal à me concentrer sur ses paroles.

– Non, dis-moi.

– Elles séduisent les hommes avec leur voix pour les entraîner vers la mort. Si tu entends leur chant, tu es perdu. Donc, dès qu'ils voient l'île, les hommes de l'équipage mettent de la cire dans leurs oreilles. Mais Ulysse, lui, il veut entendre le chant, parce qu'on raconte qu'il est très beau. Alors, tu sais ce qu'il fait ?

– Non.

– C'est très important. Il leur demande de l'attacher au mât du navire, de l'attacher très solidement. Et de ne pas le libérer, même s'il les supplie, tant qu'ils ne sont pas en sécurité, loin des sirènes et de leur chant.

Je ne répondis pas. Je tenais mon poignet bandé, m'efforçant d'ignorer la douleur de la coupure. Je scrutais l'obscurité pour essayer de distinguer les formes invisibles qui rôdaient dans l'ombre.

– Athènes, c'est dangereux pour les gens, ils entendent l'appel et ils ne peuvent pas résister, alors ils y vont.

Je remarquai que Ryad et Ali n'étaient toujours pas revenus. Je ne voulais pas penser à l'endroit où ils se trouvaient, ni à ce qu'ils faisaient. Je regardai le turban imbibé de sang d'Angeliki, ses cheveux crépus indisciplinés et pleins de vie, ceux d'Afra étalés autour d'elle. Angeliki s'était endormie à la fin de son récit et je restai seul à veiller. Je me rappelai qu'elle avait déjà évoqué Ulysse à notre arrivée, racontant qu'il avait longtemps voyagé, visité beaucoup de pays et atteint de lointaines contrées, tout ça pour retrouver le chemin de chez lui. Mais nous n'avions nulle part où rentrer.

Je touchai la lettre que Mustafa m'avait laissée à Alep. Elle n'avait pas quitté ma poche depuis notre départ. Je sortis la photographie de nous deux et l'étudiai à la lumière des flammes.

Où était notre foyer, désormais ? Et qu'est-ce que cela signifiait ? Dans mon esprit, c'était devenu un paysage baigné d'une lueur dorée, un paradis inaccessible. Je me souvins d'un soir d'Aïd, une dizaine d'années auparavant. À la fin du ramadan, Mustafa et moi avions organisé une fête pour tous nos employés à l'*Hôtel Martini Dar Zamaria*. Le repas se tenait dans un patio décoré de palmiers, de lanternes, et de plantes suspendues aux balcons. Avec au-dessus de nous un carré de ciel nocturne étoilé.

L'hôtel avait préparé un vrai festin. On servit des plats de viande et de poisson accompagnés de riz, de céréales et de légumes. Après avoir prié, tout le monde mangea ensemble, employés, famille et amis. Les enfants couraient autour des adultes. Afra, ravissante dans une abaya rouge et or, faisait le tour des tables, tenant Sami par la main, saluant chacun avec un sourire qui contenait toute la chaleur du monde.

Firas, Aya et Dahab étaient là, bien sûr, et le père de Mustafa était descendu de sa montagne pour l'occasion, un homme tranquille et discret, qui ne ressemblait en rien à son propre père. Ce qui ne l'empêchait pas de rayonner de fierté devant la réussite de son fils, et d'apprécier la bonne chère et la compagnie. Il me parla longuement de son rucher. La scène était magique :

les feuilles d'un vert brillant, la fumée de la chicha qui s'élevait en rubans de soie, les suspensions dont les fleurs semblaient s'être toutes ouvertes pour nous, répandant leur parfum dans la cour. Dans ma mémoire, c'était devenu un lieu enchanté comme on en trouvait dans les contes que ma mère me lisait dans la chambre au carrelage bleu.

Le lendemain matin, à mon réveil, je réalisai que je n'avais pas tenu ma promesse : je m'étais endormi contre l'arbre et Angeliki était partie. Son turban vert était saturé de sang et j'avais encore plus mal que la veille. Des vieilles dames distribuaient des colis alimentaires et je remarquai quelques humanitaires qui faisaient le tour du camp. Je levai la main et appelai une jeune femme d'une vingtaine d'années. Je lui tendis le bras et elle tressaillit. Elle hésita, ne sachant que faire, puis me dit de ne pas bouger. Elle-même n'avait travaillé qu'avec des enfants et n'avait aucune expérience médicale, mais elle m'assura qu'elle reviendrait avec quelqu'un qui pourrait m'aider.

Je la remerciai et elle s'éloigna. La journée passa sans qu'elle reparaisse. J'ôtai donc mon bandage de fortune. Je constatai que l'entaille était profonde et qu'elle saignait toujours. Je la nettoyai avec de l'eau en bouteille avant de remettre le turban.

En fin d'après-midi, la jeune bénévole émergea d'entre les arbres et se dirigea vers moi. Elle était escortée d'une autre femme plus âgée avec un sac à dos sur les épaules. Elles s'arrêtèrent à ma hauteur et discutèrent ensemble dans une langue que je ne reconnus pas, peut-être du néerlandais ou de l'allemand. La seconde s'agenouilla et ouvrit son sac dont elle sortit des gants en latex, puis elle déroula mon pansement. À la vue de la plaie, elle grimaça.

– Qu'est-ce que vous avez fait ?

– Ce n'est pas moi. On me l'a fait.

Elle posa sur moi un regard soucieux, mais ne dit rien. Elle passa un long moment à nettoyer la blessure avec des lingettes antiseptiques, puis posa des sutures cutanées, collant délicatement chaque bandelette avec une pince à épiler.

– Il faut que je parte d'ici.

Elle ne répondit pas.

– Comment font les gens pour partir ?

Elle s'interrompit pour m'examiner, la pince à la main, puis elle reprit sa tâche, les lèvres serrées. Ce n'est qu'après avoir terminé, alors qu'elle emmaillotait mon bras dans une bande propre, qu'elle s'autorisa à parler.

– Je vous aurais bien conseillé d'aller à Skopje, dit-elle en soufflant sur les mèches de cheveux qui lui tombaient dans les yeux, mais les réfugiés se battent avec la police pour entrer en Macédoine. Les frontières sont fermées. Plus personne ne peut passer. Vous vous retrouveriez coincés là-bas.

– Qu'est-ce qu'il me reste comme solution ?

– Vous pouvez prendre le bus qui mène aux villages. Les Syriens sont prioritaires. Il passe une fois par semaine.

– Et après ?

– Vous attendez.

– Combien de temps ?

Elle ne répondit pas. Elle repoussa ses cheveux en arrière et les tordit en chignon avant de les relâcher. D'après le badge qu'elle portait autour du cou, elle s'appelait Emily. Sous son nom figurait un petit logo.

Elle commença à ranger son matériel.

– Il y a une femme africaine avec nous, et deux adolescents qui sont en danger. Est-ce qu'ils pourront aller aux villages ?

– Je n'en sais rien. Non, ajouta-t-elle. Je ne pense pas. Vous ne devriez pas me poser ces questions. Je ne peux pas prendre ce genre de responsabilité. Il y a des conseillers pour ça.

– Où sont-ils ?

Je voyais qu'elle était la proie d'une lutte intérieure, les yeux brillants de frustration, le visage rouge de colère.

– Si vous allez place Victoria…

– Je connais la place Victoria.

– Si vous allez là-bas, il y a un centre d'accueil dans la rue Elpidos, le *Hope Centre*, le centre de l'espoir. Ils aident les mères, les enfants et les jeunes garçons non accompagnés. Ils vous diront quoi faire.

Elle avait parlé d'un trait, puis elle se tut, m'adressant un sourire embarrassé.

À la tombée de la nuit, Angeliki nous rejoignit. Elle s'assit sous l'arbre et s'enduisit le visage de talc. Cette fois, elle portait un turban noir pailleté d'argent qui scintillait à la lueur des flammes. Elle buvait une bouteille d'eau à petites gorgées, inspectant les piqûres sur ses bras. Afra sentit sa présence et se redressa, soudain plus vive. Elle s'approcha d'elle.

– Qu'est-ce que tu fais ? lui demanda-t-elle.

– Je dois boire beaucoup d'eau. À cause de mon sang empoisonné.

Afra secoua la tête.

– C'est vrai. Tu dois me croire. Je te raconte tout hier ! Je te dis que ma respiration s'arrête et ne revient pas. Ma respiration s'arrête et ils la prennent. Il y a des gens, ils te volent ton souffle. Puis ils mettent quelque chose dans mon sang. Ils l'empoisonnent et maintenant mon esprit est malade.

Bien que ne comprenant pas tout, Afra était clairement émue par les paroles d'Angeliki et le ton de sa voix. Lorsqu'elle se tut, ma femme posa la main sur son bras.

La respiration d'Angeliki s'était calmée.

– Je suis contente que tu sois là, avec moi, Afra.

Du bois nous parvint le son du rabab, mélodieux et lumineux. Même les flammes parurent touchées, car elles vacillèrent, avant que le vent n'emporte la musique qui se perdit entre les arbres. Mon esprit s'était apaisé un instant, mais dès qu'il s'arrêta de jouer, je repensai aux ongles de Nadim, à la lame tranchante du couteau, à la brûlure sur mon poignet. Les jumeaux n'étaient toujours pas rentrés et je voulais partir à leur recherche. J'envisageai de retourner au bassin vide pour voir s'ils étaient là ou si quelqu'un savait où les trouver, puis je renonçai. J'avais peur de m'aventurer de nouveau dans les bois. Je devais rester en vie pour Afra. J'attendis donc, espérant que les adolescents allaient soudain réapparaître sur leur couverture au pied de l'arbre.

Ce fut Mohammed que je vis dans mes cauchemars, cette nuit-là, sur le bateau, le visage grave et déterminé, la lampe torche l'éclairant par intermittence. Comme pendant la traversée, il y eut quelques secondes d'obscurité totale et, quand la lumière revint, il avait disparu.

C'était exactement le même scénario. Je scrutais l'eau noire jusqu'à l'horizon, dans toutes les directions, puis je sautais. Les vagues étaient hautes. J'appelais son nom et j'entendais Afra crier du bateau. Alors, je m'enfonçais dans le silence opaque et restais aussi longtemps que possible, tâtonnant autour de moi, à la recherche d'un bras ou d'une jambe. Enfin, les poumons vides, sentant la mort me tirer vers le fond, je remontais, hoquetant, et retrouvais la surface balayée par le vent. À une différence près : dans mon rêve, Mohammed n'était pas sauvé par l'un des passagers, il n'était pas à bord du canot. À sa place, entre les bras des femmes, enveloppée de leurs foulards se trouvait une petite fille aux yeux de nuit.

Je me réveillai brutalement. Un jeune garçon hurlait en farsi. Il y avait des mouvements et des bruits, des gens qui se levaient et couraient vers l'enfant. Je me dirigeai à mon tour vers le tumulte. Le garçon pleurait et suffoquait, indiquant le bois. Des hommes armés de battes de baseball surgirent si vite qu'on aurait dit qu'ils attendaient ce moment. Ils s'élancèrent dans cette direction. Je les suivis. Je ne tardai pas à comprendre qu'ils pourchassaient quelqu'un. Lorsqu'ils rattrapèrent leur proie, ils se jetèrent sur elle comme s'ils ne formaient qu'une seule et énorme bête, la plaquant au sol.

On me tendit une batte. Je contemplai l'homme qui se tortillait et se débattait à mes pieds. C'était Nadim. Il avait l'air très différent ainsi, les traits déformés par la peur. Certains le maintenaient à terre, tandis que les autres le frappaient chacun leur tour. Je restai planté là, à les regarder se déchaîner sur lui, jusqu'à ce qu'on ne lui voie plus que le blanc des yeux. Son visage était tuméfié, ses bras et ses jambes agités de soubresauts.

– Qu'est-ce que tu attends ? me demanda l'un d'eux en me bousculant. Tu ne sais pas que cet homme est le diable ?

Je m'approchai sous les acclamations. Soudain, il n'y eut plus rien ni personne autour de moi. Je ne voyais plus que Nadim. Pendant un instant, son regard s'éclaircit et croisa le mien. Il dit quelque chose que je ne compris pas, tandis qu'une voix derrière moi m'incitait à me dépêcher. Je sentis la douleur aiguë à mon poignet et me remémorai les visages innocents des jumeaux. Une colère venue d'on ne sait où monta en moi et je lui assenai un coup sur le crâne.

Il cessa de bouger. Je lâchai la batte et reculai. Un homme lui fila un coup de pied, un autre lui cracha dessus, puis le groupe s'éparpilla dans toutes les directions.

Je traînai son corps là où les arbres étaient plus denses, jusqu'à un endroit où on entendait à peine les bruits de la ville et des réfugiés. Alors, je me laissai tomber à côté de lui et j'attendis le lever du soleil.

À la pâle lumière de l'aube, je repris le chemin du camp. J'aperçus deux hommes qui se disputaient. Je les reconnus aussitôt et me cachai dans l'ombre. L'un d'eux était assis sur le tronc fendu où j'avais vu Nadim s'entailler le bras ; l'autre faisait les cent pas nerveusement, enjambant une batte de baseball.

– Pourquoi est-ce que tu te sens coupable ?

– On a tué quelqu'un.

– Pense à ces garçons. Tu sais ce qu'il faisait, non ?

– Je sais, je sais bien.

– Imagine, si ça avait été ton fils ?

L'homme sur le tronc ne répondit pas.

– Sérieusement, tu peux l'imaginer ?

– Je n'y tiens pas.

– Il était le mal, le pire qui soit. Tu n'as pas entendu ce qui est arrivé au fils de Sadik ?

Ce n'était pas une vraie question et celui qui était assis baissa les yeux, passant la main sur son visage.

Ils cessèrent de parler et je n'osai pas bouger, ni même respirer. Une rafale souffla et les feuilles bruissèrent dans les arbres. Des gens s'approchaient. On distinguait des rires et de la musique en sourdine.

L'homme sur le tronc se leva pour faire face à son compagnon.

– Comment est-ce qu'on peut en arriver à faire des choses pareilles ?

Je n'entendis pas la réponse, car un groupe de jeunes garçons surgit à cet instant sur le chemin. Ils étaient cinq ou six. L'un d'eux avait un ballon à la main, un autre écoutait une chanson sur son téléphone et quelques-uns reprenaient le refrain. Les deux hommes se décidèrent à repartir vers le camp. Je m'assis à leur place sur le tronc, mes doigts caressant les crêtes et les sillons du bois. J'imaginais Nadim ; je le voyais comme s'il était à côté de moi, entaillant sa peau avec un canif, le regard plein de rage.

– Que t'est-il arrivé, Nadim ? dis-je à haute voix. Que s'est-il passé pour que tu fasses des choses pareilles ?

Seul le vent me répondit. Il souleva les feuilles mortes, qui tourbillonnèrent autour de moi, puis les laissa retomber. La musique s'éteignit complètement, les enfants à présent trop loin.

À mon retour au camp, Angeliki était partie. Je m'allongeai à côté d'Afra.

– Où étais-tu ? murmura-t-elle.

– Il y avait un problème.

– Quel genre de problème ?

– Il vaut mieux que tu n'en saches pas plus, crois-moi. C'est réglé, maintenant.

Je me souvins d'un verset du Coran :

Montrez-vous indulgents et cléments. Vous-même, n'aimeriez-vous pas qu'Allah vous pardonne ?

Puis je songeai à un hadith :

Le prophète ne répondait pas au mal par le mal, mais il pardonnait et ne tenait pas rigueur.

Je regardai mes mains et les tournai en tous sens, comme si je les découvrais : l'une bandée, l'autre qui avait brandi la batte. J'éprouvais la même peur qu'à Alep, quand j'étais constamment sur le qui-vive, me méfiant du moindre mouvement et du moindre son, imaginant le danger partout, sûr que le pire pouvait arriver à chaque instant, que la mort était imminente. J'avais l'impression d'être mis à nu. Qu'on m'observait de derrière les arbres. Et le vent murmurait : *meurtrier, Nadim est mort, meurtrier.*

Je posai la main sur la poitrine d'Afra. Je la sentais se gonfler et retomber, et j'accordai mon souffle sur le sien, plus lent et régulier. Je me souvins des abeilles noires anglaises de Mustafa et, les paupières closes, j'attendis qu'apparaissent les champs violets, les talus de lavande et de bruyère ondulant jusqu'aux confins du monde.

À mon réveil, c'était l'après-midi. Je regardai la marche où Nadim aurait dû être assis en train de rouler une cigarette. J'examinai la statue blanche, le buste d'un homme barbu, avec une inscription en grec et des dates, *1788-1825*, me demandant quel genre de personne c'était. Dans l'état d'anxiété où je me trouvais, les histoires que me racontait ma mère me revinrent à l'esprit. Mes souvenirs étaient flous, mais, dans ces contes, les statues n'étaient pas des œuvres d'art ni des monuments commémoratifs. C'étaient des talismans contre le mal, les gardiennes d'un trésor, des êtres humains ou des animaux changés en pierre. Dans certains récits, les démons parlaient par leur bouche.

Afra s'assit à côté de moi. Je regrettais qu'elle ait perdu ses yeux, qu'elle ne soit plus celle qu'elle avait été, car elle avait toujours fait preuve d'une lucidité hors du commun. Elle voyait au-delà des apparences. Elle savait trop de choses, c'était son problème : elle avait le don parfois pesant de percer à jour les masques, de déceler les échos du passé dans le présent. Je remarquai soudain que Nadim avait laissé son instrument au pied de la statue. Je me levai pour le ramasser. Je pinçai les cordes, songeant aux mélodies qui se déversaient sur moi, tel un ruisseau arrosant les craquelures desséchées de mon cerveau. C'était la même sensation que la première goutte d'eau sur la langue au coucher du soleil pendant le ramadan. La musique de Nadim avait cet effet sur moi, et le simple fait d'y songer me torturait l'esprit, distordait mes pensées. Je fermai les yeux, me concentrant sur le bruit des enfants qui jouaient, riaient et tapaient dans le ballon.

11

C'est le jour de notre entretien. Afra est assise dans le train à côté de moi et je sais qu'elle est nerveuse. Diomande s'accroche à la main courante ; il y a un siège pour lui, mais il préfère rester debout. Son grand corps tordu est encore plus visible dans cet espace public. On dirait un personnage de conte de fées et je trouve étrange que, parmi tous les passagers de ce wagon, je sois le seul à connaître son secret. Diomande lit les recommandations dans son cahier. « Ce n'est pas un cours d'histoire, marmonne-t-il en anglais. Ils n'ont pas besoin de tout savoir sur le dernier président, sauf s'ils posent la question. »

Nous arrivons à une gare appelée Croydon. De là, Lucy nous conduit au centre. C'est un haut bâtiment dans une rue marron. À l'intérieur, nous franchissons des barrages et des contrôles de sécurité, où nous sommes scannés, fouillés, identifiés. Puis nous nous asseyons dans une salle d'attente parmi des gens qui ont l'air aussi effrayés que nous. Le temps passe. Diomande est appelé le premier. Ensuite vient le tour d'Afra et quelques minutes plus tard, on m'amène dans une pièce au bout d'un long couloir.

Deux personnes sont là, un homme et une femme. Il a la quarantaine et s'est rasé le crâne parce qu'il perdait ses cheveux. Il ne me regarde pas dans les yeux, pas une fois. Il m'invite à prendre un siège et m'appelle par mon nom comme s'il me connaissait, mais continue d'éviter mon regard. Il y a chez lui une certaine arrogance, un petit sourire satisfait. La femme à côté de lui est un peu plus âgée, les cheveux bouclés. Elle est assise très droit et s'efforce d'avoir l'air accueillant. Ce sont les agents responsables de mon dossier. Il me propose du thé ou du café. Je refuse.

Il m'informe que l'entretien est enregistré et me rappelle qu'il y en aura un second. D'abord, il me demande de confirmer mon nom, ma date et mon lieu de naissance, ainsi que mon adresse au début de la guerre. Puis les questions deviennent très étranges.

– Y a-t-il des monuments à Alep ?

– Bien entendu.

– Pouvez-vous en nommer certains ?

– Eh bien, il y a la citadelle. La mosquée des Omeyyades, le marché Khan al-Gumruk, la madrasa Al-Firdaus, ce qui signifie « l'école du paradis », la mosquée Al-Atrouche, l'horloge de Bab al-Faradj… Vous en voulez d'autres ?

– Je vous remercie, cela devrait suffire. Le vieux souk est-il au nord ou à l'est de la ville ?

– Il est dans le centre.

– Qu'est-ce qu'on y trouve ?

– Des milliers de choses !

– Mais encore ?

– Des étoffes, de la soie et des cotonnades. Des tapis, des lanternes, de l'argent, de l'or et du bronze, des épices, du thé, des herbes… Ma femme y vendait ses tableaux autrefois.

– Quel est le nom de votre pays ?

– La Syrie ! Vous ne voulez pas savoir comment je suis arrivé ici ?

– Chaque chose en son temps. Ce sont des questions standard. Cela fait partie de la procédure.

Il s'interrompt et consulte ses papiers. Il gratte son crâne luisant.

– Avez-vous rencontré des gens de l'État islamique ?

– Non, pas personnellement.

– Vous n'avez donc jamais été en relation avec qui que ce soit du groupe ?

– Non. Bien sûr, je les ai vus dans les rues d'Alep, mais je n'ai jamais eu d'échange avec eux.

– Avez-vous été capturé par l'État islamique ?

– Non.

– Avez-vous travaillé avec l'État islamique ?

– Non.

– Êtes-vous marié ?

– Oui.

– Quel est le nom de votre épouse ?

– Afra Ibrahim.

– Avez-vous des enfants ?

– Oui.

– Combien ?

– Un seul, un garçon.

– Où est-il né ?

– À Alep.

– Où est-il à présent ?

– Il est mort en Syrie.

Il s'interrompt un instant, les yeux fixés sur la table. La femme à côté de lui a l'air triste. Je commence à me sentir nerveux.

– Pouvez-vous nous dire quelque chose de particulier à son sujet ? Quelque chose dont vous vous souvenez ?

– À propos de quoi ?

– De votre fils. Je sais que c'est douloureux, monsieur Ibrahim, mais pouvez-vous répondre à la question ? C'est important.

– Bien. Une fois, il a descendu la côte à vélo. Je le lui avais interdit, parce que la pente entre chez nous et le centre-ville était très raide. Il l'a fait quand même et il est tombé. Il s'est cassé le petit doigt et il ne s'est pas ressoudé correctement. Il est resté tordu.

– Quelle main ?

– Quoi ?

– Il s'est blessé à quelle main ? La droite ou la gauche ?

Je regarde mes mains et je revois celle de Sami dans la mienne.

– C'était la gauche. Je le sais, parce que, quand je la prenais dans ma main droite, je sentais son auriculaire tordu.

– Quelle est sa date de naissance ?

– Le 5 janvier 2009.

– Avez-vous déjà tué quelqu'un ?

– Non.

– Quel est l'hymne national de votre pays ?

– C'est une plaisanterie ?

– C'est votre réponse ?

– Non ! Il s'appelle *Les Défenseurs de la patrie*.

– Est-ce que vous pouvez le chanter ? Juste l'air, sans les paroles.

Je fredonne quelques mesures entre mes dents serrées.

– Est-ce que vous aimez lire ?

– Pas plus que ça.

– Quel est le dernier livre que vous ayez lu ?

– Un ouvrage sur la cristallisation du miel.

– Lisez-vous des livres politiques ?

– Non.

– Et votre épouse ?
– Pas que je sache.
– Quelle est la profession de votre femme ?
– Elle est peintre. Était.
– Quelle est la situation actuellement dans votre pays ?
– C'est le paradis sur terre.
– Monsieur Ibrahim, ces questions vous semblent peut-être dérisoires, mais c'est une partie importante de votre évaluation.
– La situation dans mon pays, c'est le chaos et la destruction.
– Qui est votre président ?
– Bachar el-Assad.
– Quand est-il devenu président ?

L'entretien se poursuit sur ce ton. Suis-je lié de quelque manière que ce soit au président ? Où se trouve la Syrie ? Quels sont les pays limitrophes ? Y a-t-il un cours d'eau à Alep ? Quel est son nom ? Enfin, l'homme m'interroge au sujet de mon voyage et je raconte tout ce dont je me souviens, d'une façon aussi directe, linéaire et cohérente que possible, ainsi que nous l'a recommandé Lucy Fisher. Sauf que c'est plus difficile que prévu, car, quand j'essaie de répondre à ses questions, il réagit souvent en m'en posant une nouvelle à laquelle je ne m'attendais pas, quelque chose qui me déconcerte et m'oblige à évoquer une autre partie du voyage. Je lui explique du mieux que je peux comment nous sommes arrivés en Turquie, je lui parle de l'appartement du passeur, de Mohammed, de Leros, d'Athènes et de toutes les nuits au parc Pedion tou Areos. Je ne m'étends pas. Je ne mentionne pas Nadim. Je ne veux pas qu'il sache que j'ai participé à un meurtre, que je peux me transformer en tueur. Enfin je lui raconte comment nous sommes entrés en Angleterre. Mais je ne lui dis pas ce qui est arrivé à Afra avant : je ne serais même pas capable de le formuler à voix haute.

L'homme m'annonce que l'entretien est terminé. L'enregistrement est interrompu, les dossiers sont refermés. Un trait de lumière venant d'une fenêtre rectangulaire près du plafond barre son sourire.

Lorsque je me lève, j'ai les jambes engourdies et j'ai l'impression qu'on m'a dépouillé de ma vie.

Lucy Fisher m'attend. Afra et Diomande n'ont pas fini. Je dois avoir une sale mine, car elle va au distributeur de boissons et revient avec un gobelet de thé tiède.

– Comment ça s'est passé ?

Je ne réponds pas. Je suis incapable de parler.

– S'il vous plaît, ne perdez pas espoir. C'est le plus important.

Sa voix est résignée. Elle tire sur une mèche de cheveux.

– C'est ce que je dis toujours aux gens, vous savez. Ne perdez jamais, jamais, jamais

l'espoir

s'amenuisait, vacillant comme le feu du camp dans la nuit. Il fallait que je trouve une solution. Le lendemain, je m'aventurai hors du parc et demandai mon chemin à des passants. La place Victoria était bondée. Des ordures traînaient par terre. Ceux qui n'avaient nulle part où aller étaient assis sur des bancs, sous les arbres et autour des statues. Je reconnus quelques visages, des dealers qui attendaient à la sortie du métro ou devant les terrasses des cafés. Il y avait des chats partout, cherchant des restes dans les poubelles. Un chien gisait sur le flanc, les pattes raides. Je n'aurais pas su dire s'il était vivant ou mort. Je songeai aux chiens sauvages d'Istanbul et je me revis place Taksim, le cœur rempli d'espoir. L'espoir était encore possible, alors, car nous ignorions tout de l'avenir. Si Istanbul incarnait l'attente, Athènes était le lieu de la stagnation résignée. Les paroles d'Angeliki me revinrent à l'esprit : « C'est l'endroit où les gens meurent lentement au-dedans. Un par un, ils meurent. »

C'était aussi la ville des rêves récurrents dont on ne peut pas se réveiller : une succession ininterrompue de cauchemars.

Un homme vendait ce qui ressemblait à des chapelets. « Vingt euros, très belle pierre », disait-il d'une voix où perçaient le désespoir et l'exaspération. La phrase retentissait comme un ordre, mais il y avait un sourire dément sur son visage.

– Est-ce que j'ai l'air de quelqu'un qui a vingt euros ? lançai-je avant de me détourner.

Je regardai les immeubles qui bordaient la place et les rues alentour. Les balcons abrités par des stores indiquaient qu'ils avaient connu des jours meilleurs, leur aspect miteux et leur beauté fanée racontant une histoire d'abandon. Il y avait des graffitis sur les murs, des slogans rageurs que je ne comprenais pas, des cafés, un stand de fleurs et un autre de livres, des gens qui essayaient de fourguer des mouchoirs en papier, des stylos ou des cartes SIM. Ils tournaient comme des mouches autour du métro, harcelant ceux qui émergeaient de l'escalier mécanique.

Le vendeur se tenait toujours à côté de moi, avec son sourire exaspérant.

– Quinze euros, alors. Très belle pierre.

La lumière jouait sur les perles colorées. Marbre, ambre, bois, corail et nacre. Ils me rappelaient les chapelets du souk d'Alep. L'homme me les colla sous le nez.

– Douze euros. Très belle !

Je le repoussai violemment. Je réalisai aussitôt que je l'avais effrayé. Il recula, baissant les perles.

– Pardon, m'excusai-je, lui présentant mes paumes ouvertes.

Il haussa les épaules et fit mine de s'éloigner. Je le rappelai.

– Je cherche la rue Elpida.

– Elpida ?

J'acquiesçai.

– Zitas Elpida ?

Il courba la tête et marmonna quelques mots en grec.

– Vous demandez de l'espoir ? dit-il alors. *Elpida* signifie « espoir ». Pas d'espoir, ici.

Il y avait de la tristesse dans ses yeux, mais il gloussa pour lui-même.

– El-pi-*dos*, dit-il lentement, soulignant mon erreur. La rue Elpidos.

Il m'indiqua un passage à droite de la place avant de s'éloigner, brandissant ses perles comme un trophée, toujours souriant.

Je traversai l'esplanade et m'engageai dans une rue bordée d'arbres. Au bout, j'aperçus une longue file devant une porte vitrée. Il y avait des poussettes, des fauteuils roulants et des enfants. La porte s'ouvrit et des migrants sortirent avec des sacs en plastique, tandis que d'autres entraient. Les gens se saluaient et discutaient entre eux. Dès qu'ils virent leurs amis, les enfants se précipitèrent dans la rue pour jouer. Sur l'enseigne, on lisait *The Hope Centre* : le centre de l'espoir. Il régnait une atmosphère qui ne fit que renforcer ma détermination. Nous devions partir.

Je remarquai que les femmes et les enfants disparaissaient à l'intérieur, tandis que les hommes restaient dehors, certains assis sur les marches, d'autres regardant par les fenêtres, d'autres encore s'éloignant vers la place. J'hésitai, ne sachant que faire. Un homme sortit. Il avait des lunettes miroir sur le crâne, qu'il mit sur son nez aussitôt sur le seuil. Il me rappelait les policiers de Leros et je m'apprêtai à partir quand il me salua chaleureusement en arabe. Il m'expliqua que le centre accueillait uniquement les femmes et les enfants qui venaient pour prendre une douche chaude et boire une tasse de thé. Les enfants pouvaient aussi y jouer et les jeunes mamans nourrir leurs bébés.

Je retournai chercher Afra au camp et l'amenai place Victoria. Silencieuse, elle reniflait l'air comme un chien, peignant ce qui nous entourait dans son esprit : le café, les ordures, l'urine, les arbres, les fleurs.

Au centre, l'homme aux lunettes de soleil nous reçut et on donna un numéro à Afra qui prit place dans la queue pour la douche. On m'invita à revenir quelques heures plus tard. Je jetai un coup d'œil par la fenêtre ; à droite, derrière un panneau en bois, des enfants s'amusaient. Il y avait des tableaux au mur, des Lego, des ballons et des jeux de société par terre. On conduisit Afra à une chaise, on lui apporta une tasse de thé et une assiette de biscuits. Elle souriait. Je la laissai.

Je retournai sur la place où je trouvai un cyber-café. Je n'avais pas consulté mes e-mails depuis un certain temps et j'espérais qu'un message de Mustafa m'attendait.

12/04/2016

Cher Nuri,

La semaine dernière, je me suis rendu à un dîner pour les réfugiés. Là, j'ai rencontré un homme et une femme. La femme travaille dans une association qui aide les nouveaux arrivants à s'intégrer. L'homme est un apiculteur local. Je leur ai expliqué que je voulais apprendre aux réfugiés et aux demandeurs d'emploi à s'occuper des abeilles. Ils étaient tous les deux très impressionnés ! Ils pensent que je pourrais obtenir des financements municipaux pour monter mon projet et ils vont me soutenir. J'espère que je pourrai bientôt commencer à proposer des ateliers à ceux qui sont intéressés.

Les ruches se portent bien, Nuri ! Ces abeilles noires anglaises sont très différentes des syriennes. Je croyais qu'elles seraient incapables de travailler en dessous de 15 degrés, mais elles sont actives à des températures bien inférieures et ne s'arrêtent même pas quand il pleut. Elles butinent les fleurs le long des rails de chemin de fer, dans les jardins privés et dans les parcs.

Mon cher Nuri, je me demande où tu es. Le soir, je déplie la carte d'Europe sur le sol et j'essaie d'imaginer à quel endroit tu te trouves. Je t'attends.

Mustafa

Même par e-mail, je percevais l'excitation dans la voix de Mustafa, cette innocence enfantine qui l'avait porté et fait avancer toute sa vie.

Cher Mustafa,

Excuse-moi de ne pas avoir écrit plus tôt. Je suis désolé que tu te sois inquiété. Je te promets que je trouverai le moyen de rejoindre l'Angleterre. Ce n'est pas évident. Afra et moi sommes à Pedion tou Areos, un grand parc au cœur d'Athènes. Je ne sais pas encore comment quitter cet endroit, mais je vais faire mon possible et tu verras que nous serons là plus vite que tu ne le crois. La plupart des migrants sont coincés ici. Il y a beaucoup d'arrivées et peu de départs. Au moins, nous avons de l'argent et des passeports. De toute manière, je n'ai pas le choix : je dois trouver un moyen rapidement, car je ne survivrai pas longtemps dans un lieu pareil.

Je pense à toi et à ta famille. Je pense aux champs de lavande et de bruyère, et aux abeilles noires anglaises. J'admire ce que tu as déjà accompli.

Quand je serai là, nous pourrons travailler à tout ça ensemble.

Je me débrouillerai.

Nuri

Je quittai le café et m'assis sur un banc, à deux pas du chien à demi mort qui souleva une lourde paupière, avant de revenir à la contemplation des pieds des passants. Un homme s'approcha et s'installa à côté de moi. Il avait un téléphone et un cahier sur ses genoux. Il pianota sur le clavier, puis me jeta un coup d'œil. Il balaya la place du regard et se retourna. Il transpirait abondamment.

– Tu attends quelqu'un ? demandai-je.

Il acquiesça, préoccupé.

– D'où est-ce que tu viens ? poursuivis-je.

– Je suis syrien.

– La partie kurde ?

Il hocha la tête, me rendant mon sourire, mais il avait manifestement l'esprit ailleurs. Un couple apparut.

– Je pensais que vous ne viendriez pas, dit-il. Vous avez tout ?

– Tout ce que vous nous avez dit d'apporter, répondit l'homme.

– Allons-y. Il attend depuis un moment, il ne va pas être content.

Je voulais leur demander avec qui ils avaient rendez-vous, mais il rangea son téléphone et son calepin dans son sac à dos. Il me regarda droit dans les yeux, avec assurance, à présent.

– Heureux d'avoir fait ta connaissance. Je te souhaite une matinée lumineuse.

Sans me laisser le temps de dire quoi que ce soit, ils s'éloignèrent en direction du métro.

Afra sortit du centre, embaumant le savon, le visage doux et luisant de crème, un nouveau foulard sur les cheveux. Je réalisai soudain à quel point je sentais mauvais.

– Afra, dis-je, alors que nous regagnions le parc. Je pue.

– Oui, répondit-elle, retenant un sourire.

– J'ai besoin de trouver un endroit pour prendre une douche.

– Je suis bien d'accord.

– C'est grave.

– Très.

– Tu pourrais au moins essayer de mentir !

Je reniflai mes aisselles, étonné de m'être autant accoutumé à ma pestilence.

– Je sens la rue.

– Tu sens l'égout.

Je me penchai pour embrasser ma femme qui grimaça et me repoussa en riant. Pendant un instant, nous étions redevenus nous-mêmes.

De retour au parc, alors que nous marchions à l'ombre des arbres, je sentis mes membres s'alourdir et ma bouche se dessécher d'anxiété à la pensée de tout ce qui s'était passé ici.

– Je n'ai jamais vu un ciel aussi grand ! dit un petit garçon à la fillette à côté de lui.

Ils levèrent tous les deux la tête et je les imitai. Il n'y avait aucun nuage ce jour-là, pas un souffle de vent ; le paysage vert et or étincelait sous le soleil, nous offrant un avant-goût de l'été. À travers les feuilles, tout là-haut, l'azur radieux était presque aussi vaste que le ciel au-dessus du désert, et, pour ce garçon, il était plein de promesses.

– Ce soir, quand il fera nuit, il y aura beaucoup d'étoiles, assura-t-il à la fille. On pourra faire des vœux.

Alors, comme un petit garçon, je fis un vœu : j'irais jusqu'en Angleterre. Le nez en l'air, je laissai cette pensée se répandre en moi. J'imaginai les abeilles noires et les ruches. Je songeai au message de Mustafa et à ma réponse. Je trouverais un moyen.

Nous regagnâmes notre place. Les grillons étaient plus bruyants. Les jumeaux n'avaient pas reparu. Leur couverture était toujours là, le parapluie ouvert, penché sur le côté, une paire de baskets neuves en dessous.

À la tombée de la nuit, Angeliki arriva et s'assit sous l'arbre à côté d'Afra. Elle grattait les croûtes sur ses bras ; les minuscules piqûres avaient commencé à cicatriser. Alors qu'elle resserrait sa couverture autour de ses épaules, je constatai que ses seins ne coulaient plus. Il ne restait que des taches sèches sur son tee-shirt blanc. Elle me parla d'Athènes, des histoires qu'elle avait entendues à propos de la civilisation antique. Elle me raconta qu'elle avait vu une équipe d'étudiants en archéologie qui cherchaient des trésors près de la station de métro Monastiraki, et qu'il existait tout un monde dissimulé sous les églises. Le sujet épuisé, elle se tut. Elle sortit le talc de son sac et s'en couvrit le visage et les bras, puis elle regarda les enfants jouer, les mains sur les genoux, buvant parfois une gorgée d'eau.

L'odeur du talc et ses rituels m'étaient devenus familiers. Afra était différente en sa présence. Elle s'asseyait et l'écoutait, même si elle ne comprenait pas tout. De temps en temps, Angeliki posait les doigts sur son bras ou la tapotait pour s'assurer qu'elle suivait.

– Est-ce que tu finiras par me dire d'où tu viens ? lui demandai-je, alors qu'Afra s'était endormie.

– De Somalie, si tu veux vraiment savoir.

– Pourquoi est-ce que tu ne voulais pas le dire ?

Elle dénoua son turban et l'enroula plus serré.

– Je n'aime pas en parler parce que ça me blesse le cœur.

Je n'insistai pas. Peut-être ne désirait-elle pas se livrer à moi parce que j'étais un homme et que c'était un homme qui lui avait fait du mal. Je n'allais pas lui arracher son histoire de force. Elle dut sentir que je respectais son souhait et cela la mit peut-être en confiance, car elle poursuivit.

– Il n'y avait presque rien à manger. Beaucoup de famine. Je dois partir alors je vais au Kenya. J'étais enceinte, je ne voulais pas que mon enfant naisse dans mon pays et qu'il souffre comme moi.

Elle fit une pause et je demeurai silencieux.

– Au Kenya, j'étais dans un grand camp appelé Dadaab, mais tout le monde disait qu'il allait fermer. Les gens, ils croient que les chebabs de Somalie se servent du camp pour passer des armes. Nous étions très nombreux. Ils veulent se débarrasser de nous, nous jeter. Alors je pars et je fais le long voyage jusqu'ici.

Elle s'interrompit, fouilla dans son sac et en sortit une petite bourse.

– On m'a pris mon bébé lorsque j'arrive à Athènes. Là-dedans j'ai une mèche de ses cheveux. Une nuit, pendant que je dors dans le parc, quelqu'un a volé ma petite fille dans mes bras. Je sais qu'on a drogué mon eau, qu'on l'a empoisonnée, parce que sinon je me réveille dès qu'elle bouge, dès qu'elle crie. Comment est-ce qu'ils l'ont prise sans que je sente ? Ils m'empoisonnent, je suis sûre.

Sa voix se brisa et je ne lui posai pas d'autre question, mais je voyais qu'elle y pensait, à présent, que les souvenirs de la Somalie et de son enfant perdue accaparaient son attention et ses sens, de même que la chaleur et le désert syriens envahissaient mon cœur lorsqu'ils remontaient à ma mémoire. Le feu était reparti, et j'admirai son visage sculpté par la lumière des flammes, malgré le talc qui lui donnait une pâleur maladive.

– Parfois, je me rappelle que c'est très beau chez moi. Il y a l'océan Indien tout bleu qui scintille. Il y a le sable doré et les plages, les rochers et les maisons comme des palais blancs. Il y a des cafés et des magasins animés. Mais la situation là-bas n'est pas bonne.

Elle me regarda pour la première fois.

– Je ne peux pas rentrer, parce qu'en Somalie c'est impossible d'avancer, rien n'avance. Ici, on peut.

– Vraiment ? Tu ne m'as pas dit le contraire l'autre jour ?

Elle réfléchit avant de répondre.

– C'était ce que je croyais avant.

Elle s'interrompit encore, puis reprit.

– Je veux un travail, mais personne ne veut de moi. L'anglais ne sert à rien ici. Les gens ne m'aiment pas. Les Grecs n'ont pas de travail. Ils vendent des mouchoirs en papier dans la rue. Personne n'a besoin de tant de mouchoirs. Ou alors c'est la ville des pleurs ?

Elle éclata de rire et je songeai à la première fois où je l'avais entendue à travers la fenêtre, dans la cour de l'ancienne école.

Le lendemain matin, Angeliki était partie et Afra dessinait. Elle était assise en tailleur sur la couverture, utilisant ses deux mains. Elle tenait le crayon dans la droite, et suivait du bout des doigts les sillons et les marques sur la feuille avec la gauche. Une image émergeait, une vision onirique, un lieu à la lisière du désert et de la ville. Les contours et les dimensions étaient faussés, les couleurs mélangées, mais, dans ces lignes pleines de vie qui semblaient bouger à la lumière, je voyais l'âme d'Afra.

– C'est pour Angeliki, annonça-t-elle.

Lorsqu'elle eut terminé, elle me demanda de mettre le dessin sous la couverture afin qu'il ne s'envole pas.

J'emmenai Afra au *Hope Centre* et retournai sur la place, dans l'espoir de recroiser l'homme de la veille. Je m'assis sur le même banc et j'attendis. Je repérai le vendeur de chapelets qui se dirigeait vers la sortie du métro. Il souleva ses perles en guise de salut.

– Vous avez trouvé Elpidos ?

– Oui, merci.

– *Elpida* signifie « espoir », répéta-t-il.

Il jeta un bout de pain rassis au chien qui ne réagit pas.

Environ une heure plus tard, j'aperçus celui que je cherchais. Il se tenait au pied de la statue, avec un groupe de jeunes. Ils fumaient et riaient. Il y avait deux femmes d'une ONG parmi eux, portant un tee-shirt vert et un sac à dos. J'attendis que le groupe se soit dispersé. L'homme s'était assis sur un muret. Il avait ouvert son cahier et griffonnait. Il semblait beaucoup plus détendu que la veille.

Je le rejoignis. Il était concentré sur sa tâche, mais il finit par lever les yeux pour voir qui était à côté de lui.

– Est-ce que je peux te demander quelque chose ?

– Bien sûr, répondit-il, sans cesser d'écrire.

– Je cherche un passeur et je me disais que tu pourrais peut-être m'aider. J'ai l'impression que le couple d'hier allait en retrouver un.

Il referma son carnet et se tourna sur le mur pour me faire face. Il sourit.

– Tu es très observateur.

– Alors, je ne me trompais pas ? Tu peux m'aider ?

– Les meilleurs sont presque tous à l'ancienne école. Je peux te présenter. Où veux-tu aller ?

– En Angleterre.

Il éclata de rire, comme tous ceux à qui je disais cela.

– Tu dois être fou. Ou très riche. C'est la destination la plus chère et la plus difficile.

– Pourquoi est-ce que c'est si cher ?

– Justement parce que c'est plus difficile. Et aussi parce que les gens croient qu'ils seront en sécurité là-bas, et qu'ils recevront de l'aide s'ils obtiennent le statut de réfugié.

J'étais conscient de l'argent dans mon sac à dos. Et je savais que certains seraient prêts à me tuer pour le prendre, s'ils se doutaient de quoi que ce soit.

– Je m'appelle Baram, poursuivit-il en me tendant la main. Tu veux partir, c'est sérieux ?

– Oui.

– Et tu veux que j'organise quelque chose pour toi ?

– Oui.

Il sortit un téléphone de son sac et s'éloigna de quelques mètres. Il eut une brève conversation puis revint.

– Vous seriez combien ?

– Deux.

– Est-ce que vous pouvez venir tous les deux demain à treize heures dans un café de la rue Acharnon ?

Je hochai la tête, en dépit de la nausée qui montait en moi et de mon tee-shirt trempé de sueur.

Baram rangea son téléphone et s'assit à côté de moi.

– Je vous retrouverai sur la place à midi quarante-cinq et je vous emmènerai au lieu du rendez-vous. N'oublie pas les passeports, et surtout ne soyez pas en retard : il déteste ça.

– Est-ce que j'apporte l'argent ?
– Pas encore.

Ce soir-là, deux femmes chargées de sacs s'approprièrent les couvertures des jumeaux et le parapluie. Je m'apprêtai à me lever pour empêcher les nouvelles venues de s'asseoir, d'élire domicile ici, lorsque je réalisai que les adolescents ne reviendraient sans doute pas. Je m'entêtais à croire qu'ils allaient réapparaître, reprendre leur place, plaisanter, se chamailler et jouer sur leur téléphone, mais ils étaient bel et bien partis. Curieusement, les femmes n'avaient pas l'air nerveuses. Elles regardaient autour d'elles avec une certaine satisfaction, comme si elles arrivaient d'un endroit bien pire. Elles ôtèrent leurs chaussures avant de marcher sur la couverture. Au bout d'environ une demi-heure, après avoir passé quelques appels et avoir mangé des pommes, elles sortirent des pelotes de toutes les couleurs. Assises face à face, l'une tissait tandis que l'autre tenait le bout des fils.

Un peu plus loin, des hommes jouaient aux cartes et riaient. Puis ils se mirent à chanter en ourdou, avec quelques mots arabes au milieu. Le vent se leva, apportant une odeur chaude et épicée. Le feu crépitait et quelqu'un cuisinait. Pedion tou Areos était en train de devenir un nouveau foyer pour les migrants : des chaussures alignées à côté des couvertures et des tentes, des vêtements accrochés aux arbres, des cartes, de la musique et des chants. J'aurais dû puiser un certain réconfort dans cette idée, mais c'était exactement l'inverse : ces éclats brillants de la vie que nous avions laissée m'oppressaient.

Je serrai le sac à dos contre ma poitrine. Cet argent était notre seule issue et maintenant nous avions rendez-vous avec un passeur. Je ne dormis pas de la nuit. Je restai près d'Afra à écouter les sons du bois, attendant que le soleil se lève et revête les feuilles d'or.

Le lendemain, je l'emmenai place Victoria. Nous avions une demi-heure d'avance, mais Baram était déjà là, sur le banc, le cahier sur ses genoux. Il se redressa dès qu'il nous vit et nous dit que c'était mieux de patienter un peu pour ne pas arriver trop tôt au café : ça ne plairait pas non plus au passeur. Il se rassit et se remit à écrire. Je tentai en vain de déchiffrer ses pattes de mouche par-dessus son épaule. Je remarquai le portrait d'une jeune femme en uniforme militaire glissé à l'intérieur.

– C'est qui sur la photo ?

– Ma petite amie. Elle est morte. Je réécris mon journal.

– Tu le réécris ?

Il demeura longtemps silencieux. Je regardai le chien à demi mort, fidèle au poste. Cette fois, il leva la tête vers moi et remua la queue.

– Quand je suis arrivé en Turquie, j'ai été arrêté par l'armée, dit enfin Baram d'une traite. Nous étions trente et un. On nous a fouillés. Nous avons été trois à être retenus. Les autres ont pu poursuivre leur voyage.

– Pourquoi ?

– Parce que nous étions kurdes. Je tenais un journal. Depuis deux ans. On l'a trouvé dans mon sac et il y avait un mot, un simple mot : « Kurdistan ». On m'a mis en prison et on m'a demandé : « C'est quoi ce mot ? » J'ai répondu, parce qu'ils savaient déjà. Et je suis resté derrière les barreaux pendant un mois et trois jours. Puis on m'a relâché. Mais les soldats ont gardé mon passeport et mes neuf cents euros, et ils ont jeté mon cahier au feu. L'argent et le passeport, ce n'était pas très important, en revanche, il y avait toute ma vie dans mon journal. J'ai pleuré quand ils l'ont brûlé. Ils ont relevé mes empreintes digitales et j'ai donné deux cents euros au gardien pour qu'il me laisse partir. Je me suis réfugié dans une ville kurde. De là, j'ai appelé mon père.

Il referma le cahier, posant la main dessus.

– Pourquoi est-ce que tu es encore ici ?

– J'essaie de gagner de quoi payer mon passage. Mon frère est en Allemagne. Je veux le rejoindre avant son mariage.

Le vendeur de *komboloï* abordait les gens qui débouchaient de l'escalier mécanique du métro.

– J'espère que tu iras au mariage de ton frère, dit Afra.

Tous les trois, nous nous rendîmes jusqu'à la rue Acharnon à pied. Dans l'établissement, Baram nous indiqua discrètement un homme assis tout seul au fond à gauche. Il portait un col roulé noir et un blouson en cuir de la même couleur. Il buvait à la paille un café frappé dans un gobelet en plastique. Il avait quelque chose de ridicule. Lorsque je me tournai vers notre guide pour m'assurer qu'il s'agissait bien de la personne que nous devions rencontrer, il avait disparu. Je ne devais jamais le revoir.

Tenant Afra par la main, je m'approchai à contrecœur de la table où l'homme terminait son café.

– Bonjour, dis-je en arabe.

Il leva les yeux comme s'il était surpris de me voir. Sans dire un mot, il ôta le couvercle du gobelet et mit les doigts dedans pour attraper un glaçon.

– Je m'appelle Nuri et voici Afra. Je pense que tu nous attendais.

L'homme réussit à sortir un glaçon qu'il croqua aussitôt.

– Tu ne comprends pas l'arabe ? demandai-je.

– Asseyez-vous, répondit-il dans cette langue.

Nous obéîmes. J'ignore si c'était la nervosité ou son attitude, mais je commençai à parler à tort et à travers.

– J'ai rencontré Baram sur la place, il pense que tu pourrais nous aider, il a appelé hier et il a dit que nous devions apporter nos passeports. Je les ai, ils sont là.

– Pas tout de suite, me coupa-t-il sèchement.

Ma main se figea. Il sourit, amusé par ma docilité, puis croqua de plus belle son glaçon, grimaçant, avec la mine d'un gamin de neuf ans. Le pouvoir de cet homme-enfant avait quelque chose de fascinant. Dans des circonstances normales, il aurait sans doute eu du mal à joindre les deux bouts et aurait vendu des fruits et des légumes dans une ruelle de Damas. Il y avait une lueur sombre et désespérée dans ses yeux, qui me rappelait les hommes du parc.

– C'est ta femme ?

– Oui, je m'appelle Afra.

– Tu es aveugle ?

– Oui, répondit-elle simplement.

Le sarcasme dans la voix était trop subtil pour qu'il le perçoive, mais il était bien présent. Je m'attendais presque à ce qu'elle ajoute : « Gros malin ! »

– C'est bien. Une pauvre aveugle, on ne se méfie pas. Tu devras enlever ton hijab et teindre tes cheveux en blond. Toi, on ne peut pas faire grand-chose, poursuivit-il en s'adressant à moi. Mais tu n'es pas une cause perdue. Rasé, une chemise propre. Il faudra travailler ton expression.

Sur la table, son portable vibra et s'alluma. Il jeta un coup d'œil à l'écran et son visage se modifia. Un tressautement de la joue, une crispation de la mâchoire. Il retourna le téléphone.

– Alors, vous voulez aller où ?

– En Angleterre !

– Ah !

– Ça fait rire tout le monde.

– Ambitieux. Cher.

Je baissai la tête, nerveux à cause de l'argent. J'avais l'impression de transporter un sac rempli d'œufs.

– Deux mille euros pour le Danemark. Trois mille pour l'Allemagne… Tu ferais mieux de choisir un de ces pays.

– Et l'Angleterre ?

– Sept mille pour vous deux.

– Sept mille ? C'est de la folie ! s'écria Afra. Combien coûte un vol pour l'Angleterre ?

L'homme rit de nouveau et elle plissa le visage, se détournant.

– Ce ne sont pas des vacances. Vous payez, on s'occupe de tout. L'Angleterre est un pays à part : vous y serez plus en sécurité et c'est plus compliqué pour nous. C'est ça qui coûte cher.

Je crus qu'elle allait lui cracher dessus et je lui donnai un petit coup de pied sous la table.

– C'est pour cette raison qu'on veut aller là-bas. Nous sommes fatigués. Épuisés. Mais nous n'avons pas une telle somme.

– Vous avez combien ?

– Cinq mille.

– En espèces ?

Je ne pus m'empêcher de regarder mon sac. L'homme haussa les sourcils.

– Tu te trimballes avec tout ça en liquide sur toi ?

– Non. J'en ai une partie en espèces, le reste sur un compte. Je ferai ce qu'il faut pour réunir la somme, je travaillerai. Je ramasserai les ordures, je laverai les voitures, les fenêtres, n'importe quoi.

– Ah ah ! Tu te crois où ? Même les Grecs ne trouvent pas de travail.

– J'en ai assez entendu, déclara Afra en se levant, prête à partir.

Je la retins par le bras. Voyant à quel point j'étais désespéré, l'homme sourit.

– Tu peux peut-être travailler pour moi.

– Quoi ?

– De simples livraisons.

– Simples ?

– Les autres sont des gamins. Ils ne peuvent pas conduire. J'ai besoin d'un chauffeur. Tu sais conduire ?

Je hochai la tête.

– Tu travailles pour moi pendant trois semaines. Si tout se passe bien, alors, on dira cinq mille dollars pour vous deux.

– D'accord.

Je lui tendis la main. Au lieu de la serrer, il éclata de rire.

Afra se taisait mais je devinais sa colère.

– Vous devrez venir habiter chez moi, reprit l'homme.

– Pourquoi ?

– Je ne peux pas courir le risque que tu t'enfuies avec la voiture et les colis.

Les derniers glaçons avaient fondu dans le gobelet et il se pencha en avant, aspirant le fond à la paille.

– Et comme ça, je serai sûr que tu ne me double-ras pas, parce que j'aurai Afra avec moi. C'est bien ton nom ?

Sans lui laisser le temps de répondre, il héla un serveur à qui il demanda un stylo et du papier pour noter une adresse.

– Retrouvez-moi là demain matin à dix heures. Si je ne vous vois pas, je saurai que vous avez changé d'avis.

Nous regagnâmes le parc en début d'après-midi. Des enfants jouaient au ballon dans l'espace dégagé entre les tentes et les couvertures. D'autres se chamaillaient autour de billes. Deux garçons avaient construit un village de cailloux et de pierres. À la perspective de quitter cet endroit, je me sentis soudain galvanisé et optimiste, mais je me surpris à balayer la foule du regard, espérant toujours apercevoir Mohammed. Je songeais à ses yeux noirs, à la peur et aux questions qu'on y lisait, et je le voyais presque devant moi. C'était Sami qui avait disparu de mes pensées. J'avais beau essayer de le ressusciter, de faire apparaître son image, j'en étais incapable.

Angeliki nous attendait, assise sous l'arbre. Son visage était gris de talc et elle avait les mains sur les genoux. Quand elle était ainsi, il émanait d'elle une immobilité et une solitude qui m'étaient insupportables. Quelque part dans le lointain, un bébé pleurait et je constatai que ses seins s'étaient remis à couler. Il flottait autour d'elle une odeur de lait tourné.

Afra me demanda de sortir la feuille de sous la couverture et la lui offrit.

– C'est toi qui l'as fait ?

– Pour toi.

Angeliki étudia le dessin, puis examina longuement Afra. Je lisais les questions dans son regard, cependant, elle n'ajouta rien. Elle resta assise un moment, le papier à la main. Elle y jetait un coup d'œil de temps en temps, puis relevait la tête, peut-être pour observer les enfants qui jouaient, peut-être pour contempler une image visible d'elle seule.

– Ici, dit-elle enfin, on a caché tout ce que le monde ne veut pas voir. Mais ce dessin, il me rappellera un autre monde, un monde meilleur.

Peut-être avait-elle deviné que nous partions, car elle éclata en sanglots. Elle passa la nuit à côté d'Afra, allongée contre elle, une main sur son bras, et elles dormirent ensemble, comme des sœurs ou de vieilles amies.

12

C'est le lendemain de l'entretien. Diomande et le Marocain sont dans le salon, où ils boivent leur breuvage préféré : du thé au lait. Ils ont dû m'entendre me lever, parce qu'il y a une tasse fumante qui m'attend sur la table. Je me joins à eux, puisque Afra dort encore.

La tasse chaude entre les mains, je m'approche de la porte-fenêtre. Aujourd'hui, la cour est baignée de soleil. Au milieu, le cerisier aux racines noueuses sert de perchoir aux oiseaux. Ils doivent bien être trente, pépiant et jacassant. Le jardin de la logeuse déborde par-dessus la palissade, des fleurs rouges et violettes, des pétales tombés sur les dalles. Je trouve la clé derrière le rideau et j'ouvre pour laisser entrer l'air frais et l'odeur de la mer plus discrète.

Diomande raconte son entretien au Marocain.

– Je pense que ça se passe très bien, dit-il, avec un sourire jusqu'aux oreilles.

L'autre homme lève le pouce.

– Je dis ce que tu m'as appris. Ma mère, ma sœur, la vie difficile. Mais ils posent des questions bizarres.

– Quoi, par exemple ?

– L'hymne national. Ils me demandent de le chanter.

– Tu l'as fait ?

Diomande se met debout, une main sur la poitrine, et, radieux, entonne :

Salut ô terre d'espérance !
Pays de l'hospitalité.
Tes légions remplies de vaillance,
Ont relevé ta dignité.

Tes fils, chère Côte d'Ivoire,
Fiers habitants de ta grandeur,
Tous rassemblés et pour ta gloire,
Te bâtiront dans le bonheur.

Fiers Ivoiriens, le pays nous appelle.
Si nous avons, dans la paix, ramené la liberté,
Notre devoir sera d'être un modèle
De l'espérance promise à l'humanité
En forgeant, unis dans la foi nouvelle,
La patrie de la vraie fraternité.

– Tu le connais en anglais ?

Il hoche la tête.

– Et tu as chanté en anglais ?

– Oui.

– Pourquoi ? interviens-je. Où est le problème ?

– Les paroles donnent une image très positive !

Diomande se rassied, écœuré.

– Mais je leur dis. Je leur dis que la vie est dure. Je leur parle de la Libye, de la prison, je leur explique qu'on me bat tellement que je crois mourir. Je leur dis que c'est très difficile pour ma sœur et ma mère, à cause de la guerre civile. Je n'ai pas de travail, et ma mère m'envoie trouver une meilleure vie. Je dis tout ça. Je leur dis qu'ici il y a de l'espoir. Ici, je trouve peut-être du travail. Je peux nettoyer, je peux cuisiner, je peux enseigner, je sais beaucoup de choses !

Les oiseaux se sont tus. Le dos de Diomande est si voûté que ses ailes sous son tee-shirt semblent prêtes à se déployer.

– Je leur dis aussi que c'est très beau dans mon pays, que j'aime être là-bas.

Le Marocain contemple la cour, songeur. De temps en temps, il me jette un coup d'œil, une question informulée dans son regard.

Diomande décide qu'il veut faire un tour à la fête foraine.

– Il y a toujours cette musique de fou et les lumières sur l'eau. On peut y aller ?

Le Marocain est enthousiaste.

– Mec ! Allons-y ! Quand nous verrons les lumières et la mer, quand nous entendrons la musique, alors nos soucis ne seront plus qu'un grain de sable.

Ils insistent pour que je les accompagne. Me prenant chacun par une main, ils me traînent vers l'escalier afin que je monte me préparer.

Dans la chambre, je trouve Afra assise au bord du lit, déjà habillée. Elle pleure. Je m'agenouille devant elle. Des ruisseaux coulent sur ses joues.

– Qu'est-ce qu'il y a, Afra ?

Elle s'essuie le visage, sans cesser de pleurer.

– Depuis que j'ai parlé des bombes au docteur, je ne pense plus qu'à ça. Je vois Sami. Je vois ses yeux qui regardent le ciel. Je me demande ce qu'il a ressenti. Est-ce qu'il a souffert ? Qu'est-ce qu'il éprouvait quand il regardait le ciel ? Est-ce qu'il savait que j'étais là ?

Je prends sa main, mais je ne peux pas la garder très longtemps dans la mienne, car je sens une chaleur qui monte le long de ma colonne vertébrale, dans ma nuque, jusque dans mon crâne. Je la lâche et recule d'un pas.

– Je vais me promener avec le Marocain.

– Mais… je…

– Je vais me promener avec Diomande et lui.

– Très bien, dit-elle doucement. Amusez-vous bien.

Je l'entends encore – sa voix si triste – alors que nous pénétrons dans la fête foraine et passons entre les attractions, emportés par une tornade de toboggans, de montagnes russes et d'autos tamponneuses. Son « Amusez-vous bien » résonne dans ma tête, tandis que Diomande chante les louanges de la Côte d'Ivoire.

– La mer est transparente, pas comme ici. Ici, elle est très sale. Non ! L'eau chez moi, elle est comme le ciel. Pure ! On voit les petits poissons qui nagent. Comme le verre. Et quand le soleil se couche, tout est rouge : le ciel, la mer. C'est magnifique ! Tout rouge.

Sa main balaie l'horizon et je songe aux tableaux d'Afra. Nous marchons au bord de la jetée pour être proches de l'eau.

Nous nous asseyons dans un café, à l'intérieur de la galerie de jeux. Ça sent le vinaigre et le sorbet. Le Marocain a de la monnaie dans sa poche et il achète trois verres d'une boisson rouge vif en hommage au ciel de la Côte d'Ivoire. C'est de la glace pilée qui a un goût de plastique aromatisé à la cerise.

– Tu es très silencieux, me dit Diomande.

Le soleil donne à ses yeux sombres des reflets marron chaleureux.

– À quoi ressemble la mer, en Syrie ? demande le Marocain.

– J'habite près du désert. Le désert est aussi beau et dangereux que la mer.

Nous restons assis là longtemps, contemplant l'horizon, chacun imaginant son pays au-delà des océans – je le suppose du moins –, tout ce qu'il a perdu, tout ce qu'il a laissé.

Lorsque nous prenons le chemin du retour, le soleil se couche et un vent violent balaie la jetée dont l'ossature métallique grince et cliquette.

À la pension, Afra n'est ni dans le salon ni dans la cuisine. Je la trouve dans la chambre, sur le lit, le visage toujours humide de larmes. Elle fait tourner la bille entre ses doigts. Parfois, elle la passe sur ses lèvres ou sur son poignet.

Elle ne m'adresse pas la parole. Elle attend que je sois étendu à côté d'elle, alors, elle me demande :

– Nuri, tu as des nouvelles de Mustafa ?

– Tu n'en as pas assez de poser la même question ?

– Non. C'est à cause de lui que nous sommes ici !

Je ne réponds pas.

– Tu es perdu, Nuri. C'est vrai. Tu es perdu quelque part dans le noir.

Je regarde ses yeux, brillants de peur, d'interrogations et de nostalgie. Je pensais que c'était elle qui s'était égarée, que c'était elle qui était prisonnière des ténèbres de son esprit. Mais je réalise soudain à quel point elle est présente, à quel point elle s'efforce de m'atteindre. J'attends qu'elle s'endorme pour redescendre.

Tout est calme dans le salon, ce soir. Le Marocain fait les cent pas dans la cuisine, au téléphone, haussant parfois le ton. Diomande a pris une douche en rentrant de notre promenade et il n'est pas ressorti de sa chambre. Deux ou trois résidents jouent aux cartes autour de la table. Je m'assieds à l'ordinateur. La pièce baigne dans la lumière vacillante de la télé.

Vite, je me connecte à ma messagerie, pour ne pas me laisser le temps de changer d'avis. Il y a un e-mail de Mustafa.

11/05/2016

Très cher Nuri,

Je me demande si tu as réussi à quitter Athènes. C'est dur de ne pas savoir si Afra et toi êtes en sécurité. J'espère que vous êtes en route pour nous retrouver. Il a plu toute la journée, aujourd'hui. Le désert et le soleil me manquent. Mais ce pays a sa beauté, et j'aimerais que tu sois là pour en profiter. C'est très coloré ici, très fleuri au printemps. Je viens d'animer mon troisième atelier hebdomadaire. Il y avait notamment une Syrienne qui est arrivée ici avec sa mère et son fils, un réfugié congolais qui récoltait du miel dans la forêt de son pays, et une étudiante afghane qui se renseigne déjà pour obtenir sa première reine !

En ce moment, j'ai six ruches pour mes démonstrations et le projet se développe de semaine en semaine. Ces abeilles sont plus douces que les syriennes. Je n'ai pas besoin de combinaison ni de quoi que ce soit. Si leur bourdonnement change de tonalité, alors, je sais qu'elles vont attaquer. C'est extraordinaire d'être parmi elles sans protection. J'apprends à les connaître. Leur chant est sublime : quand tu l'entends, ton cœur déborde de félicité.

Mais parfois, ce bruit me rappelle aussi tout ce que nous avons perdu. Je pense sans cesse à toi et à Afra. J'espère avoir très vite de vos nouvelles.

Mustafa

Je tape une réponse et j'appuie sur « envoyer » sans réfléchir.

Cher Mustafa,

Afra et moi sommes en Angleterre. Nous sommes arrivés il y a un peu plus de deux semaines. Pardonne-moi de ne pas t'avoir écrit plus tôt. Le voyage a été très dur. Nous sommes dans une pension tout au sud du pays, au bord de la mer. Je ne peux pas bouger d'ici avant d'avoir terminé les formalités de demande d'asile et d'avoir la réponse. J'ai peur, Mustafa. J'ai peur qu'on nous renvoie chez nous. Mais je suis heureux des progrès de ton projet. J'aimerais être avec toi.

Nuri

Je songe à la froideur de mon message, au temps que j'ai passé en Angleterre sans donner de nouvelles à mon cousin. Si je suis ici, c'est grâce à Mustafa. Ce sont l'espoir et la volonté qu'il m'a insufflés qui m'ont permis de quitter Athènes. Mais je me suis claquemuré dans mes propres ténèbres.

J'envoie un autre e-mail :

Mustafa, je pense que je ne vais pas bien. Depuis que je suis ici, quelque chose est brisé en moi. Je crois que je me suis perdu dans la nuit.

Je m'apprête à me déconnecter quand un nouveau courrier apparaît dans ma boîte de réception.

Nuri ! Quelle joie de vous savoir enfin en Angleterre ! Je n'en reviens pas ! S'il te plaît, donne-moi ton adresse.

Je monte chercher une enveloppe dans la chambre avec l'adresse exacte de la pension. Je la copie et l'envoie. Je n'ajoute rien dans le message et il n'y a pas de réponse.

Je m'endors dans le fauteuil et, à mon réveil, il fait noir. Tout le monde est allé se coucher. Puis j'entends la bille rouler sur le parquet. Je ne vois pas tout de suite Mohammed. Il est assis sous la table, vêtu du tee-shirt rouge et du short bleu de la dernière fois.

Je m'accroupis à sa hauteur.

– Qu'est-ce que tu fais là-dessous, Mohammed ?

– C'est ma maison. Elle est en bois, comme dans *Les Trois Petits Cochons*, tu te souviens de la fois où tu m'as raconté cette histoire ?

– Tu ne confonds pas ? Je pense que je ne t'en ai raconté qu'une, c'est celle de la cité d'Airain. La seule personne à qui j'ai lu *Les Trois Petits Cochons*, c'est Sami, parce que j'avais trouvé le livre sur un étal du souk.

Il ne m'écoute pas ; il est concentré sur la bille qu'il fait rouler dans les rainures du bois. Puis il la cache sous le tapis.

– Ma maison te plaît ? Celle-ci ne risque pas de s'effondrer comme les nôtres, au pays. C'est bien, tu ne penses pas, oncle Nuri ?

Une soudaine douleur me vrille le crâne, si intense que je dois me lever et fermer les yeux, appuyer les doigts de toutes mes forces sur mon front.

Mohammed tire sur mon pull.

– Oncle Nuri, viens avec moi !

– Où ?

Il glisse sa main dans la mienne et je le suis jusqu'à la porte. Lorsque je l'ouvre, je vois bien que quelque chose ne va pas ; devant, au-delà des maisons, le ciel s'embrase d'aurores blanches et rouges ; un grincement épouvantable s'élève, tout proche, le bruit du métal contre le métal, d'une créature qu'on traîne à la mort. Quand le vent souffle, il charrie une odeur de feu et de cendres. Je traverse la rue, la main de Mohammed dans la mienne. Des maisons bombardées ressemblant à des carcasses vides bordent la chaussée. Mohammed piétine dans la poussière. Elle est si épaisse qu'on a l'impression de patauger dans la neige. Nous passons devant des voitures incendiées, des cordes où sèchent des vêtements sur des terrasses abandonnées, des fils électriques qui pendouillent, des tas d'immondices sur le trottoir. Ça sent la mort et le caoutchouc brûlé. Au loin, la fumée s'élève et s'enroule sur l'horizon. Mohammed me tire par le bras jusqu'en bas de la colline, jusqu'au Queiq. Il y a des vagues et l'eau est plus sombre que d'habitude.

– C'est là qu'étaient les garçons, dit-il. Mais comme j'étais en noir, ils ne m'ont pas vu, ils ne m'ont pas noyé. Allah a veillé sur moi.

Il lève vers moi ses grands yeux.

– Oui, c'est ce qui a dû se passer.

– Tous les enfants sont là. Tous ceux qui sont morts. Ils sont dans la rivière et ne peuvent pas s'échapper.

Lorsque je regarde de plus près, je remarque qu'il y a des membres et des visages sous la surface. Je ne distingue que des contours flous dans l'obscurité, mais je sais de quoi il s'agit et je recule.

– Non, n'aie pas peur. Tu dois aller dans l'eau.

– Pourquoi ?

– Parce que c'est le seul moyen de nous retrouver.

Je fais un pas en avant. La rivière est presque opaque, pourtant je vois des ombres glisser sous la surface.

– Non, Mohammed, je ne peux pas.

– Pourquoi ? Tu as peur ?

– Bien sûr que j'ai peur !

Il rit.

– Normalement, c'est moi qui ai peur de l'eau. Depuis quand est-ce qu'on a échangé nos places ?

Il se débarrasse de ses chaussures et avance.

– Mohammed, arrête !

Il ne m'écoute pas. Il est dans la rivière jusqu'aux genoux, aux hanches, à la poitrine.

– Mohammed ! Si tu ne reviens pas immédiatement, je vais me fâcher !

Il m'ignore toujours. Je fais un pas, puis un autre et un autre. L'eau m'arrive aux cuisses. Quelque chose me frôle, un poisson ou un serpent. Juste devant moi, un petit objet scintille à la surface sombre et je le ramasse au creux de mes mains. C'est

une clé

à la main, le passeur lança : « Faites comme chez vous. » Il la posa dans ma paume et me sourit, révélant une dent en argent au fond de sa bouche. Son appartement était un peu excentré, pas très loin de la mer. Nous avions gravi les trois étages à pied, car l'ascenseur était en panne. C'était un endroit minuscule qui sentait les épices éventées.

Au bout d'un couloir étroit se trouvait un salon bizarrement asymétrique, sur lequel donnaient les trois chambres. Toutes les fenêtres s'ouvraient sur les murs de brique rouge et les systèmes de ventilation des immeubles voisins. L'homme se présenta enfin. Il s'appelait Constantinos Fotakis. Je ne m'attendais pas à un nom grec, car il parlait couramment l'arabe. En fait, plus j'examinais ses traits et la couleur de sa peau, plus je me disais qu'il était difficile de lui attribuer une quelconque origine.

La clé qu'il m'avait donnée était celle de la chambre. Un grand matelas était posé à même le sol, avec un vieux tapis de fourrure en guise de couverture. La pièce sentait l'humidité et les murs étaient tachés de moisissure verte. On entendait le ronronnement des bouches d'aération. Il n'y avait qu'à tendre le bras pour toucher l'immeuble d'en face. Toute la chaleur et la vapeur des appartements voisins semblaient s'amonceler dans l'espace entre les bâtiments, et stagner dans la chambre.

Ce n'était pas confortable, mais c'était quand même mieux que le parc. En revanche, on ne s'y sentait pas plus en sécurité. Il y avait quelque chose chez M. Fotakis qui me mettait mal à l'aise. Peut-être son rire retentissant ou la chevalière d'or à son auriculaire. Il affichait encore plus d'assurance qu'au café. Pourtant, il était amical ; il nous accueillit comme si nous étions des membres de la famille, et insista même pour porter nos sacs jusque dans la chambre. Il nous montra où se trouvait la douche, comment utiliser les robinets car l'eau chaude devenait parfois glacée sans crier gare, ouvrit le réfrigérateur et nous encouragea à nous servir librement. Il nous traitait en invités d'honneur. Sur une table basse vert et brun doré, je remarquai des mégots de joints et des billets roulés qui me renseignèrent sur le genre de livraisons qu'il comptait me confier.

Deux amis à lui débarquèrent dans la soirée. Ils s'avachirent dans le canapé et passèrent un moment à se disputer la télécommande, comme des enfants. Je supposai qu'ils étaient frères. Le premier était plus rond, le second beaucoup plus grand, mais ils se ressemblaient. Le visage marqué de plis profonds, un long nez, des yeux un peu trop proches perpétuellement ébahis.

Vers vingt-deux heures, je reçus les instructions pour ma première mission. Il y avait cinq paquets blancs à livrer dans différents quartiers d'Athènes. M. Fotakis me donna les adresses, l'ordre de la distribution, les noms et surnoms des destinataires. Il me remit également un iPhone neuf, dont je devais me servir uniquement pour le travail ; si j'appelai d'autres numéros, il le saurait. Il me confia un chargeur à brancher dans la camionnette et vérifia que les données cellulaires étaient activées afin que je puisse utiliser Google Maps.

– Conduis prudemment. Ne tue personne, dit-il avec un sourire moqueur. Tu n'as ni assurance ni permis.

Je me préparai à partir. Afra était couchée sur le matelas, serrant la clé de la chambre contre sa poitrine. Lorsque je m'approchai pour lui embrasser le front et lui dire de prendre soin d'elle, elle me la tendit.

– Pourquoi ?

– Je veux que tu m'enfermes à l'intérieur.

– Pourquoi est-ce que tu ne t'enfermes pas toi-même ? Comme ça, tu pourras sortir si nécessaire.

Elle secoua la tête.

– Non. Enferme-moi.

– D'accord, ces types sont louches, mais je doute qu'ils tentent quoi que ce soit.

– S'il te plaît. Je ne veux pas de cette clé. Je veux savoir que c'est toi qui l'as.

– Tu es sûre ?

– Sûre et certaine.

Je ne comprenais pas bien pourquoi c'était si important pour elle, cependant, je glissai la clé dans la poche arrière de mon pantalon et, pendant la nuit, je vérifiai à plusieurs reprises qu'elle était toujours à sa place. Le contact du métal me faisait penser à Afra, qui m'attendait seule dans cette chambre humide. Il me rappelait les murs de brique, les bouches d'aération et les hommes dans le salon. Il me donnait la volonté de continuer, surtout pendant les longues heures qui précédaient l'aurore, alors que je roulais sur des routes inconnues, passant devant les ombres de villes et de villages qui se découpaient dans le lointain. Aujourd'hui, je me demande parfois si elle m'avait confié cette clé pour que je ne l'oublie pas, pour être sûre que je n'allais pas m'enfuir et l'abandonner.

La nuit était claire, le ciel constellé d'étoiles. Je devais effectuer ma première livraison au Pirée, pas très loin de l'endroit où nous avions débarqué du ferry de Leros. Guidé par le GPS je quittai la voie principale et tournai dans une petite rue résidentielle bordée d'immeubles proprets dont les balcons étaient tous abrités par des stores. Un homme fumait une cigarette sous un olivier. Je sautai de la camionnette blanche, pris le colis à l'arrière et le lui remis. Il m'ordonna de l'attendre. Il se rendit dans l'un des bâtiments, resta une dizaine de minutes puis ressortit avec un sac en plastique qui contenait un autre paquet. Je ne devais toucher à rien. M. Fotakis saurait s'il manquait quoi que ce soit.

Il était cinq heures du matin lorsque je regagnai le centre-ville. Le soleil se levait sur la mer, révélant les îles et leurs montagnes gris-bleu à l'horizon. Par la fenêtre ouverte, j'entendais le murmure du vent et de l'eau. Puis je laissai la côte miroitante pour m'enfoncer dans la ville, avec ses graffitis et ses immeubles, et au loin les taches noires des reliefs de l'arrière-pays.

Lorsque j'arrivai à l'appartement, tout le monde dormait. Un ronflement s'échappait de la grande chambre, et les deux frères s'étaient assoupis sur le canapé, leurs bras emmêlés. Je tournai la clé et entrai. Assise sur le matelas, Afra m'attendait.

– Tu n'as pas dormi ?

– Non, répondit-elle, enlaçant ses genoux.

Je me laissai tomber à côté d'elle.

– Je suis là, maintenant.

– Pourquoi tu ne t'allonges pas ?

Donnant l'exemple, elle s'étendit et je vis qu'elle frissonnait en dépit de la chaleur humide qui régnait dans la pièce. Je ne pris pas la peine de me déshabiller. Je sombrai dans le sommeil, la main sur sa poitrine, écoutant son cœur battre.

Je n'émergeai qu'en fin d'après-midi. Le tintement des assiettes et des couverts dans la cuisine me réveilla plusieurs fois, mais je m'obligeai à me rendormir. Je ne voulais pas être conscient dans ce monde : je préférais mes rêves à la réalité. Afra devait être du même avis, car elle ne bougea pas avant que je me lève.

La nuit suivante fut identique à la première, si ce n'est que l'un des colis était destiné à un homme sur un bateau, qui prit aussitôt la mer en direction des îles.

Je m'habituai rapidement à ce rythme. Le jour, je dormais à côté d'Afra, avec la vue sur le mur de brique et le bruit du système de ventilation dans les oreilles, puis la nuit, je sillonnais Athènes et sa banlieue pour livrer des paquets à des inconnus.

Trois semaines s'écoulèrent. Puis un mois. C'était plus long que ce que M. Fotakis nous avait promis. Il prétendait que c'étaient nos passeports et nos billets d'avion qui prenaient du temps. Je ne savais que croire. Parfois, je me disais qu'il finirait par nous jeter dehors, que nous étions condamnés à ne jamais quitter Athènes et à retourner à Pedion tou Areos, ce qui pour moi signifiait retourner en enfer.

Enfin, un jour, il frappa à la porte de la chambre. On était en début d'après-midi et je somnolais à côté d'Afra. Lorsque je me levai et le rejoignis dans le salon, il me tendit un sac en plastique. À l'intérieur se trouvaient un produit pour décolorer les cheveux d'Afra, des ciseaux, un rasoir et de la mousse à raser de bonne qualité pour moi.

– Je veux que vous vous prépariez pour les photos d'identité, annonça-t-il.

Dans la chambre, j'ôtai à Afra son hijab, je dénouai son chignon noir et, suivant les instructions sur la boîte, je divisai sa chevelure en plusieurs mèches que j'enduisis d'un mélange nauséabond. Après avoir laissé poser le produit pendant quarante-cinq minutes, je l'escortai à la salle de bains pour rincer le décolorant dans l'évier. Je lui donnai une serviette et l'attendis dans le salon. M. Fotakis avait préparé du thé à la menthe – il avait des plantes en pot sur le rebord de la fenêtre qui prospéraient dans cette ambiance humide – et je m'assis avec lui.

Ce fut une autre femme qui nous rejoignit. Curieusement, Afra semblait plus grande en blonde, ses pommettes plus rondes et, alors que son teint aurait dû paraître plus mat, c'était sa pâleur qui ressortait, sa peau si blanche qu'elle me faisait penser aux cendres et à la neige. Le gris de ses yeux était plus profond, en revanche, avec des reflets.

– Ça sent la menthe, dit-elle en s'asseyant avec nous.

M. Fotakis lui tendit un verre. Il la dévorait du regard.

– Ça te change complètement, s'esclaffa-t-il. C'est fou ce qu'un simple détail peut faire !

Je remarquai quelque chose dans sa voix qui me rappela ce qui m'avait mis mal à l'aise le jour de notre arrivée. Sous son flegme perçaient une concupiscence et une avidité discrètes, mais indéniables.

Je me coupai les cheveux, me rasai soigneusement, puis enfilai une chemise blanche repassée qui appartenait à notre hôte. Le plus grand des deux frères vint prendre les photos. Il nous plaça de manière que la lumière de la fenêtre nous éclaire et nous mitrailla jusqu'à ce qu'il soit satisfait.

Le soir, je continuai à effectuer des livraisons. Il y avait toujours des colis et, à force, je croisais parfois les mêmes personnes. À présent, elles me faisaient confiance et m'offraient des cigarettes. Je vivais la nuit et ne voyais pas le soleil. Afra et moi ne connaissions plus que l'obscurité.

Environ une semaine plus tard, les passeports étaient prêts. Nous nous appelions Gloria et Bruno Baresi.

– Vous êtes italiens, nous annonça M. Fotakis.

– Et si on nous interroge ? Nous ne parlons pas un mot d'italien.

– Espérons que ça n'arrivera pas. Vous prendrez un vol pour Madrid, puis, de là, une correspondance pour l'Angleterre. Personne ne devrait s'en rendre compte. Évitez simplement de discuter en arabe ! Restez aussi silencieux que possible.

La date fut décidée, les billets réservés. M. Fotakis acheta à Afra une robe rouge taillée dans une étoffe de qualité et un foulard gris tissé à la main orné de petites fleurs rouges. Elle était belle, sans être trop élégante. Il lui donna également un blouson en jean, un sac à main et une nouvelle paire de chaussures. De mon côté, j'eus droit à un jean, une ceinture en cuir, une chemise blanche et un pull marron. Il nous conseilla d'essayer nos tenues pour voir si nous étions à l'aise dedans.

– Vous formez un couple magnifique, déclara-t-il en souriant. Tout droit sortis d'un magazine.

– À quoi est-ce que je ressemble ? me demanda Afra dans la soirée, alors que je me préparais à partir en livraison.

– Ce n'est pas toi.

– J'ai l'air horrible ?

– Pas du tout. Tu es toujours belle.

– Mais tout le monde va voir mes cheveux, maintenant !

– Pas réellement. Puisqu'ils ne sont pas de la même couleur.

– Et mes jambes.

– Dis-toi que ce sont les jambes de Gloria Baresi, pas les tiennes.

Ses lèvres sourirent, mais pas ses yeux.

Nous devions partir le lendemain. Ce soir-là, le programme de livraisons était particulièrement chargé. J'enfermai Afra et posai la clé sur la table basse, le temps de compter les paquets et de les cocher sur la liste. À cet instant, M. Fotakis entra pour m'expliquer ce qui allait se passer à l'aéroport. Puis il m'aida à descendre les colis et à les ranger dans la camionnette. J'étais déjà en route lorsque je réalisai que j'avais oublié la clé. Je ne pouvais pas faire demi-tour : j'avais dix rendez-vous avec des horaires précis. Si j'arrivais en retard au premier, tous les autres seraient décalés. Je poursuivis donc, chassant Afra de mes pensées. Je ne me souvins d'elle qu'au moment de regagner la ville, à l'aube.

Je me garai devant l'immeuble et gravis les marches quatre à quatre. La clé n'était plus sur la table basse du salon et la chambre était verrouillée. Je frappai. Personne ne répondit.

– Afra, murmurai-je. Tu dors ? Est-ce que tu peux m'ouvrir ?

Je tendis l'oreille, mais je ne distinguai rien de l'autre côté de la porte, ni voix ni mouvement. Je me résignai donc à dormir quelques heures sur le canapé. J'allais me coucher lorsque j'entendis la clé tourner dans la serrure. Afra se tenait sur le seuil. La froide lueur matinale réverbérée par les murs des immeubles voisins éclairait son visage, barré d'une griffure sanglante, de l’œil gauche à la mâchoire. Ses cheveux blonds étaient emmêlés. J’eus soudain l’impression d’avoir perdu ma femme. Je ne la reconnaissais pas. Elle ne me laissa pas le temps de dire quoi que ce soit. Elle fit volte-face et rentra dans la chambre. Je bondis à sa suite et refermai la porte derrière moi.

– Afra, qu’est-ce qui s’est passé ?

Elle était recroquevillée sur le matelas, le dos tourné.

– Tu ne veux pas me le dire ?

Je mis la main sur ses omoplates et elle tressaillit. Alors, je m’allongeai auprès d’elle sans la toucher ni l’interroger. Ce ne fut qu’en début d’après-midi qu’elle se résolut à parler.

– Tu veux vraiment savoir ?

– Bien sûr.

– Je ne suis pas sûre que tu le veuilles vraiment.

– Je veux savoir, Afra.

Il y eut un long silence.

– Il est entré dans la chambre… Fotakis. J’ai cru que c’était toi, parce que tu avais fermé à clé. Je ne savais pas qu’il en avait une. Il est entré et il s’est couché à côté de moi, exactement à l’endroit où tu es maintenant. J’ai réalisé que ce n’était pas toi à cause de l’odeur de sa peau lorsqu’il s’est serré contre moi. J’ai crié, mais il a mis la main sur ma bouche. C’est sa bague qui m’a égratignée. Il m’a ordonné de me taire. Sinon, tu me trouverais morte à ton retour.

Elle n’avait pas besoin d’en dire plus.

13

Le ciel est bleu, immense, sillonné de mouettes. Elles le traversent, plongent vers la mer, puis remontent toujours plus haut pour se perdre dans les nues. Un groupe de ballons multicolores s'élève, s'amenuise et disparaît au loin. Des voix résonnent autour de moi, puis des doigts se referment sur mon poignet. On prend mon pouls.

– Le cœur est régulier, conclut l'homme.

– Qu'est-ce qu'il fait là ? demande une femme qui me cache le soleil.

– Peut-être un sans-abri.

– Mais pourquoi dans l'eau ?

Aucun des deux ne s'adresse à moi. De toute façon, je ne crois pas être en état de répondre. L'homme me lâche et me tire par les bras sur le sable sec. Puis il s'éloigne. La femme ne bouge pas et me regarde comme si j'étais un phoque échoué sur la plage. Elle ôte sa veste et la pose sur moi, la glissant sous mon menton. Je tente de sourire, mais mon visage est figé.

– Tout va bien, dit-elle.

Elle a la voix étranglée, les yeux brillants, et je me demande si elle pleure.

L'homme revient peu après avec des couvertures. Il m'enveloppe dedans après m'avoir débarrassé de mon pull mouillé. Des lumières bleues clignotent soudain devant moi. On me soulève pour me poser sur un brancard et je me retrouve au chaud dans un véhicule qui roule à toute allure, sirène hurlante. Je laisse l'ambulancier prendre ma tension et mes yeux se ferment.

Je les rouvre à l'hôpital. Je constate que je suis relié à un moniteur cardiaque. Le lit voisin est vide. Une femme médecin vient me voir. Elle veut savoir qui je suis et pourquoi je dormais sur la plage, le corps en partie dans l'eau. Elle me dit que j'étais en état d'hypothermie lorsqu'on m'a amené.

– Je m'appelle Nuri Ibrahim, réponds-je. Depuis combien de temps est-ce que je suis ici ?

– Trois jours.

Je me redresse vivement.

– Trois jours ? Afra doit être morte d'inquiétude !

– Qui est-ce ?

– Ma femme.

Je veux fouiller dans mes poches mais je ne porte plus mon pantalon.

– S'il vous plaît, où est mon téléphone ?

– Nous n'avons pas trouvé de téléphone sur vous.

– Il faut à tout prix que je joigne ma femme.

– Nous pouvons nous en charger si vous nous donnez son numéro.

Je lui communique l'adresse de la pension et le nom de la logeuse, mais je ne connais pas son numéro. La médecin me bombarde de questions : « Avez-vous des pensées suicidaires, monsieur Ibrahim ? Avez-vous des pertes de mémoire ? Est-ce qu'il vous arrive d'oublier des choses importantes ? Des détails du quotidien ? Avez-vous du mal à vous concentrer ? Vous sentez-vous désorienté ? » Je réponds du mieux que je peux. Je n'ai pas de problème de mémoire. Non. Non. Non.

On me fait passer un scanner du cerveau. Puis on m'apporte à manger, des petits pois, des pommes de terre bouillies trop cuites et un morceau de poulet grillé tout sec. Je dévore le contenu de ma barquette, car je suis affamé. Assis dans le lit, je fredonne une mélodie que ma mère me chantait autrefois. Je n'arrive pas à me la sortir de la tête. Je ne me souviens pas des paroles, mais c'est une berceuse. Les patients qui passent me jettent des regards. Il y a une vieille dame avec un déambulateur qui fait les cent pas. Je crois qu'elle a commencé à chanter elle aussi. Je m'endors et à mon réveil le lit d'à côté est occupé par une femme ; elle est enceinte, la main est posée sur son ventre rond. Elle chante la berceuse.

– Comment ça se fait que vous connaissiez les paroles ?

Elle tourne la tête vers moi ; elle a la peau brune, lumineuse et brillante sous les lampes halogènes.

– Je la chantais quand j'étais petite.

– D'où êtes-vous ?

Elle ne répond pas. Elle est allongée sur le dos et sa main décrit des cercles sur son ventre, tandis qu'elle murmure les paroles à l'enfant qui n'est pas encore né.

– J'ai déposé une demande d'asile, dit-elle enfin. Elle a été refusée. J'ai fait appel. Je suis dans ce pays depuis sept ans.

– D'où venez-vous ?

Mon esprit se brouille et je n'entends que sa voix lointaine. La lumière qui clignote doucement au-dessus de moi s'éteint.

Le lendemain matin, tout est silencieux dans la salle et le lit voisin est vide. Une infirmière m'annonce que j'ai de la visite. Je vois le Marocain approcher. Il s'assied sur une chaise à côté de moi et pose la main sur mon bras.

– Mec, on était très inquiets pour toi.

– Où est Afra ?

– À la pension.

– Elle va bien ?

– Repose-toi. On parlera plus tard.

– Je veux savoir comment elle va.

– Comment veux-tu qu'elle aille ? Elle te croyait mort !

Nous nous taisons pendant un long moment. Il se contente de rester là, sa main sur mon bras. Il ne me demande pas ce que je faisais dehors, ni pourquoi j'ai dormi sur la plage ; de mon côté, je ne lui explique pas pourquoi je suis entré dans l'eau en pleine nuit. Il ne me pose pas de question, mais il n'a pas l'air pressé de partir non plus, ce qui m'irrite au début, car tout ce dont j'ai envie, c'est de chantonner la berceuse. Malgré tout, au bout d'un moment, je constate que sa présence me fait du bien. Sa solidité et son silence apaisent mon esprit.

Il sort un livre de sa poche et se met à lire, étouffant un rire de temps en temps. Il reste là jusqu'au départ du tout dernier visiteur et revient me chercher le lendemain matin. Il apporte un sac d'habits. J'enlève la chemise de l'hôpital pour les enfiler.

– C'est un pyjama, déclare-t-il. Diomande appelle ça un survêtement. Il dit que tu seras à l'aise dedans. Je ne comprends pas. Maintenant, il va falloir que tu marches dans la rue en vêtements de nuit.

Avant mon départ, la médecin repasse me voir. Je suis assis au bord du lit et elle prend la chaise des visiteurs en face de moi, une tablette à pince à la main. Le Marocain regarde par la fenêtre. Il observe le parking.

– Monsieur Ibrahim, dit-elle, hésitante, glissant une mèche de cheveux derrière son oreille. Votre scanner du cerveau ne montre rien d'anormal, c'est donc une bonne nouvelle. Toutefois, étant donné ce qui vous est arrivé et d'après les informations que vous m'avez données, je pense que vous souffrez de stress post-traumatique. Je ne peux que vous recommander fortement d'en discuter avec votre médecin généraliste.

Elle parle lentement, distinctement, me regardant droit dans les yeux. Puis elle jette un coup d'œil à sa tablette et pousse un petit soupir avant de consulter sa montre.

– Vous me promettez que vous le ferez ?

– Oui.

– Je ne veux pas que vous vous mettiez encore en danger comme ça.

Son inquiétude semble sincère.

– Oui, docteur, je vous promets de suivre votre conseil.

Nous rentrons à la pension en bus. Nous arrivons en milieu de matinée et la logeuse époussette le salon. Ses semelles compensées claquent sur le parquet lorsqu'elle s'avance à notre rencontre. Elle porte des gants en caoutchouc jaune vif.

– Et si je vous préparais une bonne tasse de thé, monsieur Ibrahim, ça vous ferait plaisir ?

Elle chante plus qu'elle ne parle, et je ne réponds pas, car je suis distrait par ce que je vois dans la cour. Afra et l'Afghane sont assises sur des chaises longues sous le cerisier, à côté du bourdon. Lorsque Farida m'aperçoit, elle glisse quelques mots à Afra, puis se lève pour me laisser sa place.

Ma femme reste longtemps sans rien dire. Elle a la tête tournée vers le soleil.

– Je vois l'ombre et la lumière, dit-elle enfin. Quand c'est très clair, je distingue l'ombre de l'arbre. Regarde ! Donne-moi ta main !

Je la mets dans la sienne et elle se penche en avant, en plein soleil. Alors, elle place ma paume devant ses yeux puis me demande de la bouger latéralement de manière que l'ombre balaie son visage.

– Là, c'est éclairé, là, c'est sombre, dit-elle en souriant.

Je voudrais lui montrer que je me réjouis pour elle, mais j'en suis incapable.

– Et je vois de la couleur ! Là !

Elle indique un seau rouge dans le coin de la cour.

– Qu'est-ce que c'est ? Un rosier ?

– Un seau.

Elle lâche ma main et son visage se décompose. Je remarque qu'elle fait rouler la bille sur sa paume et son poignet. La veine rouge à l'intérieur du globe chatoie au soleil et devient translucide. Un doux bourdonnement s'élève, d'abord lointain, puis de plus en plus fort, comme si un essaim d'abeilles se rapprochait de la cour.

– Tu m'as manqué, l'entends-je dire. J'étais folle d'inquiétude.

Un coup de vent arrache quelques fleurs de cerisier qui tourbillonnent autour d'elle.

– Je suis heureuse que tu sois de retour.

Sa voix est triste. Je regarde la bille.

– Tu as oublié Mustafa.

– Ce n'est pas vrai.

– Et les abeilles et les fleurs, tu y penses encore ? Moi j'ai l'impression que tu as tout oublié. Mustafa nous attend et tu ne l'as même pas mentionné depuis notre arrivée. Tu es dans un autre monde. Tu n'es pas là. Je ne te reconnais pas.

Je me tais.

– Ferme les yeux.

J'obéis.

– Est-ce que tu vois les abeilles, Nuri ? Essaie de les voir dans ta tête. Des centaines de milliers au soleil, sur les fleurs, autour des ruches et dans les alvéoles. Tu les vois ?

Je me représente d'abord les prés autour d'Alep et les insectes dorés dans les ruches, puis les champs de bruyère et de lavande, les abeilles noires décrites par Mustafa.

– Tu les vois ?

Je ne réponds toujours pas.

– Et tu crois que c'est moi qui suis aveugle !

Le silence revient.

– Tu ne vas pas m'en parler ? soupire-t-elle enfin. Tu ne vas pas m'expliquer ce qui ne va pas ?

– Comment ça se fait que tu aies la bille de Mohammed ?

Ses mains se figent.

– Mohammed ?

– Oui. Le petit garçon dont nous avons fait la connaissance à Istanbul.

Elle se penche en avant comme sous le coup d'une violente douleur et exhale.

– Cette bille appartenait à Sami.

– À Sami ?

– Oui.

– En tout cas, Mohammed jouait avec.

Je ne la regarde pas, mais je l'entends pousser un autre soupir.

– Je ne sais pas qui est Mohammed, déclare-t-elle en me tendant la bille.

– Le petit garçon qui est tombé à l'eau. Tu ne te rappelles pas ?

– Aucun petit garçon n'est tombé. Il y avait une fillette qui n'arrêtait pas de pleurer et, quand son père a sauté, elle l'a suivi. Il a fallu la tirer de l'eau et les femmes l'ont enveloppée dans leurs foulards pour la réchauffer. Je m'en souviens parfaitement. Sa mère m'a tout raconté un peu plus tard sur l'île, autour du feu.

Elle insiste pour que je prenne la bille.

J'accepte à contrecœur.

– Le garçon qui est venu avec nous d'Istanbul en Grèce. Mohammed. Celui qui est tombé du bateau.

Elle m'ignore, se contentant de me lancer un drôle de regard. Elle a déjà répondu à ces questions.

– Pourquoi est-ce que tu ne m'as rien dit avant, Afra ?

– Parce que j'avais l'impression que tu avais besoin de lui. Cette bille, je l'ai ramassée par terre chez nous, la veille de notre départ, le jour où les soldats ont tout cassé et ont jeté ses jouets par terre. Tu t'en souviens ?

Pensant à ce qu'elle vient de dire, je traverse le salon plongé dans l'obscurité, monte l'escalier et prends le couloir pour aller jusqu'à notre chambre. J'y pense, alors que je la contemple de la fenêtre, sous l'arbre en fleur, le visage au soleil.

– Tu t'en souviens ?

Je ne sais plus. Je tire les rideaux. Je m'étends sur le lit. Je ferme les yeux et j'écoute le chant des abeilles dans le ciel.

Lorsque mes paupières se rouvrent, je vois une clé dorée sur le tapis. Je la ramasse. Je me dirige vers la porte au bout du couloir, l'insère dans la serrure et me retrouve au sommet de la colline. Le bruit est si fort qu'il emplit ma tête. Ma maison se trouve juste derrière moi et Alep s'étale en dessous, immense. Les murailles d'enceinte sont en jaspe doré, tandis que la ville elle-même est en verre cristallin. Tous les bâtiments étincellent sous les rayons du soleil couchant : les mosquées, les marchés, les toits, la citadelle au loin. Le fantôme d'une ville au crépuscule. À gauche, j'aperçois un éclair : un enfant descend la côte en courant pour rejoindre la rivière. Je le vois sur la route dans son short bleu et son tee-shirt rouge.

– Mohammed ! Arrête de me fuir !

Je le poursuis jusqu'en bas puis à travers le lacis des ruelles, passant sous les arches et les plantes grimpantes. Je le perds un moment, mais je continue et finis par le retrouver sous un bigaradier au bord de l'eau. L'arbre est vivant, chargé de fruits. Il est de dos. Je m'approche et m'assieds à côté de lui sur la berge.

Je pose une main sur son épaule. Il se tourne vers moi, et ses yeux, ses yeux si noirs s'éclaircissent, deviennent plus gris, plus transparents et habités, tandis que ses traits se brouillent et se métamorphosent, comme un essaim d'abeilles. Puis je vois son visage retrouver une apparence solide, son expression se fixer, et je le reconnais. Le jeune garçon à côté de moi qui me regarde d'un air apeuré n'est pas Mohammed.

– Sami !

Je veux le prendre dans mes bras, mais je sais que, si je le touche, il se dissoudra comme de la peinture dans l'eau, alors, je m'efforce de ne pas bouger. Je réalise soudain que ce sont les vêtements qu'il portait le jour de sa mort, le tee-shirt rouge et le short bleu. Il tient la bille dans sa main et il se tourne vers la cité de verre, puis il sort de sa poche un objet qu'il m'offre : une clé.

– Pour quoi faire ?

– C'est toi qui me l'as donnée. Tu m'as dit que c'était la clé d'une maison secrète qui était indestructible.

Je vois que devant lui se trouvent des pièces de Lego.

– Qu'est-ce que tu fais ?

– Je construis une maison. Quand nous serons en Angleterre, nous habiterons dedans. Et elle ne s'effondrera pas comme les autres.

Je me souviens, maintenant. Je me souviens qu'il était au lit, terrorisé par les bombes, et que je lui avais donné une vieille clé en bronze, qui ouvrait naguère une remise au rucher. Je l'avais glissée sous son oreiller pour qu'il ait le sentiment que, quelque part parmi les ruines, il existait un endroit sûr.

Devant nous, la ville de verre miroite au soleil. Elle ressemble à une cité dessinée par un enfant, un croquis, les contours des mosquées et des immeubles au crayon. Il plonge la main dans la rivière et en sort un caillou.

– Est-ce que nous allons tomber à l'eau ? me demande-t-il, levant vers moi ses grands yeux.

C'est une question qu'il m'a posée des mois avant sa mort.

– Non.

– Comme les autres gens ?

– Non.

– Mais un copain m'a dit que, pour partir, il fallait traverser des rivières et des mers, et si nous devons traverser toutes ces rivières et ces mers, ça pourrait nous arriver. C'est bien arrivé à d'autres. J'ai entendu des histoires. Si la tempête se lève ? Si le bateau chavire ?

– Non. Et même si c'était le cas, nous aurons des gilets de sauvetage. Nous ne risquons rien.

– Et Allah – prends pitié de nous – nous aidera ?

– Oui. Allah nous aidera.

Ces paroles étaient celles de Sami. Mon Sami. Il me regarde avec des yeux encore plus grands, plus terrifiés.

– Mais pourquoi est-ce qu'il n'a pas aidé les garçons quand on leur a coupé la tête ?

– Comment ça ?

– Ils étaient alignés et ils attendaient. Ils n'étaient pas en noir. C'est pour ça. Tu m'as dit que c'était parce qu'ils n'étaient pas en noir. Moi je portais du noir. Tu ne te rappelles pas ?

– La fois où nous sommes allés nous promener ? La fois où nous avons vu les jeunes garçons au bord de la rivière ?

– Oui. Je croyais que tu avais oublié. Tu m'as promis que si j'avais la clé et que j'étais habillé en noir, je serais invisible, et que, si j'étais invisible, je trouverais la maison secrète.

Je me revois marcher avec lui et je revois les adolescents alignés sur la berge.

– Je m'en souviens.

Il se tait. Son visage est triste, comme s'il était sur le point de pleurer.

– À quoi penses-tu ?

– Avant d'y aller, j'aimerais jouer avec mes amis dans le jardin une dernière fois. Je peux ?

– Oui. Bien sûr. Et après, on partira

loin

jusqu'à la lune, dans un autre endroit, un autre temps, un autre monde, n'importe où sauf ici. Mais nous ne pouvions pas échapper à ce monde. Nous étions liés à lui, même morts. Afra se tenait à la fenêtre, immobile, me laissant l'habiller. Comme une poupée. Son visage était dénué d'expression. Seuls ses doigts tremblaient très légèrement, et je voyais ses paupières frémir. Je lui enfilai sa robe rouge, nouai le foulard autour de son cou et lui mis ses chaussures sans qu'elle prononce un mot. Lorsque j'eus terminé, je me retrouvai devant une autre femme.

Si je l'avais croisée dans la rue, je serais peut-être passé devant elle sans savoir qui elle était. En chaque personne que tu connais, il y a quelqu'un que tu ne connais pas. Mais tout chez Afra était différent, l'intérieur comme l'extérieur. J'évitai de toucher sa peau et, dès qu'elle fut habillée, je m'écartai, pendant qu'elle versait quelques gouttes de parfum à la rose dans son cou et ses poignets. Son odeur m'était si familière que j'en avais la nausée. Cette fois, nous allions réellement quelque part, nous partions pour de bon. Loin de la guerre, de la Grèce et encore plus loin de Sami.

Un ami de M. Fotakis devait nous conduire à l'aéroport. Ce n'est pas un simple chauffeur : il nous escorterait et nous présenterait à l'homme qui nous remettrait nos billets et nos passeports. Tandis que nous attendions, le passeur nous prépara du café grec dans des tasses minuscules, comme si de rien n'était. Je l'observais alors qu'il le surveillait sur le feu et je dus faire un effort surhumain pour ne pas ouvrir les tiroirs et en sortir un couteau. Je voulais le tuer très lentement. Je voulais qu'il sente chaque millimètre de la lame s'enfoncer dans sa chair. Cependant, j'étais conscient que, si je me vengeais, nous ne quitterions jamais Athènes. Si je l'épargnais, je laisserais une part de moi dans cet appartement humide, mais nous avions une chance de partir. J'avais participé au meurtre d'un homme, je savais donc ce dont j'étais capable. Mon regard revenait constamment au tiroir, je m'imaginais l'ouvrir et sortir un couteau. Ce serait facile.

– Tu t'es révélé un bon employé. Dur à la tâche et très obéissant.

Mes yeux descendirent sur sa main qui remuait le café. Il le répartit entre les trois tasses.

– Et voilà que tu t'apprêtes à réaliser ton rêve. C'est incroyable ce qu'on peut faire avec un peu de détermination et de volonté.

Il me tendit un café et porta les deux autres sur la table basse du salon. Son regard s'attarda sur Afra. Elle était assise sur le canapé et j'aurais voulu qu'elle fasse quelque chose, qu'elle se gratte le bras, prenne la tasse, ou même qu'elle pleure, mais elle restait là, immobile, comme si elle était morte à l'intérieur et que seul son corps continuait en pilotage automatique. J'avais l'impression que son âme s'était enfuie.

La sonnette bourdonna et M. Fotakis nous aida à descendre nos bagages et les plaça dans le coffre d'une Mercedes gris métallisé. Un Grec grand et musclé d'une quarantaine d'années fumait une cigarette, appuyé au capot. Il se présenta : Marcos.

Une belle journée s'annonçait. Le soleil encore bas sur l'horizon illuminait les bâtiments. À l'arrière-plan se dessinaient les ombres vaporeuses des montagnes couronnées d'un halo de nuages effilochés. Le fond de l'air était frais, mais les cours fleuries des immeubles embaumaient.

– Vous allez me manquer, gloussa M. Fotakis.

Nous partions. Il vivrait.

Je m'installai sur la banquette avec Afra et la voiture démarra. Je me retournai. Il n'avait pas bougé et nous regardait disparaître. Je m'efforçai de chasser son visage de mes pensées et fixai la route devant nous. Alors que nous roulions à travers les rues d'Athènes, je fus saisi par un sentiment d'étrangeté en découvrant la ville sous le soleil, après ne l'avoir vue pendant des semaines que de nuit ou au petit matin, quand les premiers rayons dissolvaient les ténèbres. Soudain, je me trouvais plongé dans le quotidien, les voitures, la circulation, les gens qui vaquaient à leurs affaires. Marcos écoutait de la musique grecque à la radio. À neuf heures, il monta le son pour les informations. Tantôt il hochait la tête, tantôt il la secouait. Il tenait le volant du bout des doigts, la vitre baissée et le coude appuyé sur le rebord de la fenêtre. J'étais impressionné par sa décontraction. Cependant, à la fin du journal, je le surpris qui me jetait un regard soucieux dans le rétroviseur central.

– À l'aéroport, j'ouvrirai le coffre et vous prendrez vos sacs. Puis je veux que vous me suiviez en restant toujours à une dizaine de mètres derrière moi. Ne vous approchez pas trop près, mais ne me perdez pas de vue. C'est très important. Je vous emmènerai aux toilettes pour hommes. Afra patientera dehors. Attends qu'il n'y ait plus personne. Quand tu seras seul et pas avant, frappe trois fois à l'unique porte qui sera encore fermée. Quelqu'un sortira pour te remettre tous les documents nécessaires.

Je hochai la tête, mais il ne fit pas attention, car il se concentrait sur la route pour changer de voie.

– Tu as bien compris ? Ou est-ce que tu souhaites que je répète ?

– J'ai compris.

– Parfait. Si tout se passe bien et que vous n'êtes pas arrêtés avant, dès l'atterrissage à Heathrow, jetez vos passeports et vos cartes d'embarquement à la poubelle. Puis vous vous rendrez aux autorités, mais seulement au bout de trois heures. C'est clair ?

– Oui.

– Surtout, n'oubliez pas de vous débarrasser de vos faux papiers. Et vous devez attendre au moins trois heures, plus si vous voulez, mais pas moins. Ne leur dites à aucun prix sur quel vol vous vous trouviez.

Il sortit un paquet de chewing-gums de la boîte à gants et m'en offrit un. Je refusai.

– Et ta femme ?

Les mains sur les genoux, elle se taisait, les lèvres serrées, la tête tournée vers la fenêtre. Si je n'avais pas su qu'elle était aveugle, j'aurais pu croire qu'elle regardait les rues de l'autre côté de la vitre.

– Vous avez de la chance, vous êtes riches, poursuivit-il, me souriant dans le rétroviseur. La plupart des gens doivent faire un voyage difficile à travers toute l'Europe pour atteindre l'Angleterre. L'argent te conduit où tu veux. C'est ce que je dis toujours. Sans ça, tu passes ta vie à errer, à essayer d'aller là où tu penses devoir aller.

J'allais lui rétorquer que je n'étais pas d'accord, que nous avions déjà connu l'horreur, bien pire que tout ce qu'il pouvait imaginer et que notre périple avait volé son âme à Afra. Mais j'étais conscient qu'il avait également raison. Sans argent, une longue route semée d'embûches nous attendrait encore.

– C'est vrai, Marcos.

Il pianota sur le volant, inspirant à pleins poumons alors que nous approchions de la mer.

À l'aéroport, nous suivîmes ses recommandations à la lettre. Je m'efforçai de ne pas perdre de vue son costume gris qui fendait la foule compacte. Puis je l'aperçus de loin, devant les toilettes pour hommes. Il resta là le temps de s'assurer que je l'avais repéré, puis il fit demi-tour. J'entrai. Quelqu'un était en train d'uriner et l'un des cabinets était occupé. J'attendis qu'il eût terminé. Il se lava soigneusement les mains et s'examina dans le miroir. Puis un autre homme apparut avec son petit garçon. C'était long et je commençai à m'inquiéter. Si c'était un défilé constant, j'allais être coincé là pendant des heures. Mais ils finirent par partir. Je frappai trois fois à la porte comme prévu et un homme sortit. J'eus à peine le temps de voir son visage.

– Nuri Ibrahim ?

– Oui.

Il me tendit les cartes d'embarquement et les passeports, et s'éclipsa aussitôt.

Afra et moi étions seuls.

Nous traversâmes l'aéroport sans échanger un mot, passant d'abord à l'enregistrement, puis nous dirigeant vers le contrôle de sûreté. Je déposai nos sacs sur le tapis roulant du scanner avant de franchir le portique de détection. La panique m'envahit subitement. J'avais l'impression que tous les yeux étaient braqués sur moi et je ne pensais plus qu'à l'expression de mon visage. Je ne voulais pas montrer que j'avais peur et j'évitais de regarder les agents, de peur de les alerter, mais je devais avoir l'air encore plus coupable. Lorsque Afra glissa sa main dans la mienne, la sensation de sa peau et sa proximité me mirent mal à l'aise. Je m'écartai.

Une fois nos sacs récupérés, nous nous dirigeâmes vers les commerces duty-free. Nous avions une heure devant nous, à laquelle s'ajouta bientôt une demi-heure de retard. J'achetai deux cafés et nous déambulâmes, faisant semblant de nous intéresser aux vitrines, jusqu'à ce qu'on nous appelle à la porte 27.

Le couple à côté de nous dans la zone d'attente avait deux enfants qui jouaient sur leurs téléphones. Je relâchai mes épaules et commençai à croire que tout se déroulerait sans encombre. J'observai le petit garçon, totalement absorbé par son jeu ; il était un peu plus jeune que Sami, et n'avait pas retiré son sac à dos coloré pour s'asseoir.

J'oubliai presque la présence d'Afra, immobile et silencieuse. Une part de moi aurait aimé qu'elle disparaisse, que le siège à côté de moi soit vide. Le jeu de l'enfant s'acheva et il leva les bras en l'air. Je remarquai soudain des remous près de la porte. Cinq policiers discutaient avec une hôtesse dont le visage se décomposa. L'un d'eux scrutait les passagers. Je baissai les yeux et murmurai à Afra de faire semblant de rien. Lorsque je relevai la tête et croisai le regard de l'agent, je crus que c'était fini. Nous étions démasqués. On allait nous renvoyer. Mais nous renvoyer où ? Vers quoi ?

Les policiers pénétrèrent dans la zone d'attente. Je retins mon souffle et je priai. Ils se dirigèrent droit sur nous, puis nous dépassèrent et continuèrent jusqu'au fond, vers les sièges près des fenêtres où deux jeunes couples se levèrent soudain, surpris et effrayés, s'emparant de leurs sacs comme pour s'enfuir. Mais ils n'avaient nulle part où aller. Tout le monde détourna les yeux, tandis qu'on les escortait vers la sortie. Lorsqu'ils passèrent devant nous, je ne pus m'empêcher de remarquer que l'un des hommes pleurait. Il s'essuyait le visage, ses larmes si nombreuses qu'il voyait à peine où il allait. Il trébucha sur mon sac et s'arrêta pour me dévisager. Le policier le tira pour qu'il avance. Je n'oublierai jamais la douleur et la peur dans ses yeux.

Afra et moi présentâmes nos cartes d'embarquement et nos passeports. L'hôtesse les vérifia, nous jeta à chacun un bref regard et nous souhaita un bon vol.

À bord, aussitôt assis, je fermai les paupières, prêtant une oreille distraite aux bruits et aux conversations autour de moi. J'écoutai les instructions de sécurité, guettant le vrombissement des moteurs. Afra me saisit la main et la serra.

– Nous décollons, murmura-t-elle. Nuri, nous allons retrouver Mustafa et nous serons à l'abri.

Avant que j'aie le temps de me rendre compte de quoi que ce soit, l'avion s'éleva dans les airs. Il n'y avait plus que l'immensité bleue du ciel autour de nous. Nous étions partis. Nous avions réussi.

14

Je me réveille en pleine nuit dans le débarras, la tête appuyée contre l'aspirateur, des manteaux au-dessus de moi, des chaussures et des bottes s'enfonçant dans mon dos. Je me lève. Dans le couloir, j'entends les autres résidents dormir. Le Marocain ronfle bruyamment. Lorsque je passe devant sa chambre, je remarque sa montre de gousset en bronze accrochée à la poignée. Je regarde de plus près les fleurs gravées sur le boîtier, le couvercle en nacre, les initiales estampées en dessous : *AL*. Elle est arrêtée sur quatre heures. La porte de Diomande est grande ouverte. Il dort sur le flanc, les draps défaits. Je m'approche silencieusement et je pose la main sur son dos, m'attendant à trouver ses ailes, des boules serrées tendant sa peau noire. Mais je ne sens que des bourrelets de chair abîmée, de grandes cicatrices en relief sur ses omoplates, qui ressemblent plutôt à des marques de brûlure. Mes yeux s'emplissent de larmes. Je songe à tous ses rêves.

Il soupire et se retourne.

– Maman, marmonne-t-il, les paupières mi-closes.

– C'est moi, Nuri, dis-je dans un souffle. Ta porte était ouverte et tu t'étais découvert. J'ai pensé que tu risquais de prendre froid.

Je rabats le drap et la couverture, le borde comme s'il était un enfant. Il bredouille quelques mots et se rendort.

Je descends et je déverrouille la porte-fenêtre. Je sors dans la cour à peine éclairée par la lune. Le détecteur de mouvement me repère et déclenche la lumière. Le bourdon somnole sur un pissenlit. Je le caresse tout doucement pour ne pas le déranger. Je suis sidéré qu'il ait survécu dans cet espace restreint et qu'il y ait élu domicile. Je le regarde, entre les fleurs, avec une soucoupe d'eau sucrée à côté de lui. Il a appris à vivre sans ailes.

Je sais maintenant que Mohammed ne viendra pas et qu'il n'était qu'une création de mon esprit, mais le vent se lève et les feuilles bruissent. Il y a une fraîcheur dans l'air qui s'insinue sous ma peau. J'imagine sa petite silhouette dans l'ombre. Son souvenir perdure, comme s'il avait une vie à lui dans un recoin sombre de mon cœur. Lorsque je m'en rends compte, c'est Sami qui apparaît. Je me remémore les soirs où, après l'avoir couché dans la chambre au carrelage bleu, je m'asseyais à côté de lui pour lui lire le livre que j'avais acheté au marché. Ses yeux brillaient d'impatience. Je traduisais de l'anglais à l'arabe au fur et à mesure. « Quelle idée de construire une maison de paille ? avait-il demandé en riant. J'aurais utilisé du métal, le plus dur qui existe, celui avec lequel on fait des fusées ! »

Il adorait regarder les étoiles et inventer des histoires. La lumière s'éteint et je m'assieds dans l'obscurité, contemplant le ciel nocturne. Je n'ai plus que des souvenirs. Le vent amène l'odeur de la mer. Les feuilles s'agitent et je le revois jouer sous l'arbre dans le jardin, chez nous, à Alep, au sommet de la colline, mettant des vers dans la remorque d'un petit camion.

– Qu'est-ce que tu fais ? Où est-ce que tu les emmènes ?

– Ils n'ont pas de jambes, alors je les aide. Je vais les emmener sur la lune !

La lune était pleine dans le ciel, cette nuit-là.

Je retourne dans notre chambre. Afra dort, les mains sous sa joue. Sur la table de chevet, il y a un nouveau dessin. J'en ai le souffle coupé. Elle a reproduit le cerisier dans la cour de béton, avec ses branches noueuses et ses pétales rose tendre. Pour une fois, les couleurs correspondent à la réalité, elles débordent à peine, et les lignes sont moins tordues. Le ciel est lumineux, bleu, avec quelques nuages qui s'effilochent et des oiseaux blancs. Sous l'arbre, une forme grise, presque invisible : la silhouette estompée d'un petit garçon, le trait doux et rapide, donnant l'impression qu'il a été saisi sur le vif, en mouvement. Il est de ce monde et en même temps il n'est pas tout à fait là. On distingue un vague miroitement rouge sur le tee-shirt qu'Afra a commencé à colorer avant de s'interrompre. Tout demi-fantôme qu'il soit, il est assez net pour que je voie son visage levé vers les étoiles.

Je me couche à côté d'elle et je contemple les courbes douces de son corps, songeant aux contours scintillants des bâtiments.

Je tends la main et la touche pour la première fois depuis longtemps, je caresse son bras, descends sur la hanche. Je l'effleure comme si elle était enveloppée d'une fine pellicule de verre qui risquait de se briser sous le bout de mes doigts, mais elle soupire et se rapproche de moi dans son sommeil. Je réalise à quel point j'avais peur de son contact.

Le soleil se lève et je suis ému par la beauté de son visage à la lueur de l'aube, les ridules autour des yeux, l'arrondi du menton, les poils plus sombres à la naissance de la joue, la courbe du cou, la peau douce jusqu'aux seins. Je l'imagine alors sur elle : la brutalité de l'homme, la peur dans son regard à elle, le hurlement prisonnier de sa poitrine, la main sur sa bouche. Je me souviens de la clé laissée sur la table basse dans l'appartement du passeur. Je me rappelle que j'ai continué à rouler dans Athènes, renonçant à faire demi-tour. Je me mets à trembler. Je me bats contre moi-même, tente de repousser cette pensée. J'ai oublié de l'aimer. Voici son corps, voici les rides de son visage, voici la douceur de sa peau, et voici la blessure sur sa joue qui mène à l'intérieur d'elle, comme un chemin qui va jusqu'à son cœur. Telles sont les routes que nous empruntons.

– Afra ?

Elle soupire et entrouvre les paupières.

– Excuse-moi.

– Pourquoi ?

– Excuse-moi d'avoir oublié la clé.

Elle ne dit rien, mais elle m'enlace et j'inhale le parfum des roses, puis je sens quelque chose d'humide sur ma poitrine.

Je m'écarte pour regarder la tristesse et les souvenirs, l'amour et le deuil qui passent dans ses yeux. J'embrasse ses larmes, les lèche, les bois. Je prends tout ce qu'elle voit.

– Tu nous avais oubliés, murmure-t-elle.

– Je sais.

J'embrasse son visage et son corps, je promène mes lèvres sur chaque centimètre carré de sa peau, chaque ride, chaque cicatrice, sur tout ce qu'elle a porté et éprouvé. Puis je pose la tête sur son estomac et elle me caresse les cheveux.

– Peut-être que nous pourrons avoir un autre enfant, un jour, dis-je. Ce ne sera pas Sami mais nous lui raconterons tout de lui.

– Tu ne l'oublieras pas ?

Elle se tait et j'entends son cœur battre dans son ventre.

– Tu te souviens comme il aimait jouer dans le jardin ?

– Bien sûr, répond-elle.

– Et ce ver qu'il promenait dans son petit camion, aussi déterminé que s'il le conduisait quelque part ?

Elle éclate de rire et je l'imite. Son rire se propage à tout son corps et c'est comme une cascade de pièces qui tombent.

– Et la fois où je lui ai acheté une carte du monde. Avec des cailloux, il a fait une famille qui quittait la Syrie. Il nous avait vus préparer notre voyage sur le globe, Mustafa et moi.

– Mais il ne savait pas comment leur faire traverser les mers. L'eau le terrorisait, ajoute-t-elle.

– Il fallait même lui laver les cheveux dans l'évier !

– Et tu te souviens qu'il t'attendait à la fenêtre, le soir, quand tu rentrais ?

Sur ces mots, elle soupire encore et se rendort, son monde intérieur apaisé, son souffle semblable au bruit des vagues.

Tôt le matin, la sonnette retentit. Elle sonne avec insistance. Au bout d'un moment, j'entends des pas dans le couloir, ceux du Marocain. Il s'immobilise un instant avant de descendre et les marches craquent sous ses pieds. La porte s'ouvre et une conversation étouffée me parvient. Un homme à la voix grave. Je me lève.

Je suis sur le palier lorsque mon nom, mon nom entier claque dans le silence.

– Nuri Ibrahim. Je suis là pour voir Nuri Ibrahim.

Je dévale l'escalier en pyjama, pieds nus, et je trouve Mustafa sur le seuil, auréolé des premiers rayons du soleil. Les souvenirs se bousculent. La maison de son père dans la montagne, son grand-père tartinant de miel des tranches de pain chaud, les chemins forestiers que nous suivions jusqu'aux clairières où les abeilles butinaient, l'autel dédié à sa mère et à son sourire étincelant, les fois où nous nous approchions des ruches sans protection, un nuage bourdonnant autour de nous, le visage triste de mon père et son corps rabougri, ma mère et son éventail rouge : *Yuanfen – la force mystérieuse qui réunit ceux qui sont destinés à se rencontrer* –, et nos ruches, le pré baigné de lumière, les milliers d'insectes, les employés qui enfumaient les colonies, les repas sous l'auvent : toutes ces images défilent devant mes yeux comme si je m'apprêtais à rendre mon dernier souffle.

– Nuri, dit-il simplement.

Sa voix s'étrangle et je fonds en larmes, secoué de sanglots. Je pense que je ne pourrai plus jamais m'arrêter. Je devine Mustafa qui s'avance et pose une main sur mon épaule, la poigne solide, puis il me serre dans ses bras et je sens sur lui les odeurs d'un endroit inconnu.

– Je savais que tu viendrais. Je savais que tu y arriverais.

Il recule pour me regarder et à travers ma vision brouillée je vois qu'il a les yeux brillants de larmes, que son visage est plus pâle qu'avant, plus vieux aussi, les rides au coin de ses paupières et de sa bouche plus profondes, ses cheveux plus gris. Deux hommes malmenés par la vie, deux frères enfin réunis dans un monde qui n'est pas le leur. Le Marocain observe la scène, en retrait. Je remarque alors la tristesse dans ses yeux, la manière qu'il a de remuer les doigts comme s'il ne savait pas quoi faire.

– Est-ce que vous voulez une tasse de thé ? propose-t-il soudain dans son arabe dialectal. D'où est-ce que vous venez ? Vous avez dû faire un long voyage.

– J'arrive du Yorkshire, dans le nord de l'Angleterre, répond Mustafa. Par l'autocar de nuit. Mais avant ça, j'ai fait un très long voyage.

J'invite mon cousin à entrer dans le salon et nous restons sans rien dire pendant un moment, lui assis au bord du fauteuil, se tordant les mains, moi sur le canapé. Il regarde la cour par la porte-fenêtre, puis se tourne vers moi. Il ouvre la bouche, se ravise et, pour finir, nous commençons à parler tous les deux en même temps.

– Comment vas-tu, Nuri ? Tu vas venir, n'est-ce pas ? demande-t-il, inquiet.

– Bien sûr.

– Parce que je ne m'en sortirai pas seul. Sans toi, ce n'est pas pareil.

– Si je suis arrivé jusqu'ici, rien ne m'empêchera d'aller dans le Yorkshire.

– Quand est-ce que tu auras la réponse ? Tu disais dans ton message que ça n'allait pas bien ?

Des pas retentissent dans le couloir et Afra apparaît. Elle s'immobilise sur le seuil. Le visage de Mustafa s'éclaire et il se lève. D'abord il lui prend la main, puis il la serre dans ses bras et l'étreint longuement. J'entends ma femme pousser un profond soupir, comme si cette présence amie avait ôté un poids de sa poitrine.

Il fait chaud et nous sortons dans la cour.

– Je vois le vert de l'arbre, jubile Afra. Et là, ajoute-t-elle en désignant la bruyère près de la palissade, je vois du rose pâle. Il y a des jours où c'est plus net.

Mustafa se réjouit pour elle. Il a les réactions que je n'ai pas pu avoir. Le Marocain nous apporte du thé tandis que mon cousin nous parle de ses ruches.

– Afra, tu vas adorer. Dahab et Aya t'attendent avec impatience. Il y a beaucoup de fleurs, des champs de lavande et de bruyère. Les abeilles butinent aussi chez les gens, dans les jardins partagés et le long des voies de chemin de fer. C'est plein de couleurs. Je t'y amènerai moi-même quand il fera plus chaud, et nous irons là où vont les abeilles. On a même trouvé un magasin qui vend du halva et des baklavas !

Il parle avec son enthousiasme d'enfant, mais je décèle une note de désespoir dans sa voix. Je le connais et j'entends ce qu'il dit entre les lignes : l'histoire doit finir ainsi, nos cœurs ne supporteraient pas d'autres deuils.

Il allume une cigarette qu'il suçote comme autrefois, et nous décrit les ateliers qu'il anime et l'association d'apiculteurs.

– Quand vous viendrez, Nuri pourra m'aider à gérer les groupes d'étudiants, et nous diviserons les colonies pour construire de nouvelles ruches.

Il n'arrête pas de me regarder tandis qu'il dessine des images avec ses mains et avec ses mots. Il veut me donner un espoir auquel me raccrocher, j'en suis conscient. Mustafa a toujours fait ça pour moi.

Je reste un peu à l'écart, près de la porte-fenêtre, et je les observe, songeant au petit garçon qui n'a jamais existé et dont le rôle était de remplir le vide laissé par Sami. Nous sommes capables de créer des illusions tenaces pour ne pas nous perdre dans les ténèbres.

– Un jour, entends-je Mustafa dire, un jour, nous rentrerons à Alep. Nous reconstruirons les ruches et ramènerons les abeilles à la vie.

Moi, c'est le visage d'Afra qui me ramène à la vie, c'est de la voir dans cette courette, comme elle se tenait dans celle de Mustafa à Alep, ses yeux pleins de tristesse et d'espoir, d'obscurité et de lumière.

Elle lève la tête. Parmi les fleurs de cerisiers, trois huppes perchées sur une branche étudient leur environnement. Je reconnais leur majestueuse aigrette de plumes, leur bec courbe et leurs ailes rayées. Des migrantes de l'Est qui, elles aussi, ont trouvé refuge dans cette petite ville balnéaire.

– Tu les vois ? dit-elle. Elles sont venues nous chercher !

Nous avons tous le nez en l'air, à présent. Les huppes déploient leurs ailes noir et blanc, puis s'envolent ensemble dans le ciel pur.

Remerciements

Je dois énormément à tous ceux qui m'ont raconté leur histoire et à tous les réfugiés qui m'ont ouvert les yeux. Je remercie les beaux enfants de Faros qui m'ont appris ce qu'est le véritable courage. Je ne vous oublierai pas. Le *Faros Hope Centre*, à Athènes, accomplit un travail extraordinaire et je lui suis reconnaissante d'avoir accepté mon aide. Je remercie Elias, qui m'a relaté son périple un jour à Brighton, et le professeur Ryad Alsous qui est un modèle pour beaucoup. Sa famille et lui m'ont invitée à partager leur repas, ils m'ont fait découvrir le monde des abeilles et le Buzz Project. Ibrahim Othman, mon professeur d'arabe, m'a aidée au-delà de mes attentes, m'a écoutée et m'a offert des conseils inestimables.

Je suis reconnaissante à toute ma famille, à mes amis et mes collègues qui m'ont encouragée dans ce projet. Papa, Yiota, Kyri et Mario, votre indéfectible soutien m'a été précieux. Marie, Rodney, Theo, Athina et Kyriacos : merci pour tout, je ne trouve pas les mots. Antony et Maria Nicola : vos suggestions m'ont été d'un grand secours. Je remercie ma formidable amie Claire Bord pour sa perspicacité, ses conseils et sa loyauté. Mariana Larios d'avoir été là à chaque étape. Louis Evangelou de m'avoir écoutée et soufflé des idées créatives. Mon oncle Chris pour sa patience et son aide. Rose Atfield et Celia Brayfield qui pour moi ont été et sont encore des professeurs hors pair. Merci à Bernardine Evaristo, Matt Thorne, Daljit Nagra pour toutes nos grandes discussions sur la vie, l'écriture et le reste. Je tiens aussi à exprimer ma reconnaissance à ma famille à Athènes pour son accueil chaleureux et sa généreuse hospitalité : Anthoula Thanassis, Katerina et Konstantinos Cavda, Maria et Alexis Pappa. Merci à Matthew Hurt pour ses conseils pendant le vol d'Athènes. Toute ma gratitude à Salma Kasmani qui a lu et relu le manuscrit, m'a fait d'excellentes suggestions et des remarques toujours pertinentes. Stewart, merci d'avoir été là dans les bons et les mauvais moments.

Je tiens en outre à saluer tout le monde chez Bonnier Zaffre, notamment Kate Parkin, qui a fait preuve d'une passion et d'un enthousiasme inébranlables. Et aussi Margaret Stead, Felice McKeown, Francesca Russell et Perminder Mann. Ainsi qu'Arzu Tahsin pour son regard affûté et ses suggestions éditoriales.

Je remercie également mon agente Marianne Gunn O'Connor, qui a cru en moi et m'a encouragée quand j'étais tentée de renoncer. Son affection et son soutien m'ont portée tout au long de cette aventure. Vicki Satlow m'a aidée, m'a donné de la lumière, du miel et des fleurs lorsque j'étais dans le noir. Enfin, je remercie Alison Walsh pour ses précieux conseils.

Toutes les expériences que j'ai vécues, les rencontres que j'ai faites, ce que j'ai vu et entendu au cours de l'écriture de ce roman ont changé à jamais mon regard sur le monde.

Cher lecteur,

Au cours de l'été 2016, et de nouveau en 2017, je me suis rendue à Athènes pour travailler comme bénévole dans un centre de migrants. Chaque jour, de nouveaux réfugiés arrivaient en Grèce, des familles, perdues et effrayées, venant principalement de Syrie et d'Afghanistan. Être aux côtés de ces gens, alors qu'ils vivaient parfois les pires moments de leur vie, m'a ouvert les yeux.

J'ai compris qu'ils avaient besoin de raconter leur histoire. Malgré la barrière de la langue, ils voulaient parler, ils voulaient que les autres entendent et voient. Les enfants dessinaient. Ils dessinaient des ballons et des arbres, et en dessous une tente et un cadavre. Ces images et ces histoires me bouleversaient, mais c'était leur réalité, c'était ce qu'ils avaient vécu.

Je suis rentrée à Londres, espérant que le souvenir des horreurs que j'avais vues et entendues s'estomperait, mais cela n'a pas été le cas. Je ne pouvais pas oublier. Alors, j'ai décidé d'écrire un roman pour transmettre les histoires de ces enfants et de ces familles.

Qu'est-ce que ça fait de voir certaines choses ? C'était une question qui me hantait, et c'est ainsi qu'est née Afra, une femme devenue aveugle à la suite de l'explosion qui a tué son fils. Puis j'ai rencontré un homme qui avait été apiculteur en Syrie. Aujourd'hui, il vit en Angleterre, où il construit des ruches et enseigne l'apiculture aux réfugiés. Les abeilles représentent la vulnérabilité, la vie et l'espoir.

Mon narrateur, Nuri, était autrefois un père et un apiculteur fier de ses accomplissements. À présent, il tâche de rétablir la communication avec sa femme brisée, Afra, égarée dans les tunnels obscurs de son chagrin. Elle refuse de quitter Alep, elle est paralysée par le deuil. Nuri sait que s'ils ne partent pas, ils mourront. Mais c'est seulement lorsqu'ils s'autorisent à voir, à sentir la présence et l'amour de l'autre, qu'ils peuvent entamer le voyage vers la vie et le renouveau.

L'Apiculteur d'Alep est une œuvre de fiction. Néanmoins, Nuri et Afra se sont développés dans mon cœur et mon esprit à cause de tout ce que j'ai appris aux côtés des enfants et des familles de réfugiés en Grèce. J'ai écrit cette histoire pour essayer de montrer ce qui se passe entre les gens qui s'aiment, quand ils ont tout perdu. Il est question de deuil et de perte, mais c'est aussi un livre sur l'amour et sur la manière de trouver la lumière. C'est ce que j'ai vu, entendu et ressenti dans les rues et les camps d'Athènes.

Christy Lefteri

Les Éditions Points s'engagent pour la protection de l'environnement et une production française responsable

Ce livre a été imprimé en France, sur un papier certifié issu de forêts gérées durablement, chez un imprimeur labellisé Imprim'Vert, marque créée en partenariat avec l'Agence de l'Eau, l'ADEME (Agence de l'Environnement et de la Maîtrise de l'Énergie) et l'UNIC (Union Nationale de l'Imprimerie et de la Communication).

La marque Imprim'Vert apporte trois garanties essentielles :

- La suppression totale de l'utilisation de produits toxiques
- La sécurisation des stockages de produits et de déchets dangereux
- La collecte et le traitement de produits dangereux

RÉALISATION : NORD COMPO À VILLENEUVE-D'ASCQ
IMPRESSION : CPI FRANCE
DÉPÔT LÉGAL : MAI 2022. N° 147026 (3047769)
IMPRIMÉ EN FRANCE